l'Invité mystère

De la même autrice

La Femme de chambre, Calmann-Lévy, 2022 ;
Le Livre de Poche, 2023

NITA PROSE

L'Invité mystère

Traduit de l'anglais (Canada)
par Estelle Roudet

CALMANN LEVY

CALMANN LÉVY

ÉDITEUR DEPUIS 1836

Titre original :
THE MYSTERY GUEST

Ballantine Books, un imprint de Random House,
une division de Penguin Random House Llc.,
New York, NY (USA)

COUVERTURE
Conception graphique : © Manon Bucciarelli

ISBN 978-2-7021-9065-4

À Paul, mon père

Prologue

Il y a longtemps, ma grand-mère m'a raconté l'histoire d'une domestique, d'un rat, et d'une cuillère. La voici :

Il était une fois une domestique qui travaillait pour de riches propriétaires terriens dans un château. Elle nettoyait et cuisinait pour eux. Elle était corps et âme à leur service.

Un jour, alors que la domestique servait à ses maîtres un ragoût nourrissant, la maîtresse des lieux fit remarquer avec une grimace de dédain qu'elle n'avait pas sa cuillère en argent. La domestique était certaine d'avoir placé celle-ci près de l'écuelle de Madame, mais lorsqu'elle regarda de ses propres yeux, elle constata que la cuillère avait effectivement disparu.

La domestique se confondit en excuses, mais cela ne suffit pas à calmer Madame, et encore moins Monsieur, qui, bouillant de rage, accusa la domestique de n'être rien d'autre qu'une minable voleuse et de dérober leur argenterie.

La domestique fut escortée sans ménagement hors du château, mais pas avant que le ragoût, qu'elle avait elle-même préparé, ne fût jeté sur son tablier blanc, y laissant une tache honteuse qui ne s'effaça jamais.

Longtemps après la disparition de Monsieur et Madame, longtemps après que cette pauvre domestique déshonorée était partie, des ouvriers qui l'avaient connue furent embauchés pour rénover le château. Lorsqu'ils soulevèrent le plancher de la salle à manger, ils mirent au jour un nid contenant le corps momifié d'un rat, et à côté de lui, une cuillère en argent.

Chapitre 1

Ma grand-mère bien-aimée, *alias* Mamie, a travaillé toute sa vie comme domestique. J'ai marché sur ses traces. Façon de parler. Je ne pouvais pas littéralement marcher sur ses traces vu qu'elle ne marche plus, plus maintenant en tout cas. Elle est morte il y a un peu plus de quatre ans, quand j'avais vingt-cinq ans (un quart de siècle, par conséquent), et même avant ça, elle avait cessé de marcher du jour au lendemain après être tombée malade, à mon grand désarroi.

Le fait est qu'elle est morte. Partie, mais pas oubliée, *jamais* oubliée ! Maintenant, mes pas suivent leur propre chemin, cependant j'ai une profonde reconnaissance envers ma chère Mamie disparue, car c'est elle qui a fait de moi ce que je suis.

Elle m'a appris tout ce que je sais, comment faire briller l'argenterie, comment décrypter les livres et les gens, et comment préparer correctement une tasse de thé. C'est grâce à Mamie que j'ai progressé dans mon parcours de femme de chambre à l'hôtel Regency Grand, un hôtel-boutique cinq étoiles qui s'enorgueillit d'une élégance sophistiquée et d'un sens des convenances adapté à l'époque moderne. Croyez-moi quand je vous dis que j'ai démarré au bas de l'échelle et gravi les échelons jusqu'à cet illustre poste ! Comme toutes les femmes de chambre ayant jamais franchi les portes tournantes du Regency Grand qui brillent de tous leurs feux, j'ai commencé en tant que stagiaire. Mais à présent, si vous vous approchez pour lire ce qui est écrit sur mon badge – judicieusement placé au-dessus de mon cœur – vous verrez en grosses lettres capitales : MOLLY, qui est mon nom, et dessous, en délicates cursives avec empattements : RESPONSABLE DES FEMMES DE CHAMBRE.

Ce n'est pas une mince affaire de grimper les échelons professionnels au sein d'un hôtel-boutique cinq étoiles. Mais je peux affirmer avec une grande fierté que j'occupe ce poste important depuis bientôt trois ans et demi, prouvant ainsi que je ne suis pas une irresponsable, mais, comme M. Snow, le directeur du Regency Grand, l'a récemment déclaré à mon propos durant une réunion du personnel, « une employée qui fait preuve de gratitude ».

J'ai toujours eu des difficultés à comprendre le véritable sens qui se cache derrière ce que disent les gens, mais je déchiffre beaucoup mieux les autres maintenant, même les inconnus, et c'est pour cela que je sais ce que vous pensez. Vous vous dites que mon travail est modeste, que j'occupe une position dont je devrais avoir honte, et non être fière. Loin de moi l'idée de vous dicter quoi penser, mais DMHO (signification : Dans Mon Humble Opinion), vous vous trompez complètement.

Toutes mes excuses. Je me suis montrée un peu rude. Quand Mamie était en vie, elle me conseillait sur le ton à adopter et m'avertissait s'il m'arrivait d'offenser des gens. Mais voilà qui est intéressant : elle n'est plus là et, pourtant, j'entends toujours sa voix dans ma tête. N'est-ce pas fascinant de constater de quelle manière une personne peut être aussi présente après la mort qu'elle l'était de son vivant ? J'y réfléchis fréquemment ces jours-ci.

— *Traite les autres comme tu voudrais qu'ils te traitent.*

— *On est tous semblables de différentes façons.*

— *Tout ira bien à la fin. Et si tout ne va pas bien, ce n'est pas la fin.*

Je remercie le ciel de toujours entendre la voix de Mamie, parce que, aujourd'hui, la journée a été difficile. En fait, ça a été la pire que j'aie connue en quatre ans, et les paroles de sagesse de Mamie me donnent la force d'affronter la « situation » présente. Quand je dis « situation », je ne fais pas référence à la définition du dictionnaire, « circonstances » ou « état des choses », mais à l'emploi qu'en fait M. Snow, le directeur de l'hôtel, pour suggérer un « problème monumental aux solutions limitées ».

Je ne vais pas enjoliver ce qui est réellement une catastrophe homérique : ce matin, un homme célèbre s'est écroulé raide mort sur le sol de notre salon de thé. Ma bonne amie Angela, barmaid en chef au Social, notre restaurant-grill, a ainsi résumé la situation : « Molly, un tas de merde vient de nous tomber sur la tronche ! »

J'apprécie tellement Angela que je lui pardonne ses GPR – Grossièretés Parfaitement Raffinées. Je lui pardonne aussi son obsession malsaine pour le crime, qui pourrait expliquer pourquoi elle semblait étrangement surexcitée de voir un VIP tomber raide mort dans notre hôtel.

Aujourd'hui, c'était censé être une journée très particulière au Regency Grand. L'illustre écrivain J.D.

Grimthorpe, maître international du roman policier, avec plus de vingt livres à son actif, s'apprêtait à donner une conférence très importante dans notre salon de thé rénové depuis peu.

Tout se passait comme sur des roulettes ce matin de bonne heure. M. Snow m'avait chargée du thé, et bien que ce soit en partie parce qu'il doit encore recruter du personnel pour assurer le service lors des événements exceptionnels, je savais combien Mamie aurait été fière de voir qu'on me confiait de nouvelles responsabilités, même si, évidemment, Mamie ne peut pas *réellement* me voir, vu qu'elle est morte.

Aujourd'hui, je suis arrivée tôt à mon poste, et j'ai soigneusement organisé les choses dans la nouvelle pièce élégante, disposant le service à thé pour les cinquante-cinq invités (à un ou deux près) à qui on avait accordé des badges VIP. Les VIP comptaient parmi eux de nombreux membres de la SLPDA – Société de Littérature Policière des Dames Auxiliaires – qui avaient réservé des chambres au quatrième étage de l'hôtel bien en amont. Durant des semaines, on n'avait cessé de spéculer à voix basse dans tout le Regency Grand : Pourquoi J.D. Grimthorpe, un écrivain solitaire et qui protégeait farouchement sa vie privée, avait-il soudain décidé d'organiser une conférence ? Était-ce simplement pour annoncer un nouveau livre ? Ou s'apprêtait-il à annoncer la fin de sa carrière ?

Il s'avère que c'est assurément le cas, bien qu'à mon avis cette nouvelle ait été une surprise autant pour lui que pour tous ceux qui l'ont regardé s'effondrer sur le carrelage à chevrons du salon de thé il y a quarante-sept minutes.

Quelques instants avant son entrée en scène, les VIP amateurs de polars, les experts en littérature et les journalistes étaient en effervescence en attendant que l'événement commence. La pièce était noyée dans la cacophonie des bavardages et le tintement à vous vriller les oreilles des couverts en argent, tandis que les convives se resservaient du thé et enfournaient le reste de leurs sandwichs. À la seconde où J.D. Grimthorpe apparut, le silence se fit. L'auteur s'arrêta près du podium, silhouette chétive mais qui en imposait néanmoins, tenant des fiches à la main. Il se racla la gorge plusieurs fois, tous les regards braqués sur lui.

— Thé, dit-il dans le micro en montrant une tasse.

Dieu merci, on m'avait informée qu'il ne buvait pas d'alcool, et j'avais donc demandé à la cuisine que l'on prépare le breuvage sur une desserte selon ses recommandations précises – avec du miel, et sans lait. Lily, ma femme de chambre stagiaire, que j'avais chargée de s'occuper du thé de M. Grimthorpe durant son séjour, passa à l'action à toute allure. Les mains tremblantes, elle se précipita vers la scène avec la boisson chaude, dans l'intention de le servir.

— Ça ne va pas, indiqua-t-il en lui prenant la tasse des mains.

Il descendit de la scène et se dirigea vers la desserte, souleva le couvercle en argent du pot à miel, versa dans son thé deux énormes cuillerées de nectar jaune et brillant, puis remua le tout dans un cliquetis sourd en effleurant les bords de la tasse avec la cuillère destinée au pot de miel. Lily était désemparée.

Toute la pièce regarda M. Grimthorpe boire une longue gorgée, puis pousser un soupir.

— Un homme amer a besoin de plus de douceur, expliqua-t-il, provoquant des rires étouffés dans l'assistance.

L'irascibilité de M. Grimthorpe est depuis longtemps associée à sa notoriété, et, de façon ironique, plus il se comporte mal, plus il semble vendre de livres. Qui pourrait oublier cet épisode tristement célèbre devenu viral sur YouTube il y a quelques années, quand un admirateur enragé (un chirurgien cardiaque depuis peu à la retraite) avait approché l'auteur avec cette question : « Je veux m'essayer à l'écriture d'un roman. Pourriez-vous m'aider ? »

« Je peux, avait répondu M. Grimthorpe. Juste après que vous m'aurez prêté votre scalpel. Je veux m'essayer à votre métier ! »

Je repensais à cette vidéo, tandis que M. Grimthorpe, sourire en coin, regagnait tranquillement la scène, où il avala encore quelques lampées de son thé sucré avant de le poser devant lui et de parcourir des yeux son public en adoration. Il attrapa ses fiches, prit une laborieuse inspiration et commença enfin à parler, tout en se balançant de façon à peine perceptible.

— Je suis sûr que vous vous demandez tous pourquoi je vous ai conviés ici aujourd'hui. Comme vous le savez, je préfère écrire plutôt que parler. Ma vie privée a longtemps été mon refuge, et mon histoire personnelle, une source de mystère. Mais je me vois dans la désagréable position d'avoir à faire certaines révélations devant vous, mes admirateurs et disciples, à ce moment critique de ma longue carrière chargée d'histoires – je blague, évidemment.

Il s'interrompit un instant pour laisser place aux rires, qui suivirent à point nommé. Je frissonnai, tandis qu'il survolait la pièce de son regard perçant, cherchant quelque chose ou quelqu'un, je l'ignore.

— Vous voyez, j'ai gardé un secret, un secret qui va sans aucun doute vous surprendre.

Il s'interrompit brutalement, porta une main aux doigts effilés à son col, et tenta en vain de le desserrer.

— Ce que j'essaie de dire c'est…, reprit-il d'une voix rauque, mais aucun autre mot ne sortit de sa gorge.

Il ouvrit la bouche et la referma, soudain très instable sur ses pieds, vacillant de gauche à droite de façon plus impressionnante encore devant l'estrade. La seule image qui me vint à l'esprit fut celle d'un poisson rouge que j'avais un jour vu sauter de son bocal et atterrir sur le sol d'une animalerie, bouche béante, apoplectique.

M. Grimthorpe agrippa de nouveau sa tasse et but. Puis, avant que quiconque puisse l'empêcher, il bascula en avant, dégringola dans le public, où il s'écroula directement sur ma pauvre Lily.

Ils atterrirent tous les deux par terre dans un formidable fracas, la tasse en porcelaine se brisa en une quantité innombrable d'éclats coupants comme des rasoirs et la cuillère posée sur la soucoupe tomba sur le carrelage à chevrons avec un bruit sourd.

Durant un instant, le silence domina dans la pièce. Personne ne parvenait vraiment à croire ce qui venait de se passer sous ses yeux. Et puis soudain, la panique s'empara de l'assistance, et tout un chacun – fans enragés et invités, portiers et experts – se précipita vers la scène.

M. Snow, le directeur de l'hôtel, était accroupi à la gauche de M. Grimthorpe et lui tapait sur l'épaule.

— M. Grimthorpe ! M. Grimthorpe ! répétait-il encore et encore.

Mlle Serena Sharpe, la secrétaire de M. Grimthorpe, se trouvait à sa droite, deux doigts sur le cou de l'écrivain. Lily, coincée sous l'auteur, tentait désespérément de s'extirper de là. Je tendis un bras pour l'aider et elle m'agrippa la main. Je l'attirai à moi, pour qu'elle se blottisse à mes côtés.

— De l'air ! Reculez ! hurlait Mlle Serena Sharpe, tandis que les fans et les VIP jouaient des coudes.

— Appelez les urgences ! Immédiatement ! ordonna M. Snow.

Serveurs et invités, chasseurs et réceptionnistes s'éparpillèrent dans toutes les directions.

J'étais suffisamment proche de la « situation » pour entendre ce que dit Mlle Serena Sharpe en ôtant ses doigts du cou de M. Grimthorpe.

— J'ai bien peur que ce soit trop tard… Il est mort.

Chapitre 2

Je me trouve dans le bureau de M. Snow, une tasse de thé à la main. Mes mains tremblent ; mon cœur bat la chamade. Sous mes pieds, le sol tangue comme si j'étais dans un palais du rire, ce qui n'est assurément pas le cas.

Le thé n'est pas pour moi. Il est pour Lily Finch, que j'ai embauchée il y a trois semaines – Lily, menue et silencieuse, aux cheveux d'un noir de jais qui lui tombent aux épaules et au regard inquiet, en train de frissonner de tous ses membres dans le fauteuil en cuir bordeaux de M. Snow, le visage strié de larmes. Cela me ramène à une époque où je m'étais retrouvée dans ce même fauteuil, toute seule, tremblant moi aussi en attendant que d'autres décident de mon sort.

C'est arrivé il y a quatre ans. Je nettoyais une luxueuse suite au quatrième étage quand j'étais tombée sur un client dont j'avais cru qu'il dormait profondément, mais même les plus gros dormeurs ne cessent pas totalement de respirer. Une rapide vérification du pouls de M. Black avait révélé qu'il était en fait mort – *tout à fait* mort – dans le lit de sa chambre d'hôtel. Et même si, à compter de cet instant, j'avais fait mon maximum pour gérer cette « situation » des plus inhabituelles, tout le monde m'avait soudain désignée comme la meurtrière. Beaucoup de ceux qui m'entouraient – y compris la police et un nombre alarmant de collègues – présumaient que j'avais assassiné M. Black.

Je suis une femme de chambre, pas une meurtrière. Je n'ai *pas* tué M. Black – de sang-froid, ni même tiède, d'ailleurs. On m'a injustement accusée. Mais, avec l'aide de quelques très bonnes personnes, j'ai été innocentée. Cependant, cette expérience a sans aucun doute laissé des traces. Elle a souligné combien le travail d'une femme de chambre peut être hasardeux. Ce n'est pas le travail éreintant, les clients exigeants, ou les produits de nettoyage chimiques qui présentent le plus grand danger. C'est le postulat que les femmes de chambre sont des délinquantes, des meurtrières et des voleuses ; la femme de chambre est toujours à blâmer. J'ai vraiment cru que le décès de M. Black était le début de la fin pour moi, mais tout s'est bien terminé, comme Mamie l'avait toujours prédit.

À présent, dans le bureau de M. Snow, je regarde Lily dans les yeux et je sens sa peur m'aller droit au cœur tel un courant électrique. Qui pourrait la blâmer d'avoir peur ? Pas moi. Quelle personne sur Terre peut vraiment croire qu'en arrivant au travail un matin afin d'accueillir un auteur mondialement connu elle va le voir mourir dans une pièce remplie de fans en adoration et de flashs d'appareils photo qui crépitent ? Et quelle pauvre femme de chambre malchanceuse pourrait un jour imaginer non seulement servir l'écrivain au moment de sa mort, mais aussi lui servir de lit de mort ?

Pauvre Lily. Pauvre, pauvre fille !

— *Tu n'es pas seule. Je serai toujours avec toi* – les paroles de Mamie résonnent dans ma tête, comme toujours.

Si seulement Lily pouvait les entendre…

— Une bonne tasse de thé guérit de tous les maux, dis-je à Lily en lui tendant celle que je tiens au creux de mes mains.

Elle la prend, mais reste silencieuse. Ce n'est pas inhabituel chez Lily. Elle a du mal avec les mots, mais, dernièrement, elle a fait beaucoup de progrès pour s'exprimer, du moins avec moi. Elle a parcouru un tel chemin depuis son entretien d'embauche, dont M. Snow et moi nous étions chargés. Cela s'était si mal passé que les yeux de M. Snow avaient doublé de volume derrière sa monture en écaille de tortue lorsque j'avais annoncé : « Lily Finch est notre meilleure candidate pour le poste. »

— Mais elle a à peine dit un mot de tout l'entretien ! s'était exclamé M. Snow. Elle a été incapable de répondre quand je lui ai demandé d'exposer brièvement ses principales qualités. Molly, pourquoi diable voudriez-vous la choisir ?

— Puis-je vous rappeler, monsieur Snow, qu'une confiance en soi immodérée n'est pas la principale qualité à prendre en compte lorsqu'on embauche une femme de chambre ? Vous vous rappelez peut-être une ancienne employée de l'hôtel qui avait de l'assurance à la pelle, mais s'est révélée être de la très mauvaise graine en fin de compte. L'auriez-vous oubliée ?

M. Snow avait acquiescé, oh, de façon si subtile, mais la bonne nouvelle, c'est qu'à présent je lis beaucoup mieux en lui que lors de mes débuts en tant que femme de chambre au Regency Grand, il y a sept ans et demi.

Ce petit signe de tête signifiait sa volonté de me déléguer la décision finale concernant Lily.

— Mlle Finch est assurément silencieuse, mais depuis quand le bagou est-il une compétence essentielle pour une femme de chambre ? « La discrétion est une vertu silencieuse. » N'est-ce pas ce que vous dites toujours, monsieur Snow ? Lily a besoin d'une formation – que j'ai l'intention de lui prodiguer –, mais je sais que c'est une abeille travailleuse. Elle a tout ce qu'il faut pour devenir un membre précieux de la ruche !

— Très bien, Molly, avait répondu M. Snow, bien que ses lèvres pincées suggèrent qu'il n'était pas entièrement convaincu.

Durant les quelques semaines où j'ai formé Lily, elle a fait d'énormes progrès. L'autre jour, lorsque nous avons croisé nos fidèles clients, les charmants M. et Mme Chen, devant leur suite, Lily a parlé. Elle a pris la parole en présence de clients pour la toute première fois.

— Bon après-midi, monsieur et madame Chen, a-t-elle déclaré d'une voix douce qui tintait comme un carillon. C'est un plaisir de vous voir. Molly et moi avons laissé votre suite dans ce qui, je l'espère, est un état de perfection.

J'ai souri de toutes mes dents. Quelle joie c'était de l'entendre, après tant de silence éloquent entre nous ! Jour après jour, nous avions travaillé côte à côte. Je lui avais montré chacune des tâches à effectuer – comment faire un lit avec des coins au carré comme à l'hôpital ; comment astiquer un robinet jusqu'à ce qu'il soit rutilant ; comment retaper un oreiller au maximum – et sans rien dire, elle avait suivi mon exemple. Son travail était impeccable, et je le lui avais fait savoir.

— Tu as le tour de main, Lily, lui ai-je dit plus d'une fois.

En plus d'avoir le sens aigu du détail propre à une femme de chambre, Lily est discrète. Elle se déplace furtivement dans l'hôtel, nettoyant et astiquant, faisant briller et récurant, invisible. Elle est peut-être silencieuse – énigmatique même –, mais ne vous y trompez pas : Lily est une femme de chambre talentueuse.

À présent, assise dans le fauteuil de M. Snow, elle pose la tasse de thé intacte sur le bureau et s'inquiète, mains sur les genoux. Je me sens au bord de l'évanouissement en la regardant. Je me vois dans ce même fauteuil. J'ai été à sa place, et je ne veux pas que ça recommence.

Comment en est-on arrivé là ?

La journée était radieuse et ensoleillée quand j'ai quitté notre appartement à sept heures ce matin. Ce n'était pas un matin comme les autres pour deux raisons. Pour commencer, c'était le jour où l'auteur de *best-sellers* internationalement connu J.D. Grimthorpe devait faire sa grande annonce lors d'une conférence de presse à l'hôtel. Ensuite, mon petit ami, Juan Manuel, avec qui je vis dans la félicité domestique depuis plus de trois ans et avec qui j'ai travaillé au Regency Grand depuis plus longtemps encore, ne se trouvait pas à la maison. Cela fait trois jours entiers qu'il est parti voir sa famille au Mexique. Et je dois admettre que l'absence ne renforce pas les liens, dans ce cas particulier. Pour être plus précise, elle ne renforce pas les liens, mais les acariens. Par conséquent, il me manque terriblement.

C'est la première fois depuis des années que Juan Manuel retourne chez lui, un voyage pour lequel nous avons économisé assidûment. Oh, comme j'aurais voulu accompagner mon bien-aimé – un périple tous les deux, une véritable aventure –, mais, hélas, le destin en a décidé autrement : Juan est au Mexique et, moi, je suis coincée ici. Pour la première fois depuis la mort de Mamie, je me retrouve seule dans notre appartement de deux chambres. Peu importe. Tout va bien se passer. Je suis juste contente que Juan voie sa famille, sa mère en particulier, qui se languit de lui depuis des années, tout comme je me languis de lui en ce moment même.

Même s'il n'est absent que deux semaines, je meurs d'impatience qu'il revienne. La vie est simplement meilleure quand Juan en fait partie. Il m'a envoyé un texto ce matin avant que je parte au travail :

Aujourd'hui, ça va être incroyable ! DMHO,
il n'y a pas de quoi s'inquiéter. Te amo.

Je dois admettre qu'en lisant sa déclaration d'amour je me suis agréablement sentie toute chose, comme si j'avais des papillons dans le ventre, mais son utilisation des acronymes est toujours aussi consternante.

Je n'ai aucune idée de ce que tu veux dire.

Je veux dire que je t'aime.

Ça, je comprends !

Dans Mon Humble Opinion,
tu es époustouflante, et cette journée
va être extraordinaire.

Bien qu'ayant cruellement envie de partir pour le Mexique avec Juan, le devoir m'avait appelée, ou en l'occurrence M. Snow plutôt, et il était devenu clair dans l'instant que je n'irais nulle part.

— Connaissez-vous l'écrivain J.D. Grimthorpe ? m'avait demandé M. Snow quelques semaines auparavant.

— Effectivement, je le connais, avais-je répondu, en m'en tenant là.

— Sa secrétaire particulière vient de solliciter le Regency Grand pour un événement exclusivement VIP au cours duquel M. Grimthorpe a l'intention de faire une annonce très importante. Et... il a demandé que cela se passe dans le salon de thé de l'hôtel.

À l'autre bout du fil, je percevais l'excitation de M. Snow à son souffle court. La nouvelle était inespérée. Lorsque nous avions été secoués par le scandale du meurtre de M. Black, M. Snow avait eu la brillante idée d'attirer une nouvelle clientèle en redonnant sa gloire passée à une vieille réserve située à côté du grand hall. Il en avait fait un exemple de salon de thé Art déco digne d'un musée. La rénovation touchait à sa fin, et le Regency Grand avait justement besoin d'un événement VIP pour lancer publiquement l'ouverture. C'était parfait !

Et mieux encore, M. Snow voulait que ce soit mon équipe et moi qui supervisions l'événement. J'en avais immédiatement parlé à Juan.

— Quand la chance frappe à ta porte, ouvre, avait-il répondu. On va annuler notre voyage et on ira plus tard.

L'idée m'était insupportable.

— *Mi amor*, pars sans moi. On y retournera ensemble une autre fois.

— Vraiment ? Ça ne te dérangerait pas ?

— Déranger ? J'insiste. On ne peut pas faire attendre ta mère une minute de plus.

Il m'avait prise dans ses bras et serrée contre lui, puis m'avait collé des baisers sur toute la figure.

— Un pour chaque jour où je serai absent, avait-il dit. Et quelques autres juste comme ça. Tu es sûre que ça va aller sans moi ?

— Bien sûr que oui ! Qu'est-ce qui pourrait mal tourner ?

Et, donc, Juan a pris son avion il y a quelques jours tandis que je suis restée là et me suis attelée aux préparatifs pour la conférence de Grimthorpe.

Ce matin, je me suis mise en route pour cette mémorable occasion d'un pas vif et nerveux. J'étais excitée et anxieuse à la fois. En tournant le coin du dernier bâtiment, j'ai aperçu l'hôtel.

Il était là, le Regency Grand, sublime et intemporel, au milieu d'un cauchemar urbain de panneaux publicitaires tape-à-l'œil et d'immeubles de bureaux modernes et sans finesse. Un tapis rouge agrémentait la courte volée de marches menant à la majestueuse marquise de l'hôtel. D'éblouissantes rampes de cuivre encadraient l'entrée qui donnait sur les portes tournantes brillant de tous leurs feux. Le grand hall grouillait de clients volubiles traînant leurs bagages, de journalistes et de podcasteurs faisant péniblement passer leur matériel dans les portes en vue de l'événement.

Au milieu de l'escalier, sur le perron devant la marquise, se tenait M. Preston, portier au Regency Grand depuis toujours, avec son imposant couvre-chef et son long trench-coat orné des écussons de l'hôtel.

— Ma chère Molly, lança M. Preston quand je le rejoignis à côté de son pupitre. Quel grand jour, aujourd'hui !

— Oui, ça l'est, mais on est prêts ! Avez-vous vu le salon de thé ? Il est magnifique.

— C'est vrai. Écoute, Molly. Je me disais que ce n'est pas parce que Juan Manuel est parti qu'on ne peut pas se retrouver, toi et moi, pour notre habituel dîner du dimanche soir. Aucune raison qu'on mange chacun de notre côté. En plus, ça fait un moment que je veux te parler de quelque chose.

— Un dîner dimanche soir, ce serait sympa, répondis-je, mais attendons de voir comment se passe la semaine. Ça va sûrement être chargé sans Juan Manuel dans les parages, et je ne peux pas promettre que je serai en état de cuisiner sans lui.

M. Preston hocha la tête en souriant.

— Entendu. Je sais combien tu travailles dur et loin de moi l'idée de te déranger.

Le repas du dimanche soir avec M. Preston est une tradition depuis plusieurs années, et une fois par semaine nous dînons tous les trois à la confortable table de cuisine dans notre appartement. Nous célébrons toujours le moment en portant un toast à une nouvelle semaine rondement menée. Les repas sont simples, mais on se régale des rencontres insolites que chacun de nous a pu faire durant la semaine – et notez bien qu'au Regency Grand les rencontres insolites arrivent fréquemment. En fait, pas plus tard que dimanche dernier, j'ai diverti Juan et M. Preston en leur décrivant en Technicolor la chambre 404 que Lily et moi avions nettoyée plus tôt dans la journée.

— Elle débordait tellement de détritus, de cartons et de classeurs qu'on aurait dit le nid d'un rat. La personne qui occupe cette chambre fait des stocks de shampoing de l'hôtel. Il y avait des centaines de minuscules flacons !

— Qui a besoin de tout ça pour prendre sa douche ? a demandé Juan Manuel.

— Les flacons n'étaient même pas dans la douche. Ils étaient posés sur le minibar, à côté d'un tas de trucs à grignoter et d'un gros pot de beurre de cacahuètes ouvert, avec une cuillère en Inox plantée dedans !

M. Preston et Juan ont éclaté de rire et fait semblant de porter un toast au champagne avec des mignonnettes de shampoing.

Je laisse là mes souvenirs et observe M. Preston, debout sur les marches recouvertes d'un tapis rouge. Il a les cheveux plus grisonnants, le visage plus ridé, mais il se débrouille encore pour faire tellement bien son travail. J'ai toujours eu un faible pour cet homme. Il s'est montré exceptionnellement gentil envers moi au fil des ans, et il connaissait Mamie. Il y a longtemps, avant même ma conception, M. Preston et Mamie ont été des tourtereaux – ça veut dire des amants, un couple d'amoureux –, mais les parents de Mamie ont interdit leur union. M. Preston a fini par épouser quelqu'un d'autre et il a fondé une famille. Pourtant, l'amitié entre Mamie et lui a perduré. Elle l'a beaucoup aimé, jusqu'à son dernier souffle. Elle était aussi amie avec sa femme, Mary. Mais maintenant que Mary est morte et que sa fille Charlotte – qui m'a tellement aidée après la mort de M. Black – est loin, je me demande si M. Preston ne se sent pas seul. C'est peut-être pour ça que nos dîners du dimanche sont si importants pour lui.

Dernièrement, il s'est montré encore plus dévoué que d'habitude, et je ne sais pas pourquoi.

— Si les choses se gâtent aujourd'hui, tu sais que je suis là, m'a dit M. Preston ce matin sur le tapis rouge. Il n'y a pas grand-chose que je ne ferai pas pour toi, Molly, ne l'oublie pas.

— Merci, monsieur Preston. Vous êtes un précieux collègue.

J'ai pris congé et franchi les portes tournantes qui débouchent sur le hall majestueux du Regency Grand. Même après toutes ces années, j'en ai encore le souffle coupé quand je le vois – les sols en marbre italien et leur odeur acidulée de polish au citron, les rampes dorées du grand escalier et ses balustrades agrémentées de serpents, les confortables causeuses couleur émeraude qui ont abrité d'innombrables rendez-vous amoureux et secrets au fil des ans.

Le hall était véritablement en effervescence, et les réceptionnistes, tout en noir et blanc tels de petits pingouins soignés, orientaient bagagistes et clients ici ou là. Au milieu du hall, on avait disposé une grande affiche dans un cadre doré ouvragé que j'avais frotté à la perfection la veille, pour le faire briller, étinceler et miroiter :

AUJOURD'HUI
J.D. GRIMTHORPE
CÉLÈBRE AUTEUR DE ROMANS POLICIERS
CONFÉRENCE DE PRESSE VIP, 10 H
SALON DE THÉ

Il n'y avait pas un instant à perdre – tant de choses à préparer. Je me précipitai dans l'escalier menant au sous-sol et aux locaux réservés au personnel. Des couloirs étroits et bas de plafond éclairés par des néons fluorescents menaient à un dédale de pièces comprenant la blanchisserie, les placards où l'on range les fournitures, la cuisine de l'hôtel et son atmosphère étouffante et, bien entendu, la pièce que je préfère, le vestiaire des femmes de ménage.

Je me suis rendue directement à mon casier. Accroché à la porte dans une fine housse en plastique qui colle au tissu se trouvait une tenue d'une beauté sidérante – mon uniforme. Oh, comme j'aime mon uniforme de femme de chambre ! – chemise blanche soigneusement amidonnée et jupe droite noire fabriquée dans un Lycra extensible pour permettre les exercices de flexion et d'étirement qui sont le lot coutumier de toute femme de chambre travailleuse.

Sans perdre un instant, je me changeai, puis épinglai fièrement mon badge de Responsable des femmes de chambre au-dessus de mon cœur. Je vérifiai mon allure dans le miroir en pied, lissant quelques mèches noires rebelles qui dépassaient de mon carré autrement impeccable et me pinçai les joues pour colorer un peu ma peau pâle. Satisfaite du résultat, je remarquai ensuite quelqu'un d'autre dans le miroir. Réfléchi derrière moi se tenait mon propre double – Lily, vivante incarnation d'une femme de chambre parfaitement raffinée. Son uniforme était soigné, son badge de stagiaire habilement épinglé exactement comme le mien, juste au-dessus de son cœur.

Je me retournai pour lui faire face.

— Tu es matinale, commentai-je.

Elle acquiesça.

— Tu es venue tôt pour m'aider ?

— Oui, répondit-elle d'une voix douce.

— Ma chère Lily, tu es une perle. Mettons-nous au travail !

Nous nous dirigeâmes vers la porte, mais une silhouette piriforme nous empêchait de passer. C'était Cheryl, l'ancienne Responsable des femmes de chambre ; Cheryl, qui n'avait aucun scrupule à nettoyer les lavabos des clients avec la lavette qu'elle utilisait pour leurs toilettes. Elle avait été ma patronne à une époque, mais M. Snow l'avait rétrogradée après le fiasco M. Black et j'avais été promue à sa place.

— Cheryl, pourquoi diable es-tu déjà là ? demandai-je.

Ça n'arrivait jamais. Elle était toujours en retard, avec toute une panoplie d'excuses qui déclenchaient parfois en moi une rage si grande que j'avais envie non seulement de la virer, mais de l'étriper. Une pensée peu charitable, je l'admets.

— Journée chargée aujourd'hui, répondit Cheryl en se frottant le nez du dos de la main.

Mes épaules se contractèrent de révulsion.

— J'ai pensé que la Brindille-en-formation et toi, vous auriez besoin d'une femme de chambre avec de nombreuses années d'expérience.

Lily demeura absolument immobile, sans dire un mot. Elle parlait rarement en présence d'autres membres du personnel. À la place, elle étudiait le bout de ses chaussures parfaitement cirées.

— C'est incroyablement généreux de ta part, Cheryl, répondis-je.

Je tiens à signaler que je n'en pensais rien. Comme je l'ai appris, un sourire ne signifie pas toujours que quelqu'un est heureux. Parfois, les compliments sont feints. Et en louant la « générosité » de Cheryl, en fait, je faisais preuve d'ironie, car il existe peu de gens au monde dont la motivation soit aussi égoïste que la sienne.

— J'ai une idée, proposa Cheryl. Lily devrait nettoyer les chambres des clients aujourd'hui et moi, je peux t'aider à servir le thé pour la conférence de Grimthorpe. J'ai nettoyé la suite des Chen, comme ça, elle a une longueur d'avance.

Elle avait peut-être nettoyé leur suite, mais je savais qu'elle l'avait fait uniquement pour voler le pourboire laissé par nos généreux clients, un pourboire destiné à Lily, pas à elle.

— Merci, mais non merci, répondis-je en forçant le passage, obligeant Cheryl à s'écarter. Et, Cheryl, ajoutai-je, en me tournant vers elle, lave-toi les mains avant de reprendre le travail. Souviens-toi : la désinfection est notre obligation.

Je fis signe à Lily de me suivre, et nous laissâmes Cheryl derrière nous.

Après avoir quitté le vestiaire, je demandai à Lily de se rendre à la cuisine afin de vérifier où en étaient les préparatifs pour le thé devant être servi pendant la réception.

— Tu es responsable des deux chariots à thé de M. Grimthorpe aujourd'hui. Apportes-en un jusqu'à sa chambre maintenant. Frappe trois fois et laisse-le devant la porte. Ensuite, tiens-en un autre prêt pour l'événement. Assure-toi que l'équipe de cuisine prépare bien les deux chariots selon les directives *exactes* de M. Grimthorpe.

Lily acquiesça, puis se dirigea vers le couloir qui serpentait jusqu'à la cuisine étouffante. Pendant ce temps, je remontai à toute vitesse les marches du sous-sol et me rendis directement au salon de thé, dépassant le cordon bordeaux qui en barrait l'entrée.

Je m'arrêtai un instant pour admirer le spectacle éblouissant que j'avais sous les yeux. La pièce, haute de plafond, possédait une verrière en forme de coupole qui baignait les lieux d'une lumière chatoyante. Les murs étaient recouverts d'un papier peint Art déco vert et doré, les arches s'élevaient triomphalement jusqu'aux moulures de style Empire. Des nappes en lin blanc que j'avais moi-même disposées avec soin recouvraient les tables de café cylindriques, les serviettes étaient pliées en forme de bouton de rose, et des centres de table mettaient en valeur d'élégantes fleurs de lotus pastel. Pour le dire simplement, la pièce était une véritable vision, un glorieux retour en arrière à une époque de grandeur et d'infinis possibles.

Mon moment de ravissement fut interrompu par le brouhaha des journalistes qui s'étaient rassemblés au fond de la pièce, déroulant des câbles et réglant les caméras, tout en s'interrogeant à voix basse sur les motivations mystérieuses qui avaient pu pousser J.D. Grimthorpe à faire cette apparition publique, chose des plus rares. À l'avant, M. Snow ne cessait de hocher la tête devant une jeune femme armée d'un classeur qui testait le micro sur l'estrade. Sur le côté de la scène, des libraires étaient en train de disposer sur une table les *best-sellers* de J.D. Grimthorpe, dont *La Domestique du manoir*, le roman qui l'avait propulsé au rang d'auteur à succès mondialement reconnu. La couverture de l'édition la plus récente représentait un chemin de roses rouge sang qui zigzaguait jusqu'à une propriété monumentale, dans laquelle une lumière inquiétante brillait à une des fenêtres de l'étage.

Un frisson me parcourut en voyant la pile d'exemplaires. J'en savais tellement sur l'homme qui avait écrit ce livre. J'en savais aussi beaucoup sur le livre lui-même.

Juste à ce moment-là, M. Snow me repéra et me fit signe de venir le rejoindre. Je contournai les tables garnies de nappes blanches jusqu'à me trouver devant la jeune femme et lui.

— Molly, dit M. Snow. Permettez que je vous présente Mlle Serena Sharpe, la secrétaire de J.D. Grimthorpe.

Elle portait une robe bleue audacieuse qui épousait si parfaitement sa silhouette que tous les yeux dans la pièce étaient rivés sur elle. Mlle Sharpe me sourit, un sourire qui n'atteignait pas totalement ses yeux de félin. Il y avait dans son visage quelque chose d'énigmatique qui tenait du sphinx, et je ne parvenais pas vraiment à le déchiffrer.

— Je suis Molly Gray, Responsable des femmes de chambre, annonçai-je en guise de présentation.

— Mlle Sharpe passe en revue les derniers détails de l'entrée de M. Grimthorpe, expliqua M. Snow. Je lui ai assuré que personne ne réussirait à s'introduire dans cette pièce sans badge VIP, et que tous les invités se verraient servir une collation et des rafraîchissements à neuf heures quinze, en attendant l'entrée de M. Grimthorpe à dix heures pile.

Je ne fus absolument pas surprise que M. Snow connaisse si bien le déroulement de la cérémonie, car nous avions passé des heures à revoir chaque détail la veille.

— J'apprécie vraiment que vous nous receviez à la dernière minute dans votre nouveau lieu, dit Mlle Sharpe. Je sais que de telles requêtes signifient une énorme pression pour tous les employés.

Effectivement, c'était le cas. Les ouvriers s'étaient précipités pour mettre la touche finale au carrelage ; les chefs et les sous-chefs avaient rapidement concocté un élégant menu pour la collation du petit déjeuner avec des minisandwichs ; M. Preston avait renforcé la sécurité de l'hôtel ; et j'avais été chargée de trouver dans nos réserves quinze élégants services à thé en argent, avec les couverts assortis. Il y a longtemps, j'avais acquis un certain talent pour faire briller l'argenterie, alors j'avais moi-même astiqué chaque couvert, jusqu'à la dernière cuillère.

— C'est un plaisir de vous servir, répondis-je à l'assistante de M. Grimthorpe. J'espère que vous trouvez notre salon de thé agréable.

— C'est le cas. En fait, tout est tellement parfait, je pense que nous sommes en avance sur le programme. Si cela vous intéresse, je peux demander à J.D. de venir plus tôt afin de dédicacer quelques livres pour les membres du personnel.

Les sourcils de M. Snow se dressèrent sur son front dégarni.

— Ce serait merveilleux ! s'exclama-t-il en sortant son téléphone de la poche de son costume croisé pour passer une série de rapides coups de fil.

En quelques minutes, un groupe d'employés de l'hôtel enthousiastes faisait la queue derrière le cordon bordeaux à l'entrée du salon de thé. Angela, en tablier noir de barmaid, était au milieu de la file, tandis que Cheryl revendiquait son droit à se trouver au tout début. Lily fermait la marche, à la traîne derrière des cuisiniers, des plongeurs, et des femmes de ménage.

— Faites-les entrer, Molly, dans le calme, dit M. Snow, et je guidai donc mes collègues de travail jusqu'à la table où se trouvaient les livres, derrière laquelle une chaise vide attendait l'arrivée de notre écrivain VIP.

Mlle Serena Sharpe frappa à une porte camouflée dans les lambris sur un côté de la scène. Elle s'ouvrit en grinçant, et M. Grimthorpe fit son apparition – maigre et souple, avec des yeux fous au regard d'aigle, des cheveux gris en bataille, et une démarche posée et assurée. Il s'assit à la table. Mlle Sharpe lui tendit un stylo-plume noir et or. La pièce bruissait de murmures puis soudain il y eut un déchaînement de téléphones qui enregistraient la scène, chacun rivalisant pour prendre la meilleure photo.

— Molly, n'oubliez pas de faire la queue, me pressa M. Snow. C'est votre seule chance d'obtenir un livre signé du maître du roman policier en personne !

J'avais l'impression d'avoir pris racine, mais je me forçai à avancer et me retrouvai derrière un chasseur qui s'agitait tel un rongeur impatient.

Je lui tapai sur l'épaule.

— Est-ce que quelqu'un a prévenu M. Preston que le personnel pouvait faire dédicacer son livre ? demandai-je.

— Bien sûr, répondit-il. Il ne voulait pas venir. Il a dit qu'il préférait respirer l'air frais plutôt que se prosterner devant l'auteur.

— Il a vraiment dit ça ?

Le jeune homme acquiesça avant de reporter son attention sur la célébrité assise à la table.

Mon front se couvrit de sueur au fur et à mesure que la file s'amenuisait et que des employés en extase quittaient la pièce au pas de course, un exemplaire dédicacé du dernier livre de J.D. Grimthorpe précieusement coincé sous le bras.

— C'est votre tour, Molly, indiqua M. Snow pardessus mon épaule. Avancez.

Et c'est ainsi que je me retrouvai debout devant l'écrivain.

— Votre nom ? demanda M. Grimthorpe en me toisant de ses yeux de rapace.

— M-m-Molly, parvins-je à articuler.

— C'est un plaisir de vous rencontrer, Molly. Je suis J.D. Grimthorpe, lança-t-il.

Comme si je ne le savais pas déjà.

Il griffonna mon nom et sa signature dans mon livre puis me le tendit, établissant un nouveau contact visuel. J'attendis, mais pas un instant il ne sembla me reconnaître.

Comment était-il possible que je me souvienne de tout à son sujet mais qu'il ne se souvienne pas de moi ?

Chapitre 3

Avant

En pensée, je me replonge dans un souvenir.

J'ai dix ans, et je me trouve avec Mamie à l'arrière d'un taxi aux sièges en simili cuir qui couinent. J'agrippe fermement la poignée de la portière tandis que nous quittons le cœur du centre-ville pour nous enfoncer dans les banlieues, où chaque maison paraît plus grande et plus remarquable que la précédente. Nous sommes en route pour un endroit très spécial, et dans ma tête je me livre à un tour de magie que je connais bien, qui consiste à dessiner sur un tableau noir une expérience récente et désagréable avant de l'effacer, la faisant ainsi disparaître de mes pensées si ce n'est pour toujours, du moins pour un petit moment.

Mamie, cheveux grisonnants, lunettes perchées en équilibre instable au bout de son nez, est assise à côté de moi et brode un coussin. C'est un de ses passe-temps favoris. Je lui ai un jour demandé pourquoi elle aimait broder.

— Pour transformer l'ordinaire en quelque chose d'extraordinaire. En plus, ça élimine le stress.

Elle travaille sans relâche avec son aiguille, faisant passer un par un des fils de couleur vive à travers le tissu blanc uni. Elle a terminé la première ligne du coussin – « Mon Dieu, accordez-moi la sérénité » – et elle a commencé la suivante.

— Qu'est-ce qui vient après ? demandé-je.

Elle soupire et laisse un instant son ouvrage.

— Si seulement je le savais.

— C'est quelque chose sur le changement, ajouté-je pour l'aider.

— Oh, tu veux dire ce qui vient après sur le coussin. « Mon Dieu, accordez-moi la sérénité d'accepter les choses que je ne peux changer, le courage de changer celles que je peux changer…

— … et la sagesse d'en connaître la différence », terminé-je.

— C'est ça ! répond Mamie.

— Tu es sûre qu'on peut se le permettre ? dis-je en me tortillant sur mon siège qui couine et en réajustant la ceinture qui me rentre dans la taille.

— Se permettre quoi ?

— Ce taxi. Ça va nous coûter cher, non ? Ne gaspille pas, tu ne seras pas dans le besoin ?

— On peut faire des folies à l'occasion, simplement, pas tout le temps. Et aujourd'hui, ta Mamie a bien besoin de se faire un peu plaisir.

Elle sourit et reprend son aiguille.

— Dis-moi encore à quoi ça ressemble, là où on va.

— C'est une grande propriété agréablement aménagée, avec des pelouses ondoyantes, des jardins impeccablement entretenus, et de nombreuses pièces.

— C'est plus grand que notre appartement ?

Elle s'arrête, l'aiguille en l'air.

— Ma chère fille, c'est un manoir *somptueux* avec huit grandes chambres, une bibliothèque, une salle de bal, un jardin d'hiver, un bureau, et un salon rempli d'antiquités hors de prix. C'est l'antithèse de notre modeste appartement.

Je n'arrive toujours pas à l'imaginer dans ma tête, la dimension du manoir, sa splendeur. J'essaie de me remémorer la maison la plus luxueuse que j'aie jamais vue à la télévision, dans un épisode de *Columbo*, une maison avec des chiens-assis, un jardin anglais, et du lierre qui grimpait sur les murs. Mais lorsque le chauffeur de taxi prend un dernier virage et que Mamie dit : « On est arrivés », alors seulement je comprends que jamais je n'ai vu de maison semblable, ni dans la vraie vie, ni à la télévision.

Le taxi s'arrête devant une impressionnante grille en fer forgé surmontée de pointes menaçantes. La grille est flanquée de deux austères pilastres en pierre. Plus loin, j'aperçois une tour de garde de deux étages, grise, avec de sombres vitres teintées.

— Je sors juste une seconde, le gardien va nous ouvrir la grille, dit Mamie.

Je la regarde quitter la voiture, les yeux écarquillés, enfoncer un bouton beige presque invisible sur un des pilastres en pierre, et parler dans une sorte de grille camouflée à côté. Elle regagne le taxi et ouvre ma portière.

— Viens, dit-elle.

Je sors, serrant son coussin contre ma poitrine. Le chauffeur baisse sa vitre.

— Je peux vous emmener là-haut, madame, propose-t-il. Ce n'est pas un problème.

— Ce ne sera pas nécessaire, répond-elle en ouvrant son porte-monnaie d'où elle tire plusieurs billets péniblement gagnés.

— Je vous rends la monnaie, dit le chauffeur en ouvrant sa boîte à gants.

— Non, non, gardez tout.

— Merci madame.

Il remonte sa vitre, nous fait un signe de la main avant d'exécuter un large demi-tour et de reprendre la route par laquelle nous sommes arrivés.

Mamie et moi sommes debout entre les deux colonnes en pierre de la grille ouverte en grand. Devant nous serpente une allée pavée bordée de jardins ordonnés où de verdoyants buissons croulent sous les roses rouge sang les plus grosses que j'aie jamais vues. Au bout de l'allée, on aperçoit vaguement le manoir, deux étages, une façade grise et lisse avec huit fenêtres encadrées de noir et disposées sur trois rangées : deux, deux, et quatre. L'édifice tout entier m'évoque l'araignée-loup à huit yeux qui nous avait émerveillées, Mamie et moi, un jour que l'on regardait *National Geographic* – enfin, Mamie s'était émerveillée et, moi, j'avais failli rentrer sous terre.

J'agrippe la main de Mamie.

— Là, là, dit-elle. Tout va bien se passer.

Ce n'est qu'un jour de travail comme un autre pour Mamie, qui est employée comme femme de ménage chez les Grimthorpe depuis longtemps, mais pour moi, c'est la première visite. Au fil des ans, Mamie m'a décrit ce manoir avec beaucoup de détails – le salon rempli de trésors que M. Grimthorpe a rapportés de ses tournées promotionnelles à l'étranger ou hérités de son père ; le tableau abstrait dans le hall principal qu'elle appelle

« le barbouillage prétentieux » ; et plus récemment, le jardin d'hiver rénové depuis peu à la sortie de la cuisine, avec ses volets automatisés qui s'ouvrent et se ferment simplement en frappant dans les mains.

— Ce n'est que le début, m'avait un jour dit Mamie, alors que je la pressais de me donner plus de détails. Les lumières dans le couloir du haut s'allument et s'éteignent quand elles perçoivent ta présence.

— Tu n'as pas besoin d'appuyer sur un interrupteur ?

— Non. C'est comme si la maison savait que tu étais là !

Tout cela me semblait surnaturel, magique, comme sorti d'un conte de fées. Et même si Mamie m'a décrit chaque chose en détail, je n'avais jamais vu la maison de mes propres yeux. Pas étonnant que je me sente comme un astronaute atterrissant sur Mars. Malgré tout, je préfère être là avec Mamie qu'à l'école, où je devrais normalement me trouver un jour de semaine.

C'est de là qu'on arrive, en fait – de l'école. Ce matin, Mamie a été convoquée de bonne heure pour un entretien avec mon professeur, Mlle Cripps, et, malgré les protestations de cette dernière, Mamie m'a autorisée à assister au rendez-vous. Nous avons rencontré mon professeur dans le bureau de la directrice, où j'avais eu l'occasion d'aller plus souvent que je n'aurais voulu. Mlle Cripps s'est installée derrière le grand bureau en bois de la directrice, Mamie et moi avons pris place sur des chaises rigides en face d'elle.

— Merci d'être venues, a déclaré Mlle Cripps.

Je revois son visage dans ma tête, ce sourire crispé que j'étais incapable de déchiffrer à l'époque. Je la voyais comme l'incarnation même de la politesse. Maintenant, je comprends mieux.

— L'éducation de ma petite-fille est de la plus grande importance à mes yeux, a dit Mamie, mais, en me remémorant la scène, je revois ses mains jointes, la façon dont elle les avait résolument posées sur le bureau devant elle – un petit geste, à la fois une requête et une affirmation.

— Puis-je savoir où se trouve la mère de Molly ? a demandé Mlle Cripps. Non que ça m'ennuie d'avoir affaire à vous, mais vous êtes de la génération d'avant.

— Molly vit avec moi. Je suis sa tutrice. Et elle est ma pupille légale.

Je m'apprêtais à faire remarquer à Mamie qu'elle n'avait pas répondu à la question du professeur, quelque chose que Mlle Cripps désapprouvait, mais, au moment où j'ouvrais la bouche, la main de Mamie s'est posée sur mon genou, et mes paroles sont restées bloquées dans ma gorge, bien qu'à l'époque je n'aie pas compris pourquoi. J'ai essayé d'analyser le lien entre les deux en fredonnant la *Chanson du Squelette* qui raconte comment l'os du pied est relié à celui de la jambe et ainsi de suite, mais je suis parvenue à la fin de la chanson sans avoir trouvé une seule parole reliant ma langue à mon genou.

Pendant ce temps, Mlle Cripps et Mamie poursuivaient leur conversation polie.

— Je sais que vous êtes occupée, madame Gray. Vous êtes mariée, je me trompe ? Ou célibataire ?

— Vous pouvez m'appeler Mlle Gray, a corrigé Mamie.

— D'après ce que dit Molly, je comprends que vous travaillez toujours. Je dois vous avouer que je suis impressionnée, vu votre âge avancé.

Mamie s'est raclé la gorge.

— Voici ce qu'il en est, a continué Mlle Cripps. Nous sommes à quelques semaines de la fin de l'année scolaire, et c'est le moment où nous réfléchissons à la répartition des élèves pour l'année à venir.

— Je vous félicite de vous y prendre à l'avance, a répondu Mamie. Molly attend avec impatience d'avoir un nouveau professeur l'année prochaine, n'est-ce pas, Molly ?

— Il me tarde d'y être, dis-je. J'aimerais aussi avoir de nouveaux camarades de classe.

— C'est justement de ça qu'il s'agit, mademoiselle Gray, a poursuivi Mlle Cripps comme si je n'avais rien dit. J'en suis arrivée à la décision difficile que la meilleure chose pour Molly serait de la garder encore un an. J'ai peur que ses progrès ne soient pas à la hauteur de nos attentes pédagogiques.

Mamie s'est tortillée sur sa chaise, son regard faisant un aller et retour entre Mlle Cripps et moi.

— Je ne comprends pas. Ses évaluations lui ont valu de bonnes notes.

— Oui, ses notes sont satisfaisantes. Ses compétences linguistiques et son niveau de lecture surpassent largement ceux de ses pairs. Elle est souvent un peu trop précoce. Elle corrige la grammaire de ses camarades et les reprend sur leur vocabulaire.

Mamie a réprimé un rire.

— Je reconnais bien là ma Molly !

— Mais, voyez-vous, elle est… différente.

— Je suis entièrement d'accord, a répondu Mamie. Elle est unique. Mais avez-vous jamais remarqué, mademoiselle Cripps, combien, en dépit de nos différences, nous sommes tous semblables au fond ?

Ce fut au tour de Mlle Cripps d'esquiver la question. Au lieu de répondre, elle a repris :

— Les interactions sociales chez Molly sont inférieures à la normale. Elle ne s'est fait aucun ami à l'école. En ce sens, c'est un échec. Mademoiselle Gray, je dirais que les aptitudes sociales de Molly sont… élémentaires.

— Élémentaire, dis-je. É-L-É-M-E-N-T-A-I-R-E. Élémentaire !

J'attendais que Mamie approuve mon orthographe, mais elle n'a pas dit un mot. Je savais que j'avais correctement épelé le mot, pourtant elle semblait au bord des larmes.

Je voulais lui expliquer que tout irait bien, et que je connaissais le mot à cause du documentaire de David Attenborough que nous avions regardé ensemble quelques semaines plus tôt. C'était sur les grands singes, des animaux incroyables, si souvent sous-estimés. Ils sont capables d'utiliser des outils rudimentaires pour résoudre des problèmes non seulement en laboratoire et dans les zoos, mais aussi dans la nature. Remarquable !

— Mademoiselle Gray, a repris Mlle Cripps, l'autre jour, Molly a réprimandé un camarade parce qu'il mâchait la bouche ouverte. Elle se tient si près des plus petits qu'elle leur fait peur. Elle persiste à appeler le gardien Sir Walter, Maître des Balais. Certains jours, elle se cache dans les toilettes et refuse d'en sortir. Alors vous voyez, elle n'a pas le niveau des enfants de son âge.

Mamie s'est raidie sur sa chaise.

— Je suis entièrement d'accord. Son niveau n'est pas le même que celui des autres enfants. Molly, a continué Mamie en se tournant vers moi, pourquoi tu te caches dans les toilettes ?

— À cause de la saleté.

— De la saleté ? a répété Mamie en écho, et je me suis sentie tellement fière de l'avoir perçue, cette légère intonation montante, telle une délicate spirale à la fin de sa phrase, qui signifiait qu'elle voulait en entendre davantage.

— À la récréation, j'ai été invitée à jouer au football avec les autres enfants. J'ai accepté d'être gardienne avant de remarquer la flaque de boue qui s'étalait d'un poteau à l'autre. Quand j'ai refusé de prendre place dans la cage, mes coéquipiers m'y ont maintenue de force et mes chaussures se sont remplies de boue. Quand j'ai crié, ils m'ont jeté de la boue en me disant de m'y habituer. « Il n'y a pas de raison d'avoir peur de la saleté » étaient leurs mots exacts.

Mamie, bouche bée, s'est tournée vers Mlle Cripps sans un mot.

— Il faut bien que jeunesse se passe. Ils ne pensaient pas à mal, a repris celle-ci. Et puis, il faut que Molly apprenne les choses de la vie, d'une façon ou d'une autre.

— On est d'accord sur ce dernier point, a renchéri Mamie. Mais Molly n'a sûrement pas besoin d'apprendre de cette façon, de même que ce n'est pas à ses pairs de prendre en charge son éducation.

C'était une déclaration intéressante. Et je dois admettre que, jusque-là, il ne m'était jamais venu à l'esprit que mes camarades puissent aussi être mes professeurs. Dans ma tête, je m'interrogeai sur les mérites de cette approche éducative. Qu'avais-je à apprendre quand on m'enfonçait régulièrement la tête dans la cuvette des W.-C., ou que je retrouvais un crachat dans ma trousse ? Qu'avais-je à apprendre des surnoms qu'on me donnait, Molly la

Cinglée, la Chochotte, la Machine à Laver, ou celui que j'aimais le moins, Moll la Folle ?

C'est vrai, j'avais appris une chose de mes camarades de classe, c'est que le proverbe sur le crapaud et la colombe était entièrement faux. Ils m'avaient amplement donné l'occasion d'esquiver leurs projectiles, et, même quand leurs munitions atteignaient leur cible, les ecchymoses disparaissaient avec le temps. Mais les mots – la honte que j'en éprouvais – demeuraient à tout jamais. Leurs mots me font toujours mal à ce jour.

— Ne vous êtes-vous jamais dit qu'une attention plus personnalisée pourrait bénéficier à Molly ? a repris Mamie. Peut-être que l'école pourrait faire des aménagements de façon qu'elle se sente mieux à l'aise en classe. Ça pourrait être bien pour ses professeurs qu'ils tentent de nouvelles approches afin de communiquer avec elle, vous n'êtes pas d'accord ?

Mlle Cripps s'est alors mise à glousser, et, à l'époque, j'ai cru qu'une blague m'avait échappé.

— Je suis professeur depuis près de sept ans, après en avoir passé cinq à l'université. Je crois qu'à ce stade je sais ce que je fais, mademoiselle Gray. Bien entendu, il existe de nombreuses options pour une enfant telle que Molly, et je serais heureuse de vous procurer des brochures sur les divers spécialistes auxquels vous pouvez faire appel afin qu'ils s'occupent d'elle en privé.

— En privé, a répété Mamie. Ça signifie qu'il y aurait un coût.

— Naturellement. Vous n'attendez pas des éducateurs qu'ils travaillent gracieusement, n'est-ce pas ?

— Bien sûr que non, a répondu Mamie en enlevant ses mains du bureau.

— Nous sommes une école publique, mademoiselle Gray. Nous ne pouvons pas pourvoir aux besoins d'une seule enfant. J'enseigne à une classe de trente-cinq élèves.

— Je vois, a dit Mamie. J'ai bien peur qu'un spécialiste ou une école privée soient au-dessus de mes moyens.

— Vous êtes femme de ménage, c'est bien ça ?

Mamie a fait « oui » de la tête.

— Molly parle souvent de vous. Elle veut faire la même chose que sa Mamie quand elle sera grande. La pomme ne tombe jamais très loin de l'arbre, c'est ce qu'on dit. Elle pourrait devenir femme de ménage. Ou peut-être faire la plonge. Ça me paraît être un objectif de carrière adapté pour une enfant comme elle.

Mamie a baissé les yeux. Elle est restée un moment sans répondre.

— J'ai du mal à comprendre pourquoi on ferait redoubler une enfant qui a de bonnes notes. Je ne suis pas convaincue que ce soit la bonne approche éducative. Bien que j'apprécie votre avis sur le sujet, pourrais-je parler à la directrice s'il vous plaît ?

— C'est moi, a répondu Mlle Cripps. Ça n'a pas encore été annoncé, mais le conseil a pensé que ce serait bien d'apporter du sang neuf, quelqu'un… d'un peu plus jeune. L'ancienne directrice prend sa retraite à la fin de l'année. Elle est en congé pour le moment. En congé lié au stress, a-t-elle ajouté à voix basse, mais je l'ai parfaitement entendue.

— Très bien, a répondu Mamie, et, sur ce, elle s'est frappé les cuisses, a attrapé son sac à main, et s'est levée plutôt brusquement. Allons-y Molly. Le temps est précieux.

J'ai suivi Mamie qui se dirigeait vers la porte.

— Attendez, a lancé Mlle Cripps. Molly reste ici. Elle a une pleine journée d'école qui l'attend.

— Ah, a répondu Mamie. J'ai bien peur que nous ne nous soyons pas comprises. Si vous la forcez à redoubler une année, alors le moins que je puisse faire, c'est de ne pas l'obliger à finir celle-ci. Au revoir.

Et là-dessus, elle m'a poussée hors de la pièce.

Dans ma tête, une main chaude enserre la mienne, un tel réconfort. Je ne suis plus dans le bureau de la nouvelle directrice. Je suis devant le manoir des Grimthorpe avec Mamie.

— Est-ce qu'on entre ? dis-je.

— Oui, on entre.

— Est-ce qu'ils m'attendent ?

— Non, ça m'étonnerait qu'ils t'attendent.

— Et s'ils ne veulent pas que j'entre dans la maison pendant que tu travailles ? Et s'ils ne m'aiment pas ? Qu'est-ce qu'on va faire ?

— Ma chère fille, on fera face à la situation comme on fait face à tout le reste.

— Comment ça ?

— Ensemble.

Chapitre 4

Lily et moi avons attendu dans le bureau de M. Snow un temps excessivement long. Aucune de nous n'a prononcé un mot depuis au moins dix minutes. C'est, je l'admets, plus habituel pour Lily que pour moi. J'arpente la pièce tandis qu'elle reste immobile sur sa chaise, la peau moite et le teint pâle.

C'était horrible quand M. Grimthorpe s'est écroulé raide mort sur le sol du salon de thé, et pis encore lorsque la police et les ambulanciers se sont engouffrés dans la pièce et ont commencé à hurler : « Tout le monde dehors ! Tout de suite ! » Les invités se sont rués vers la sortie tandis que les ambulanciers tentaient en vain de ressusciter l'homme trépassé sur le sol. Je m'apprêtais à suivre les invités, mais Lily avait échappé à mon étreinte et était recroquevillée contre le mur, une terreur à l'état brut tellement évidente sur le visage que, même moi, je pouvais facilement la décrypter. Elle était clouée sur place, se fondant dans le papier peint.

— Lily ! ai-je appelé en me frayant un chemin jusqu'à elle.

J'ai attrapé sa main glacée et, ensemble, nous avons quitté le salon de thé en essayant de ne pas regarder le corps flasque et sans vie de M. Grimthorpe sur le sol.

— Emmenez-la dans mon bureau, Molly, a dit M. Snow en nous voyant. Les autorités vont peut-être vouloir lui parler.

Les autorités. Ces deux mots ont provoqué un frisson le long de ma colonne.

Lily à mes côtés, j'ai fendu la foule qui bouchait le couloir dans son entier, depuis la porte du salon de thé jusqu'au hall d'entrée. Les obsédés du roman policier et les journalistes avides de bonnes histoires, tous avec leurs badges de VIP autour du cou, échangeaient des informations à voix basse – « Est-ce qu'il est mort ? Que s'est-il passé ? Qu'allait-il annoncer ? » Mais pendant ce temps, d'autres aussi commençaient à se rassembler, ceux qui avaient entendu dire que quelque chose de fâcheux s'était produit au Regency Grand.

Alors que nous traversions le hall à toute allure, j'ai entraperçu M. Preston sur les marches extérieures, qui essayait de retenir la foule en écartant les bras, tandis que les lumières rouges des gyrophares se reflétaient par intermittence sur les portes rutilantes de l'hôtel. À chaque pas, Lily se faisait plus lourde à mon bras. J'avais l'impression qu'elle allait s'évanouir juste là. « Haut les cœurs, ma fleur », ai-je martelé en l'empoignant fermement et en l'entraînant rapidement dans les couloirs de service de l'hôtel. Pour être honnête, je ne croyais absolument pas ce que je disais, mais Mamie m'avait appris depuis longtemps qu'il était important de garder un esprit positif dans les moments difficiles.

Nous avons franchi le dédale de couloirs et de passages jusqu'à ce qu'enfin nous arrivions devant le bureau de M. Snow. J'ai frappé fort en annonçant : « Ménage ! » d'une voix tremblante mais pleine d'autorité. Personne n'a répondu, sans surprise, mais il est important de suivre le protocole. J'ai tourné la poignée, Dieu merci la porte était ouverte. J'ai guidé Lily jusqu'à un fauteuil bordeaux destiné aux invités dans lequel elle s'est effondrée telle une marionnette dont on aurait lâché les fils. Cela fait une demi-heure qu'elle est assise là, silencieuse et avachie.

— Lily ? dis-je. Tu vas bien ?

Elle me regarde, les pupilles plus dilatées que je ne les ai jamais vues avant.

— J'ai un terrible pressentiment. Cela pourrait très *très* mal finir. Pour moi. Pour nous.

Pile à ce moment-là, un visage apparaît à la porte, un visage familier et particulièrement bienvenu.

— Angela ! m'exclamé-je en me précipitant pour la rejoindre dans le couloir.

Elle tient une tasse de thé à la main.

— Tiens, dit-elle en me tendant la tasse bien chaude. J'ai pensé que ça te ferait du bien.

— Merci, réponds-je. Je n'arrive pas à y croire, Angela. Je n'arrive pas à croire qu'il est mort.

— Moi non plus. Espérons simplement qu'il y a une bonne explication. Mais je te préviens, Molls, ça sent pas bon. Comme dans les vraies histoires de crime.

J'ai toujours été sujette aux évanouissements, et, à cet instant précis, mon vieil adversaire – le vertige – frappe, me donnant la sensation abominable que l'univers tout entier bascule et qu'il n'y a rien que je puisse faire pour que cela cesse. Pour garder mon équilibre, je me concentre sur la tasse de thé dans mes mains.

N'est-ce pas étrange de constater à quel point la perception qu'on a d'une chose peut changer en un éclair ? Il y a quelques mois seulement, Angela m'a fait découvrir les podcasts de faits divers, et j'ai plutôt apprécié l'expérience. Ensemble, nous en avons écouté un intitulé *Douze Salopards et Suspects*, sur une série de meurtres commis par la mafia dans les banlieues. Dès le premier épisode, au bout de dix minutes, Angela avait deviné qui était le meurtrier.

— Et bam ! s'était-elle exclamée joyeusement quand, dans le dernier épisode, il avait été démasqué. C'est qui la boss ? avait-elle ajouté en se trémoussant et en secouant ses cheveux roux pour célébrer sa perspicacité.

Il y a quelques mois seulement, les faits divers étaient une échappatoire amusante, mais, maintenant, rien que d'y penser, je suis à deux doigts de tomber dans les pommes.

— Molly, ça va ? demande Angela.

Je parviens à faire un petit signe tête.

— Ne t'inquiète pas. Je me tiens au jus. Je te dirai si je découvre un truc louche.

— Louche ?

— Molly…, soupire-t-elle en posant une main sur mon bras tremblant. Mourir d'un seul coup comme ça n'est pas exactement naturel.

— Si ça n'est pas naturel, c'est quoi alors ?

— Criminel, répond Angela en me fixant de ses yeux sombres et globuleux.

— Mamie disait souvent : « Ne te précipite pas pour tirer des conclusions hâtives, tu risques de te casser la figure. »

— Et la mienne disait souvent : « Ouvre l'œil et le bon », alors c'est ce que je fais.

Juste à ce moment-là, on entend sangloter dans le bureau de M. Snow. On jette toutes les deux un coup d'œil furtif par la porte, et on voit Lily, tête dans les mains, qui pleure sur sa chaise.

— Elle va bien ? demande Angela.

— Je ne sais pas, dis-je à voix basse.

Je remercie Angela de la tasse de thé. Elle me fait un signe de tête et s'en va, sans autre mot ni murmure.

J'entre dans le bureau et pose la tasse sur la table basse à côté de celle que j'ai apportée à Lily un peu plus tôt.

— Tiens, une bonne tasse de thé guérit de tous les maux. Et si ça n'est pas le cas, il faut en boire une deuxième.

J'espère lui tirer un sourire, un regard, mais je n'ai droit ni à l'un, ni à l'autre.

Pendant un temps incroyablement long, je jacasse de façon inepte sur le bureau impeccablement rangé de M. Snow, la différence entre les livres reliés en cuir et les livres de poche, les trucs que j'ai appris de Mamie non seulement pour faire briller l'argent, mais aussi pour nettoyer au mieux les volumes reliés en cuir à l'aide d'un chiffon non pelucheux et de savon de sellerie.

— Molly, dit brusquement Lily.

Je me précipite et m'assieds sur la chaise à côté d'elle.

— Oui ?

— J'ai peur, dit-elle, les yeux écarquillés telles deux flaques d'anxiété.

— Je sais. Mais pourquoi ?

— Parce qu'un homme célèbre est mort. Parce que c'est toujours la femme de chambre qui est à blâmer. Toi, plus que tout autre, tu devrais le savoir.

Je prends ses mains dans les miennes. Je m'apprête à me lancer dans mon plus beau discours d'encouragements sur le bien qui triomphe toujours du mal, quand M. Snow apparaît à la porte.

— Oh, Dieu merci ! dis-je. Je suis heureuse de voir…

Les mots s'étranglent dans ma gorge, parce que, au moment même où M. Snow entre dans la pièce, j'aperçois derrière lui quelqu'un que j'ai eu la terrible malchance de rencontrer il y a quelques années, et que j'avais espéré ne plus jamais revoir. Elle est grande, imposante, avec des épaules carrées et athlétiques. Elle porte un pull et un pantalon noirs, et le fait qu'elle soit en civil plutôt qu'en uniforme ne fait rien pour calmer mon trouble.

— Hello, Molly, lance l'inspectrice Stark sur le seuil du bureau de M. Snow, l'air sûre d'elle.

Je sais que l'étiquette voudrait que je dise quelque chose du style : « Quelle joie de vous voir » ou : « Quel plaisir de vous recroiser après que vous m'avez injustement cataloguée comme étant la meurtrière de M. Black il y a quelques années et que vous avez presque fichu ma vie en l'air », mais j'ai appris que, si je ne peux pas contrôler les mots dans ma tête, mieux vaut ne pas l'ouvrir.

— Quelqu'un a appelé la police à la seconde où M. Grimthorpe s'est effondré, explique M. Snow. Elle est arrivée peu après que vous aviez quitté la pièce, Molly.

— Et je suis arrivée pas longtemps après, enchaîne l'inspectrice Stark en crochetant ses pouces dans les passants de sa ceinture et en se balançant d'avant en arrière sur les talons à la façon des cow-boys dans les vieux films. Me retrouver ici me donne une impression de déjà-vu, ajoute-t-elle en jetant un coup d'œil dans le bureau de M. Snow.

— J'espère bien que non, commenté-je. Si vous êtes ici pour enquêter, il serait préférable d'éviter les grossières erreurs judiciaires cette fois-ci. Comme disait Mamie : « Se tromper une fois est humain ; se tromper deux fois, c'est de la bêtise. »

M. Snow se racle la gorge.

— Molly, je comprends que vous soyez secouée par les événements de ce matin.

Stark entre dans la pièce et aperçoit Lily, avachie et défaite dans son fauteuil.

— Il semblerait que quelqu'un d'autre soit secoué aussi, lance-t-elle en la désignant d'un signe de tête. J'ai cru comprendre que cette jeune femme avait servi Grimthorpe juste avant sa mort.

— Cette jeune femme a un nom, précisé-je. Elle s'appelle Lily Finch, et c'est ma femme de chambre stagiaire, en qui j'ai toute confiance. S'il vous plaît, pardonnez son silence. Je pense qu'elle est dans un état de choc affreux.

— Puis-je ? demande l'inspectrice en tirant une chaise devant Lily et en s'asseyant avant que quiconque ait pu l'en prier. J'ai besoin de vous poser quelques questions, lance-t-elle d'une voix trop forte.

Pense-t-elle que Lily est sourde ?

— Elle entend parfaitement, dis-je.

Lily observe ses mains, livides et serrées sur ses genoux.

— Ce n'est pas la personne la plus loquace, mais je vous assure que c'est une femme de chambre stagiaire exceptionnelle.

— Exceptionnelle en quoi, là est la question, réplique l'inspectrice. Lily, vous comprenez que M. Grimthorpe est mort. Je viens d'observer soigneusement son cadavre et j'ai remarqué des… choses très louches. D'après ce que j'ai entendu dire, c'est vous qui avez préparé son thé ce matin.

— Comment est-ce que vous savez ça ? demandé-je.

— C'est Cheryl qui l'a signalé à l'inspectrice, répond M. Snow. Elle est restée un moment dans les parages.

— En quoi est-ce que le fait que Lily ait préparé le thé de M. Grimthorpe a quelque chose à voir avec son décès ? demandé-je.

L'inspectrice se tourne sur sa chaise pour me faire face.

— Molly, les gens ne meurent pas de façon soudaine sans raison, répond-elle. En général, il leur faut un petit coup de pouce. (Elle se détourne alors de moi et se penche tout près de Lily.) Lily, est-ce que quelqu'un d'autre que vous a touché le chariot de cet écrivain ce matin ?

Silence.

— Avez-vous remarqué quelque chose d'inhabituel dans l'hôtel aujourd'hui ? continue l'inspectrice. À l'étage ou peut-être en bas, dans la cuisine ?

Lily ne répond pas. Elle a le regard vitreux et dans le vague. Le mot « catatonique » me vient à l'esprit, et je suis tentée de l'épeler à voix haute, une vieille habitude, mais je résiste.

— Inspectrice, interviens-je, l'équipe de cuisine a préparé deux chariots à thé pour M. Grimthorpe ce matin – un premier servi avant la conférence et l'autre, pendant. Lily était chargée d'apporter les deux. Quant aux choses « inhabituelles dans l'hôtel », des choses étranges adviennent avec une régularité alarmante au Regency Grand. Il y a quelques semaines, un client a fait entrer en douce un serpent apprivoisé dans sa chambre. Le reptile s'est échappé et s'est lové sur un siège dans le hall. Par chance, j'ai repéré la spire anormale sur une causeuse vert émeraude juste avant qu'une dame au postérieur plutôt généreux s'asseye dessus. Saviez-vous qu'un jour j'ai surpris une *pop star* en train de remplir ses toilettes de glace pour refroidir son champagne ? Et hier encore simplement, quelques admirateurs de M. Grimthorpe déambulaient dans l'hôtel avec de faux badges VIP autour du cou.

— Comment savez-vous qu'ils étaient faux ?

— Grimthrope, dis-je.

— Pardon ?

— Les lettres dans le nom de Grimthorpe étaient inversées sur les badges. Erreur d'orthographe, expliqué-je. Très négligent.

— Molly a un œil de lynx pour les détails, confirme M. Snow.

— Hmm, fait l'inspectrice Stark en retroussant la lèvre d'un côté.

Elle me fait penser au chien en face de mon appartement. Il retrousse les babines exactement de la même manière juste avant de foncer de plein fouet sur la barrière. Peut-être Lily l'a-t-elle remarqué aussi, car elle éclate de nouveau en sanglots et enfouit son visage dans ses mains.

— Tu n'as pas à t'inquiéter, Lily, dis-je.

— Un peu tôt pour affirmer ça, réplique l'inspectrice.

— Pour information, Lily n'est pas la seule à avoir touché ces chariots ce matin. Moi aussi, je les ai touchés. J'ai corrigé quelques petits oublis faits par l'équipe de cuisine. Il lui manque un employé essentiel cette semaine, et je suis désolée d'avoir à signaler qu'elle fait quelques faux pas.

L'inspectrice se lève et arpente le bureau. Après avoir achevé ses déambulations, elle finit par s'arrêter juste devant moi.

— Donc, vous admettez avoir touché le chariot à thé.

— Effectivement, dis-je en levant la main droite. Il est de mon devoir en tant que Responsable des femmes de chambre de revérifier chaque détail pour un contrôle qualité. Et je ne me soustrais jamais à mon devoir.

— Y avait-il quelque chose de bizarre sur ce chariot ? Ou celui qui avait été apporté plus tôt ? Rien qui clochait ? continue l'inspectrice.

Je réfléchis un instant.

— En fait, si. Le napperon sous la théière était légèrement de travers, mais je l'ai redressé.

— Bonté divine ! soupira l'inspectrice. Je ne parlais pas littéralement.

— Je vous demande pardon ? dis-je, et moi non plus, je ne parle pas littéralement. Je veux dire : *Je ne comprends absolument pas ce que vous attendez de moi.*

— Ce chariot à thé, répète l'inspectrice. Je vous demande s'il y avait quelque chose dessus qui aurait pu avoir un lien avec le fait qu'un homme allait brusquement s'écrouler raide mort.

— À moins que le thé ait été empoisonné, je ne pense pas.

Comme si elle n'attendait que ça, un sourire narquois apparaît sur le visage de Stark, et Lily redouble de sanglots.

L'inspectrice se tourne vers M. Snow.

— J'ai besoin que vous me répétiez exactement ce que Grimthorpe a dit dans sa grande annonce.

— Eh bien, justement, avant qu'il puisse exprimer quoi que ce soit d'important, il… il…

— … est *mort*, terminé-je. M. Grimthorpe est *mort* avant de faire son discours.

L'inspectrice Stark observe M. Snow.

— Et en tant qu'organisateur de l'événement, vous n'avez aucune idée de ce qu'il devait annoncer ?

— J'ai bien peur que non.

— Vérifiez ses fiches ? suggéré-je.

— Ses fiches ? répète l'inspectrice qui ressemble en tout point à un perroquet dressé.

— Il les avait à la main quand il est monté sur scène. Il les a posées sur le pupitre.

— Vraiment ? répond Stark en croisant les bras.

Je réfléchis un instant afin de déterminer s'il s'agit d'un « vraiment » rhétorique ou si l'inspectrice attend réellement une réponse de ma part cette fois-ci. Par excès de prudence, j'opte pour la première solution.

L'inspectrice Stark laisse échapper un soupir que Mamie aurait pu qualifier d'« excessivement théâtral ».

— On n'a pas retrouvé de fiches sur le pupitre, dit-elle. Ni ailleurs dans la pièce.

Elle se tourne vers Lily.

— Il faut que vous parliez, maintenant. Et j'ai besoin que vous m'accompagniez jusqu'au salon de thé et que vous me montriez comment ça s'est passé. C'est clair ?

— Inspectrice, insisté-je en m'interposant entre elle et ma stagiaire bouleversée. Lily est incapable de parler en ce moment. J'ai connu ce genre de blocage par le passé. Dans mon cas, les blocages arrivaient lorsque les gens me parlaient d'une manière que je n'avais pas méritée. Je comprends l'urgence de l'affaire, et comme ma bouche est totalement fonctionnelle – du moins pour le moment – je me porte volontaire pour vous accompagner jusqu'au salon de thé afin de vous montrer comment les événements de ce matin se sont déroulés.

— Non. Pas question, répond l'inspectrice.

— Attendez, intervient M. Snow. Molly se trouvait juste à côté de Lily. Elle a tout vu. En plus, elle vient d'identifier un objet manquant que vos hommes et vous n'avez pas retrouvé sur les lieux. Molly pourrait vous être plus utile que vous ne le pensez.

— J'ai effectivement un œil de lynx pour les détails, renchéris-je.

— Même si vous en manquez autant que vous en observez, ajoute Stark.

Selon Mamie, si on n'a rien de gentil à dire, autant ne rien dire du tout. C'est pour cette raison que je garde le menton levé, les épaules en arrière et la bouche bien cousue.

Le silence, cependant, devient vite assourdissant.

L'inspectrice hésite, puis hausse les épaules.

— Allons-y alors, Molly, dit-elle. Mieux vaudrait ne pas me faire perdre mon temps.

Chapitre 5

Avant

Est-ce qu'il vous arrive de vous demander comment ce serait de retourner dans des endroits que vous avez connus enfant, de les revoir à travers vos yeux d'adulte ? Seraient-ils identiques, ou paraîtraient-ils plus petits, comme dans un rétroviseur, non parce qu'ils ont changé, mais parce que vous, vous avez changé ?

Dans ma tête, j'entends le grondement mécanique d'une grille en fer forgé noire qui se referme derrière moi.

— Un pied devant l'autre. C'est la seule façon d'arriver quelque part dans cette vie, lance Mamie.

Elle pose une main chaude dans mon dos et me pousse dans l'allée bordée de roses qui mène au manoir des Grimthorpe.

— Tu es sûre que ce n'est pas un musée ? dis-je.

— C'est une résidence privée, ma chère fille. Bien que j'hésite à l'appeler « une maison ».

— Pourquoi ?

— Tu verras.

Tandis que nous marchons, j'effleure les doux pétales satinés des resplendissants rosiers rouge sang.

— Fais attention, indique Mamie. Tu dois toujours te méfier des épines.

Je retire ma main et retrouve celle de Mamie.

— Est-ce qu'il y a d'autres domestiques et d'autres employés dans le manoir ? demandé-je quand nous arrivons à mi-chemin de la longue allée.

— Plus maintenant. La plupart ont été… congédiés. Il y a un jardinier et l'agent de sécurité dans la tour de garde près de l'entrée. Pour ce qui est de la maison proprement dite, ils ne font pratiquement confiance à personne. C'est une résidence énorme, mais je suis presque la seule autorisée à y entrer ces jours-ci.

— *Presque ?*

— Le fait est que leur vie sociale est assez restreinte. Les Grimthorpe restent entre eux.

— Ça semble parfait.

— Tu vas bientôt rencontrer Mme Grimthorpe, qui exige une obéissance et une loyauté de tous les instants, mais son mari, M. Grimthorpe, est passablement invisible ces temps-ci… sauf quand il ne l'est pas.

Je suis parcourue d'un frisson sinistre en imaginant un miasme, un spectre humain, un homme en partie invisible.

— C'est un fantôme ? demandé-je.

Mamie glousse.

— En un sens. C'est un écrivain qui s'enferme dans son bureau la plupart du temps. Mme Grimthorpe persiste à dire que son tempérament infect est un signe de génie artistique et qu'il est au-dessus du commun des mortels. On se doit de les servir, elle et lui, sans poser de questions. Quoi que tu fasses, Molly, ne le dérange *pas* dans son écriture. Je te conseillerais de rester prudemment à distance, dans la mesure où c'est une sorte de troll, avec un tempérament qui va de mélancolique à diabolique.

Une nouvelle image de l'homme prend forme dans mon esprit – celle d'un robuste troll hirsute qui vit sous un pont, avec des yeux rouges et ronds comme des billes, un dos bossu, et une mâchoire prognathe de carnivore.

— Et Mme Grimthorpe ? dis-je avec espoir. Est-ce qu'elle a des enfants ?

— Elle n'en a pas. Elle a passé sa vie entière à se dévouer au bien-être de son mari et à la protection de la réputation de la famille.

— Est-ce qu'au moins elle aime les enfants ?

— J'en doute fortement, mais on va vite le savoir.

Nous avons remonté la longue allée sinueuse et nous trouvons à présent devant l'immense porte d'entrée, avec son marteau de cuivre menaçant en forme de tête de lion en colère.

— Vas-y, dit Mamie.

J'attrape la lourde mandibule dans ma main minuscule, et frappe deux fois contre le bois dur.

On entend des talons aiguilles approcher derrière la porte, puis la poignée tourne. Je me dépêche de regagner ma place en sécurité à côté de Mamie.

La porte s'ouvre en grinçant et une femme de la taille et de l'âge de Mamie à peu près, avec un visage tout en longueur, des lèvres minces et pincées en une moue boudeuse, apparaît.

Mamie pose un pied derrière l'autre, baisse les yeux et exécute une révérence, quelque chose que je ne lui ai jamais vu faire avant.

— Flora ? lance la femme à l'air renfrogné, d'une voix qui crisse comme un disque rayé sur un phonographe. Pour l'amour du ciel, qu'est-ce que c'est que *ça* ?

La femme se tourne vers moi en plissant les yeux, et je me serre encore davantage contre Mamie.

— C'est Molly, ma petite-fille, répond Mamie d'une voix ferme et posée. Je vous demande humblement de lui permettre de rester pour la journée.

— Rester où ? demande Mme Grimthorpe.

— Madame, il y a eu un problème des plus inattendus à son école aujourd'hui. Elle n'a personne d'autre avec qui passer la journée pendant que je travaille, alors je sollicite votre permission pour qu'elle reste ici durant mon service. C'est une gentille fille. Elle ne fait jamais d'histoires. Elle est mon trésor.

Mme Grimthorpe maugrée, puis porte ses doigts graciles à son front, comme si cette nouvelle venait de déclencher la survenue d'une terrible fièvre.

— La domestique qui prend ses employeurs pour une garderie. Ridicule, à tous points de vue ! (Elle secoue la tête.) Je vais me montrer généreuse pour aujourd'hui, mais sachez simplement, ma bienveillance a une limite, et cette limite, c'est dix-sept heures.

— Bienveillance, répété-je. B-I-E-N-V-E-I-L-L-A-N-C-E. Signification : gentillesse, pitié, charité.

Je fais à mon tour la révérence et baisse la tête, exactement comme Mamie quelques instants avant.

— C'était quoi, ça ? demande Mme Grimthorpe.

— Concours d'orthographe, explique Mamie. Elle est très douée.

Les yeux de Mme Grimthorpe, semblables à un trou noir, sondent les miens au plus profond.

— Il y a des règles dans cette maison, jeune fille. Et tu dois respecter chacune d'entre elles.

— J'aime les règles.

— Bien. Règle Numéro Un : les enfants doivent être vus et non entendus. Correction : les enfants ne doivent être *ni* vus *ni* entendus.

J'acquiesce, de peur de contrevenir à la Règle Numéro Un en parlant.

— Règle Numéro Deux : pas de cris perçants, pas de hurlements, pas de geignements, pas de bruit de course, pas de bruit du tout.

J'acquiesce de nouveau.

— Règle Numéro Trois : hors de question – en aucun cas – de déranger M. Grimthorpe. Il n'apprécierait pas, et moi non plus. Ses projets littéraires sont de la plus haute importance, et son travail ne peut être interrompu. Est-ce que tu comprends ?

J'acquiesce une fois encore et mes doigts se raidissent dans la main de Mamie.

— Molly est exceptionnellement polie et bien élevée, reprend celle-ci. Elle se satisfera de rester tranquillement assise dans le salon.

— Et comment va-t-elle s'occuper ? demande Mme Grimthorpe. L'oisiveté est mère de tous les vices et il n'est pas question qu'elle fasse des ravages dans la maison parce qu'elle s'ennuie.

— Je m'occupe grâce à mon imagination féconde, indiqué-je, en comprenant trop tard que je viens d'enfreindre une règle.

J'ajoute un « Madame » en espérant que cela compensera mon erreur.

Mme Grimthorpe soupire, puis s'écarte pour nous laisser entrer.

Le vestibule est plus impressionnant que tout ce que j'ai jamais vu, avec son sol de marbre noir incrusté de motifs géométriques complexes et son escalier hélicoïdal en chêne foncé qui monte vers un premier étage disparaissant dans les hauteurs de la maison. Sur le mur à ma gauche, un miroir en pied doré me renvoie mon visage stupéfait. Le cadre est tellement doré que je suis sûre qu'il s'agit du miroir magique de *Blanche-Neige*. Quand je lève les yeux, le plafond est si haut que j'en attrape un torticolis. Suspendu à un filin incroyablement fin au-dessus de nos têtes, je découvre un lustre moderne qui étincelle de milliers d'éclats de cristal semblables à des fragments de glace. Plus loin dans le vestibule, je repère des tableaux sur les murs, et ils sont vraiment tels que Mamie me les a décrits – non des représentations de silhouettes que je reconnais, mais d'audacieuses taches de couleur abstraites qu'on dirait jetées sur la toile plutôt que tracées au pinceau.

Mme Grimthorpe referme la porte derrière nous avec un bruit sourd et caverneux.

— Je vais t'installer dans le salon, Molly, déclare Mamie. Tu peux travailler à ma broderie. Qu'est-ce que tu en dis ?

— Dépêchez-vous, ordonne Mme Grimthorpe. Les vitres du jardin d'hiver ne vont pas se nettoyer toutes seules, Flora !

Sur ce, elle fait demi-tour, s'éloigne dans le couloir en faisant claquer ses talons et disparaît dans les profondeurs mystérieuses de la maison. Mamie me donne une petite tape sur l'épaule, puis me fait entrer dans la première pièce gigantesque à notre droite par des doubles portes vitrées.

— Le salon, annonce-t-elle.

Je me sens prise de vertige en embrassant la pièce du regard – les fauteuils bleu roi à haut dossier, les moulures ornementales qui ressemblent au glaçage d'un gâteau, les tableaux classiques qui recouvrent chaque centimètre carré de mur – vaisseaux et naufrages, dames qui font gonfler leurs jolis jupons en tournoyant sur elles-mêmes, chasseurs poursuivant des renards aux yeux écarquillés de terreur dans de verdoyantes forêts. Et enfin, sur le manteau de cheminée qui surmonte la gueule noire du foyer, pile au milieu, j'aperçois l'objet le plus saisissant que j'aie jamais vu. Posé sur un socle ouvragé et terni, un œuf décoratif nacré et chatoyant, incrusté de diamants et d'autres pierres précieuses. Il n'est pas gros. Il tiendrait dans la paume de ma main. Il est d'une telle beauté hypnotique que je ne parviens pas à le quitter des yeux.

— Ferme la bouche, chérie, avant de gober une mouche, commente Mamie.

Je respecte les consignes qui me sont données, mais je suis incapable de détacher mon regard de l'objet enchanteur sur la cheminée.

— Mme Grimthorpe affirme qu'il s'agit d'un Fabergé, reprend Mamie. Une antiquité précieuse, transmise de génération en génération. Ravissant, n'est-ce pas ?

— Un trésor, dis-je, le souffle coupé.

— J'ai toujours aimé cette pièce, continue Mamie. Ils ont remis l'entrée et quelques-uns des autres salons au goût du jour, mais c'est celui-ci que je préfère. Viens maintenant.

Mamie me tire de ma rêverie et m'entraîne vers un des fauteuils bleu roi à haut dossier.

— Tu t'assieds là et tu travailles à mon coussin. Tu peux broder les petites fleurs bleu et rose. Tu te souviens de ce que je t'ai montré ?

Je m'en souviens bien. L'aiguille est comme un lapin – tu la fais rentrer dans le terrier en formant une petite boucle, et une fois qu'elle est dessous, tu fais un nœud pour la garder à l'abri.

— Je ferais mieux de vite aller dans le jardin d'hiver. Si tu trouves Mme Grimthorpe ronchon, crois-moi, ce sera pire si je ne me mets pas rapidement aux vitres.

Mamie fait alors une drôle de chose. Elle s'accroupit devant moi et me prend les mains.

— Je suis tellement désolée, confie-t-elle tandis que ses yeux se remplissent de larmes. Tu mérites mieux, mais je ne sais pas quoi faire d'autre.

Je ne sais pas pourquoi elle est bouleversée. J'ai l'estomac noué en la voyant dans cet état.

— Ne pleure pas, Mamie. Tu ne te souviens pas de ce que tu dis toujours à propos d'un coin où je me sentirais à l'abri ?

— Quand tu l'auras trouvé, tout ira bien ?

— Oui. Et tu sais quoi, Mamie ? Je viens de le trouver.

Une fois Mamie partie, je passe un long moment à observer attentivement chaque détail de la pièce majestueuse depuis mon fauteuil bleu roi à haut dossier, étudiant et mémorisant, enregistrant chaque objet dans un grand livre imaginaire à l'intérieur de ma tête. De cette façon, même si je ne reviens jamais dans le manoir des

Grimthorpe, je pourrai toujours le revisiter dans ma mémoire.

C'est une technique que j'ai apprise lors d'une sortie scolaire au musée des Beaux-Arts il n'y a pas si longtemps. Même si j'ai été la risée de mes camarades et si je me suis fait gronder parce que je lisais chaque cartel de chaque exposition, je m'en fichais. Rien ne comptait plus que ce que j'étais en train de bâtir dans ma tête – pas juste un coin où je me sentais à l'abri, mais un coin de paradis.

Une fois que j'ai recensé chaque tableau, chaque tapisserie, et chaque objet d'art dans le salon des Grimthorpe, je recrée les détails les yeux fermés, et ce n'est que quand j'ai une image d'ensemble en tête que je me saisis du coussin à broder de Mamie. Je commence par une fleur bleu et rose, mais avant peu, je sens que j'ai les paupières lourdes. Je pose la broderie de Mamie sur mes genoux et laisse mes paupières se baisser.

— C'est l'heure du thé !

J'ouvre brusquement les yeux. Il me faut un moment pour me souvenir d'où je suis. Mamie est debout devant moi. Je regarde l'horloge sur la table basse et découvre, stupéfaite, que la petite aiguille a fait plus d'un tour complet.

— Je vois que tu as dormi, observe Mamie. Pas étonnant que tu sois fatiguée, Molly. Tu as passé une sacrée matinée.

À côté d'elle, je découvre un chariot à roulettes sur lequel sont posés une théière fumante, une tasse à thé turquoise sur une délicate soucoupe en porcelaine, une corbeille de scones à la groseille tout juste sortis du four, de la crème fraîche dans une jolie coupelle rose, des tranches de citron dans une jaune, des sandwichs au concombre sur une petite assiette, sans les croûtes, et une cuillère en argent ouvragé.

— C'est pour qui tout ça ? Je croyais que les Grimthorpe ne recevaient jamais d'invités.

Mamie rit.

— Je t'assure que c'est le cas. Tout ça, c'est pour toi.

J'ai du mal à le croire. Le samedi, dans notre appartement exigu, Mamie nous prépare un thé exceptionnel avec des crumpets, que l'on mange à notre petite table de cuisine achetée d'occasion. Une fois, pour mes huit ans, Mamie avait acheté de la crème fraîche, et elle était si merveilleusement délicieuse que je n'en ai jamais oublié le goût. J'avais demandé si nous pouvions en avoir chaque week-end, mais Mamie avait répondu : « J'aimerais que ce soit possible... mais ça coûte trop cher. »

Maintenant, elle prépare mon thé juste comme je l'aime – deux morceaux de sucre et un nuage de lait. Elle remplit une petite assiette de friandises délectables et la pose sur le guéridon aux pieds incurvés à côté de moi. Elle plie un torchon propre sur l'accoudoir de mon fauteuil, probablement pour les miettes et les éclaboussures.

— Tu ne te joins pas à moi, Mamie ?

Je suis persuadée qu'elle va approcher un fauteuil. Je meurs d'impatience de tout lui raconter sur le coin de paradis que j'ai en tête, la façon dont j'ai stocké en mémoire le moindre objet de cette pièce, depuis les faisans sur la carpette tissée main jusqu'à l'assortiment de pierres précieuses ornant l'œuf de Fabergé, juste au cas où je ne reviendrais jamais dans cette splendide maison.

— Molly, je ne peux pas me joindre à toi. J'ai encore des vitres à nettoyer. Mais je viendrai te voir dans un moment. Aujourd'hui, c'est jour de ménage – alors à la poussière on fait la guerre. Plus tard, tu pourras me tenir compagnie pendant que je nettoierai dans cette pièce. Ça te plairait ?

— Oui, Mamie.

Sa main m'effleure la joue. Puis elle quitte la pièce.

Je m'émerveille une fois encore devant le chariot à thé. Je me prépare un scone avec de la crème et de la marmelade, puis un autre. Je dévore les deux et les fais descendre avec le thé qui a un goût d'agrumes et de roses macérés au soleil. Je me sers une seconde tasse en utilisant mes deux mains, exactement comme Mamie me l'a appris. Je suis fière de ne pas en renverser une goutte.

J'essaie de me contrôler, mastiquant chaque bouchée au moins vingt fois, mais avant peu, la corbeille de scones est vide, et ne reste plus sur l'assiette de sandwichs que des miettes éparpillées. Je repose mes ustensiles sur le chariot. C'est là que je vois le torchon que Mamie a laissé sur l'accoudoir de mon fauteuil. Ça me donne une idée. Pourquoi devrais-je passer le temps en me délectant de mon thé et en brodant quand je peux me rendre utile ?

Fais le bien pour quelqu'un qui en a besoin. C'est ce que Mamie m'a appris.

J'attrape le torchon et commence par enlever les miettes de mon fauteuil. Puis je poursuis le travail de Mamie en époussetant et en astiquant le guéridon jusqu'à ce qu'il brille. Je parcours toute la pièce, essuyant la moindre surface, pas juste les dessus de table et les fauteuils, mais aussi les cadres au mur, du moins ceux que je parviens à atteindre. Je dépoussière l'horloge sur la table basse, ainsi que les livres reliés en cuir qui s'y trouvent. Je dépoussière les bibelots et les statues, les pieds de lampe et les abat-jour, les rebords et les châssis de fenêtre.

Ne reste plus qu'une chose à faire briller dans la pièce – l'œuf de Fabergé, époustouflant, mais patiné. Je le prends sur le manteau de cheminée et l'emporte avec précaution jusqu'à mon fauteuil. Je m'assieds et pose le précieux objet sur mes genoux. Il est plus lourd qu'il n'y paraît, et encore plus beau, vu de près. Les pieds cintrés du socle sont décorés de festons élaborés, les diamants finement taillés et les perles nacrées sont incrustés sur l'œuf lui-même en rangées parfaitement symétriques. Le socle doré a peut-être l'air terne et décoloré pour le moment, mais je sais exactement quoi faire pour arranger ça.

J'attrape deux tranches de citron sur le chariot, les presse, et en fait couler le jus sur les pieds tachés, comme Mamie me l'a montré lorsque nous nettoyons notre argenterie d'occasion à la maison. À l'aide de son torchon, je frotte et polis, astique et décrasse. Quand j'ai terminé, mes mains et mes doigts n'en peuvent plus, mais il n'y a pas un seul endroit sur le socle doré qui n'étincelle ni ne miroite. Je rapporte l'œuf sur la cheminée et le repose sur son socle, où il brille comme un soleil miniature.

C'est alors que je l'entends, la voix rauque derrière moi.

— Qu'est-ce que tu as fait ?

Je sursaute et me retourne.

Mme Grimthorpe, debout à l'entrée de la pièce, pointe un doigt osseux vers le Fabergé rutilant. J'entends des pas précipités, puis Mamie apparaît elle aussi sur le seuil.

Elle regarde le torchon et la coupelle de citrons que j'ai laissés sur mon fauteuil.

— Molly, qu'est-ce que tu as fait ?

— Je me suis dit que j'allais prendre de l'avance sur ton ménage. À la poussière on fait la guerre. J'astique, aussi. Le Fabergé était tellement sale, Mamie. Je pense qu'il n'a jamais été nettoyé.

Je m'attends qu'elle me complimente pour mon initiative, mais au lieu de ça, elle pose une main devant sa bouche.

— Misérable enfant ! hurle Mme Grimthorpe d'une voix suraiguë, brisant par là même sa propre Règle Numéro Deux : pas de cris dans la maison. (Elle se tourne vers Mamie.) Elle a enlevé toute la patine sur une antiquité inestimable !

— Je ne l'ai pas abîmé. Regardez, il brille.

— Tu es une imbécile ! continue Mme Grimthorpe de sa voix stridente, son doigt osseux toujours pointé vers moi comme si j'étais un crapaud à cinq pattes ou un veau à deux têtes, ou Dieu sait quelle autre abomination contre nature.

— Elle essayait seulement d'aider, avance Mamie.

— Elle est idiote ! Elle a réduit à néant la valeur du Fabergé ! Si je disais à M. Grimthorpe ce que tu viens de faire, jeune demoiselle, ta grand-mère et toi seriez escortées *manu militari* hors de la maison.

— Mais Mamie n'a rien fait… c'était moi toute seule.

— Tais-toi, ordonne Mme Grimthorpe. Tu ne comprends pas ce que ça signifie de *se taire* ?

C'est exactement le genre de dilemme qui est un vrai casse-tête pour moi. Comment puis-je rester silencieuse si on me pose une question ?

Mamie intervient.

— Madame, je peux redonner sa patine au Fabergé. Il existe des astuces que n'importe quelle femme de ménage digne de ce nom connaît. M. Grimthorpe n'a pas besoin de le savoir. Ne me congédiez pas. Vous savez combien il est difficile de trouver des domestiques fiables de nos jours. Comme vous dites toujours : « les choses peuvent et vont empirer. »

— Vous ne trouverez jamais une meilleure femme de ménage que Mamie, ajouté-je. Jamais.

Mme Grimthorpe nous regarde tour à tour, les yeux brillants de colère.

— Ta grand-mère est loyale, parfois à l'excès. Contrairement à *d'autres* domestiques qui sont passées dans cette maison, elle au moins, elle comprend ce que le mot « devoir » signifie. Mais toi, jeune fille, tu ne le comprends pas.

— S'il vous plaît, insiste Mamie. Molly a fait une erreur. C'est tout.

— Si votre petite-fille veut réussir dans ce monde, elle doit apprendre que ses actions ont des conséquences. Cette jeune fille doit être punie.

— Je suis entièrement d'accord, répond Mamie. Elle mérite une punition sévère. La plus sévère qui soit.

— Mamie !

Je suis choquée de la voir suggérer une chose pareille alors qu'elle sait que j'essayais seulement d'aider. Mais quand je la regarde, elle pose deux doigts sur son menton, notre signal secret pour signifier que tout ira bien et que je dois suivre son exemple. Je cesse instantanément de parler.

— Ce que je propose, reprend Mamie, c'est que Molly travaille pour rembourser sa dette envers vous. Les enfants doivent tirer des leçons de leurs bêtises, et quelle meilleure leçon à tirer que de travailler dur, vous n'êtes pas d'accord ?

Le visage de Mme Grimthorpe change.

— Travailler dur ? répète-t-elle. À quoi pensez-vous ?

— Molly va mettre ses talents à profit. Elle va nettoyer. Sans que ça vous coûte quoi que ce soit.

— Je suppose que la punition est à la mesure du crime. Elle va faire briller l'argenterie dans l'office, ordonne-t-elle.

— Toute l'argenterie ? demande Mamie. Mais ça va prendre des semaines !

— Oui, répond Mme Grimthorpe. Effectivement.

Mamie me regarde d'un drôle d'air que je n'arrive pas à déchiffrer. Elle rayonne autant que le Fabergé.

— Viens, Molly, dit-elle. Allons dans la pièce où tu vas subir ta sévère punition.

J'ai la tête qui tourne. Je ne comprends rien à ce qui se passe, mais je suis Mamie et Mme Grimthorpe dans le long couloir qui s'enfonce plus profondément dans les entrailles labyrinthiques du manoir. Nous dépassons une immense salle de bal sur la gauche, une salle à manger de réception sur la droite, une salle de billard, et plus d'une salle de bains. Finalement, le long couloir débouche dans la plus grande, la plus propre, la plus magnifique cuisine que j'aie jamais vue, dont les immenses fenêtres donnent sur une serre vitrée et, au-delà, sur des jardins si verts et si bien soignés qu'on les croirait sortis d'un conte de fées.

— Continue, ma fille, dit Mme Grimthorpe en se dirigeant d'un pas lourd à l'autre bout de la cuisine.

Elle ouvre une porte et enfonce un interrupteur. La pièce fait deux fois la taille de ma chambre, et elle est remplie d'étagères du sol au plafond qui croulent sous les plats de présentation en argent, les assiettes en argent, les coupelles en argent, les théières en argent, les plateaux en argent, ainsi que d'innombrables jeux de couteaux, de fourchettes et de cuillères en argent. Cela ne se peut pas. Comment un seul couple peut-il posséder tant d'argenterie ? S'agit-il du trésor d'un pirate ou de la tanière secrète d'un dragon ?

— Voici l'office où on range l'argenterie, annonce Mme Grimthorpe. L'argent est terni. Tout est sale. J'ai renvoyé une domestique un jour parce qu'elle avait refusé de le faire briller, sous prétexte que c'était une perte de temps. Hormis d'autres affirmations ridicules, elle prétendait aussi que la soude contenue dans le polish lui abîmait les mains. Ça par exemple !

— Mamie, comment se fait-il que tu n'aies pas astiqué l'argenterie ?

— Ta grand-mère a d'autres choses à faire ! s'exclame Mme Grimthorpe ; entre autres s'occuper de la maison tout entière et veiller aux besoins considérables de mon époux. Est-ce que tu comprends que le simple fait de côtoyer un génie tel que lui est un privilège ? En le servant, on sert la créativité elle-même.

J'acquiesce à répétition pour montrer que je comprends, puis je lève la main comme je le ferais en classe lorsque j'ai une question pressante.

Mme Grimthorpe laisse échapper un ricanement.

— Quoi encore ?

— Est-ce que ça veut dire que je dois venir au manoir tous les jours au lieu d'aller à l'école ? Et que je dois nettoyer cette argenterie ?

Je regarde Mamie, et elle me fait de nouveau signe du menton. Je reste aussi immobile qu'une statue et pince fort les lèvres.

— Tu es une enfant terriblement indisciplinée, reprend Mme Grimthorpe. Mais j'espère que, contrairement à celles qui t'ont précédée, tu t'en sortiras. Dans ma grande bonté, je t'offre une seconde chance. Pour ce qui est de l'avenir proche, tu vas venir travailler ici tous les jours afin de faire amende honorable pour les dégâts que tu as causés à l'une des antiquités inestimables de M. Grimthorpe. Tu vas me dédommager en nettoyant et en faisant briller toute l'argenterie qui se trouve dans l'office.

Je n'en crois pas ma bonne fortune ! Je commence à sautiller sur place. Je regarde Mamie, qui semble ravaler son propre sourire.

— C'est un tel plaisir ! dis-je. Mais j'ai encore une question. Puis-je commencer tout de suite ?

Chapitre 6

L'inspectrice Stark sort du bureau de M. Snow d'un pas énergique, laissant Lily et lui derrière elle. Je la suis, comme il m'en a été donné l'instruction, mais elle s'arrête brutalement lorsque le couloir se sépare en deux. Je manque lui rentrer dedans.

— On prend par où pour le salon de thé ? dit-elle.

— Tout dépend, réponds-je. Vous préféreriez la route la plus pittoresque qui traverse le grand hall, ou la plus rapide, par les couloirs de service ?

— Emmenez-moi juste là-bas le plus vite possible, vous voulez bien ? répond-elle en accompagnant sa déclaration de ce que j'analyse comme une bonne dose d'impolitesse.

— Très bien. Ne perdons pas une minute de plus.

Je tourne à gauche et entraîne l'inspectrice dans les couloirs de service, à gauche encore, puis à droite, puis à gauche, jusqu'à atteindre le salon de thé, dont l'entrée est barrée par un ruban jaune. Une profonde sensation de malaise s'empare de nouveau de moi, une appréhension grandissante en pensant à ce qui s'est produit ce matin. En regardant dans la pièce, je laisse échapper un cri étouffé.

— On finit par s'y habituer, dit Stark.

Elle fait référence à M. Grimthorpe, dont le cadavre rigidifié gît dans un sac noir au milieu du salon de thé. Deux hommes en tenue sont en train de refermer le sac. Mais ce n'est pas le corps de M. Grimthorpe qui a provoqué ce choc en moi. C'est l'état dans lequel se trouve la pièce qui est déconcertant. Après tout le mal que je me suis donné, le salon est à présent complètement sens dessus dessous. Les nappes sont de travers et maculées de thé, les assiettes renversées. Le carrelage est collant sous mes pieds. Ici ou là, des sandwichs ont été piétinés et réduits en bouillie sur le sol. C'est un miracle que rien n'ait été cassé, hormis la tasse de M. Grimthorpe, dont les éclats sont éparpillés n'importe comment autour du sac mortuaire.

— Comme vous le savez, inspectrice, j'ai déjà été confrontée à la mort.

Ce que je ne dis pas, c'est que je ne suis pas affreusement bouleversée par celle de M. Grimthorpe, et que parfois, de manière bien étrange, le destin se charge de dispenser précisément ce qui est mérité. Je ne mentionne pas non plus le lien que j'ai entretenu avec l'homme qui se trouve dans le sac. Si j'ai appris quelque chose de *Columbo* et de mes expériences passées, c'est que les personnes en vie ayant connu des morts deviennent rapidement suspectes, et c'est la dernière chose que je veux être pour l'instant.

Je survole encore une fois la pièce du regard et me sens totalement abattue. J'étais tellement fière de la façon dont nous avions transformé l'ancienne réserve poussiéreuse en un nouvel espace événementiel éblouissant. C'est à ce moment-là que je suis frappée par cette idée – une pièce n'est qu'un contenant. N'importe quel espace peut être empoisonné par le souvenir de ce qui s'y est passé. Un salon de thé, une bibliothèque, un salon…

Je me sens soudain instable sur mes pieds. Le monde tangue autour de moi. Dans mon dos, j'entends des sanglots et des reniflements.

— Il est vraiment… mort ? demande une voix tremblante.

L'inspectrice et moi nous retournons.

Un groupe de femmes d'âge mûr est rassemblé dans le couloir en un troupeau tellement compact qu'on a du mal à déterminer où commence une femme et où finit la suivante. Toutes portent un cordon VIP autour du cou et un badge identique au niveau du cœur sur lequel on peut lire : J.D. GRIMTHORPE FAN NUMÉRO UN.

— Qui êtes-vous ? demande Stark.

— Nous sommes membres de la SLP, répond une grande femme aux cheveux gris bouclés en tête du groupe.

Je reconnais immédiatement en elle la présidente de l'association à cause de son petit drapeau rouge. Elle se promène avec depuis des jours, menant sa troupe de consœurs à travers tout l'hôtel dans l'espoir d'entr'apercevoir le célèbre auteur, d'obtenir un autographe ou, mieux encore, de faire un selfie à ses côtés.

— Il s'agit d'un fan-club, expliqué-je à l'inspectrice. Des lectrices passionnées par les romans policiers qui se sont spécialisées dans l'étude de M. Grimthorpe et de son œuvre.

— Nous ne sommes pas *simplement* un fan-club. Nous sommes des *aficionados* du roman policier, précise une autre femme aux cheveux gris et à la poitrine plutôt généreuse en montrant le badge agrafé à son pull-over marron qui bouloche.

Soit il est entièrement tricoté en poils de chats, soit il en est tellement couvert qu'on ne peut pratiquement plus voir la matière dont il est fait en dessous.

— Mort ou vivant, malade ou en bonne santé, nous nous consacrons entièrement au maître du roman policier, renchérit une femme menue aux cheveux argentés parsemés de mèches fuchsia éclatantes qui se trouve au milieu de l'attroupement. Dans nos cœurs et dans nos mémoires, J.D. vit *in perpetuum*.

— Signification : pour toujours, dis-je, en me souvenant du moment où j'ai appris cette expression.

Quelques-unes, si ce n'est toutes, se mettent à sangloter à l'unisson. Un paquet de mouchoirs fait son apparition quelque part dans le tas et passe de main en main.

— Vous êtes inspectrice ? demande la grande présidente aux cheveux bouclés en pointant son drapeau rouge vers Stark.

— Ouais.

— Vous connaissez la cause de la mort ? demande une autre au milieu du groupe.

— Je suis ici pour la découvrir, répond Stark.

— S'agit-il d'un meurtre ? ajoute la femme menue aux mèches roses.

— Je n'exclus rien pour le moment, répond l'inspectrice.

— Je peux vous aider, suggère la femme au pull en poil de chats. Je suis une experte de J.D. Grimthorpe.

— J'ai déjà plus d'aide qu'il ne m'en faut, réplique Stark en me regardant. Et ce dont j'ai besoin pour le moment, c'est que vous nous laissiez. Je vais vous demandez de quitter les lieux immédiatement.

La présidente acquiesce.

— Bien entendu. Mesdames – faites de la place pour l'inspectrice.

Elle lève son drapeau rouge pour rallier les autres.

— Inspectrice, nous sommes là si vous changez d'avis et que vous vouliez des informations d'ordre général, ajoute-t-elle en entraînant son groupe loin de l'entrée du salon de thé.

— S'il vous plaît, ne nous oubliez pas, lance la femme menue aux mèches roses.

— Je ne pourrais pas, même si je le voulais…, réplique l'inspectrice Stark.

La présidente au drapeau s'éloigne dans le couloir avec son troupeau, hors de notre vue.

Une fois qu'elles ont disparu, Stark soulève le ruban jaune qui barre l'entrée du salon de thé.

— Allez-y, Molly, ordonne-t-elle.

— Comme c'est gentil à vous, dis-je en plongeant sous le ruban.

Elle me suit.

Les deux officiers masculins qui avaient fermé le sac mortuaire se dirigent tranquillement vers nous.

— On a quelque chose ? demande Stark.

— Urticaire autour de la bouche et angiœdème sous les yeux.

— Signification : gonflement compatible avec un organe défaillant ou un arrêt cardiaque parfois, dis-je. Mais qu'est-ce qui provoque réellement l'arrêt d'un cœur ? C'est toujours la question, n'est-ce pas ?

Les officiers se tournent vers moi comme s'ils me voyaient pour la première fois.

— C'est qui, celle-là ? demande le plus grand.

— Molly, une femme de chambre, répond Stark.

— Molly ? C'est une blague ! ajoute le plus petit.

— Si seulement..., répond l'inspectrice.

— Qu'est-ce qu'une femme de chambre fabrique sur la scène de crime ? reprend le grand.

— Vous supposez qu'il s'agit d'une scène de crime ? demandé-je. En supposant, vous *osez* beaucoup trop.

Pour une raison que je ne parviens pas à comprendre, l'inspectrice lève les yeux au ciel, tandis que ses deux officiers me dévisagent, bouche bée.

— Ignorez-la, indique l'inspectrice. C'est mon problème. Remettez-vous au boulot.

— Mais je dois nettoyer ce bazar, dis-je. Il va me falloir du temps pour redonner à cette pièce sa perfection initiale.

— Hors de question. Pas de nettoyage, réplique Stark.

Ce n'est qu'alors que je réalise combien ce réflexe était idiot.

Les deux officiers regagnent le bazar au pied de la scène.

Stark sort un petit calepin de sa poche.

— OK, finissons-en avec ça. Molly, je veux que vous me décriviez la pièce telle qu'elle était avant l'incident. Pouvez-vous me dire qui et quoi se trouvait à quel endroit avant que M. Grimthorpe monte sur la scène ? Le moindre détail compte. Vous comprenez ?

— Je comprends parfaitement, dis-je en remontant le temps pour me remémorer le salon de thé dans toute sa splendeur, peuplé d'invités qui attendent l'entrée de M. Grimthorpe. À neuf heures un quart, tous les invités étaient assis. Les bagagistes, les serveurs et les femmes de chambre se tenaient sur le côté. Moi-même, j'étais là, près de la scène, juste à côté de Lily. Les photographes et les journalistes se trouvaient derrière nous.

— Et cette table ?

— Les libraires étaient derrière. Et Lily s'occupait du chariot de thé de M. Grimthorpe.

— C'est son chariot là-bas ? demande-t-elle en en désignant un devant la scène.

— Ça l'est, oui. Enfin, *c'était* le chariot de M. Grimthorpe.

— Les gars ! crie l'inspectrice. C'est celui-là le chariot de Grimthorpe.

Ils acquiescent et commencent à l'inspecter, les mains gantées.

— Grimthorpe était-il dans la pièce quand vous y êtes entrée ? demande Stark.

— Non. Il se trouvait derrière la porte en lambris dissimulée dans le mur. Mlle Serena Sharpe, la secrétaire particulière de M. Grimthorpe a frappé. Et M. Grimthorpe est sorti. On aurait entendu une mouche voler quand il est monté sur scène, et qu'il a posé ses fiches sur le pupitre.

— Ah oui, c'est vrai. Les fiches, les gars ! crie-t-elle. Vous avez retrouvé des fiches ?

— Non, madame, répond le grand officier.

L'autre fait « non » de la tête.

— Et que s'est-il passé ensuite, Molly ? reprend Stark en griffonnant dans son calepin.

— M. Grimthorpe s'est raclé la gorge et il a demandé une tasse de thé, que Lily lui a versé et lui a apporté sur scène à toute vitesse.

— On va aussi examiner le thé dans cette théière.

— C'était un superbe English Breakfast.

— Examiner le thé pour les toxines, Molly. Vous comprenez ? On veut savoir si quelqu'un, comme cette idiote dans le bureau de M. Snow, n'aurait pas mis quelque chose dans le thé de l'écrivain.

— Pas la peine d'être insultante. Quant au thé de M. Grimthorpe, il y avait assurément quelque chose dedans : du miel.

— Du miel ?

— Oui, qui provenait du pot que j'avais posé sur le chariot un peu plus tôt. Comme je l'ai déjà mentionné, juste avant le grand événement, j'ai inspecté le chariot en personne et je me suis aperçue qu'il y avait quelques erreurs. M. Grimthorpe prend son thé avec du miel, non du sucre. J'ai redressé un napperon de travers, puis remplacé le sucrier par un pot de miel.

— Les gars ! hurle-t-elle de nouveau. Trouvez-moi le pot de miel !

Les hommes gantés le cherchent, sans succès.

— Il doit être là, dis-je. Un pot en argent de qualité supérieure, avec une petite découpe dans le couvercle pour y glisser une cuillère du Regency Grand.

Je m'approche sans hésiter du chariot, mais ne vois qu'un napperon vide sur le plateau d'argent.

— C'est curieux, le pot n'est plus là.

Je regarde dans la pièce. Il y a des sucriers sur toutes les tables, mais aucun autre pot de miel, car ils ne font pas partie de notre service à thé habituel.

— Je ne comprends pas. M. Grimthorpe est pourtant descendu de la scène pour ajouter lui-même du miel dans son thé.

— Est-ce qu'il a bu dans la tasse brisée qui est par terre ? demande l'inspectrice.

— Absolument. On l'a tous vu. Il a bu quelques gorgées tout de suite, et quelques autres une fois remonté sur scène. Ensuite, il a posé la tasse, et s'est mis à parler. Il s'apprêtait à révéler un secret – il a eu le temps de dire ça – mais, avant qu'il puisse le faire, il a commencé à vaciller, on aurait presque dit qu'il avait bu. Et soudain, il a basculé en avant, et puis il s'est écroulé sur le sol, et a atterri sur cette pauvre Lily !

— Et sa tasse a volé dans les airs, constate Stark.

— Exact, dis-je en regardant les éclats sur le sol. Comme la cuillère et la soucoupe.

L'inspectrice s'accroupit avec précaution près des éclats de porcelaine. Elle se tourne vers les officiers.

— Les gars, vous avez ramassé une cuillère par terre ?

Les deux hommes secouent la tête.

Stark note quelque chose dans son calepin, puis tourne une page.

— Que s'est-il passé après la chute de M. Grimthorpe ?

— Tout le monde s'est précipité vers la scène. Il y a eu des appels à l'aide, des gens qui jouaient des coudes. Je me suis frayé un chemin vers l'avant, puis j'ai extirpé Lily qui était coincée sous M. Grimthorpe. M. Snow et sa secrétaire, Mlle Serena Sharpe, essayaient de le ranimer.

L'inspectrice lève brusquement la tête de son calepin.

— Et vous pensez qu'elle est où, maintenant, cette secrétaire ?

— Dans sa chambre, peut-être ? Elle communique avec celle de M. Grimthorpe, au deuxième étage.

— Des chambres qui communiquent ? Avec son *patron* ? lance l'inspectrice.

Elle se tourne vers ses hommes.

— L'un de vous a-t-il eu l'idée d'interroger cette jeune femme ?

Les deux hommes évitent son regard.

L'inspectrice Stark referme son calepin d'un coup sec.

— Il est temps de se secouer, ajoute-t-elle en se dirigeant d'un pas vif vers la sortie.

— Vous allez où ?

— Retrouver cette Serena Sharpe.

Je suis l'inspectrice. Nous sortons du salon de thé, traversons le hall jusqu'aux ascenseurs, que plusieurs clients attendent.

— Vous pouvez disposer. Allez faire ce que vous faites ici, peu importe ce que c'est, annonce l'inspectrice en enfonçant le bouton avec beaucoup plus de force que nécessaire. Mais ne quittez pas cet hôtel pour le moment, Molly. Vous m'entendez ? Et empêchez aussi votre acolyte de s'en aller.

— Très bien. Et comment exactement comptez-vous entrer dans la chambre de Mlle Sharpe si elle n'est pas là ? Quelqu'un vous a-t-il fourni une clé ? M. Snow peut-être ? Et je présume que vous avez un mandat, étant donné que vous ne pouvez pas pénétrer dans la chambre d'un client comme vous le voulez… à moins, bien sûr, que vous soyez une femme de chambre, ajouté-je en montrant mon passe magnétique.

Stark survole du regard les clients qui se trouvent parmi nous. J'ai l'impression que son cou se colore d'une nuance rouge tomate qui gagne ses pommettes, ou serait-ce un effet de la lumière ?

— OK, murmure-t-elle dans sa barbe. Vous pouvez venir avec moi. Et si quelqu'un devait poser la question, techniquement, c'est vous qui entrerez dans cette pièce, pas moi, compris ?

— Comme vous voulez.

Il se passe alors quelque chose qui n'est jamais arrivé durant toutes mes années de service à l'hôtel. Les portes de l'ascenseur s'ouvrent, et les clients qui se trouvent près de nous reculent, pour nous permettre d'entrer en premier. Quand c'est fait, ils ne nous suivent même pas. Je les entends murmurer entre eux. « Qui est la femme en noir ? On dirait une inspectrice en civil ! » « Est-ce que ça signifie que Grimthorpe a été assassiné ? » Les portes se referment et j'enfonce le bouton du deuxième étage. Stark et moi montons en silence jusqu'à ce que les portes se rouvrent en tintant.

— Par ici, dis-je en guidant l'inspectrice jusqu'à la suite de Mlle Sharpe, la 201.

Je frappe à la porte pendant qu'elle attend, quelques pas en arrière.

— Ménage ! lancé-je d'une voix ferme, mais poliment autoritaire. Pour une fois, je ne suis pas ici pour nettoyer votre chambre. Plus exactement, je suis avec quelqu'un qui souhaiterait vous parler.

Nous attendons, mais aucune réponse ne se fait entendre. Je me tourne vers l'inspectrice.

— À proprement parler, et en vertu de mon propre règlement, seule la femme de chambre de Mlle Sharpe est autorisée à entrer dans cette pièce, et ce n'est pas moi. Mais je vais faire une exception juste pour cette fois.

— Je vous en serai éternellement reconnaissante, répond l'inspectrice Stark, bien que son intonation me fasse remettre en question sa sincérité.

Je glisse mon passe dans la fente avec un léger vrombissement et ouvre la porte. L'inspectrice reste dehors, mais elle passe la tête à l'intérieur, et balaie la pièce du regard. Je sais ce qu'elle est en train de faire, parce que je le fais, moi aussi. Elle est en train d'enregistrer tous les détails de la pièce et va les stocker dans sa mémoire afin de les étudier plus tard.

Le lit a été refait depuis peu, avec des coins au carré impeccables. Les verres à eau sur la table sont équipés de leur protection en papier. L'aspirateur a été récemment passé sur la moquette, en rangées bien droites qui évoquent un jardin zen, les poils sont parfaits et immaculés. Non seulement cette pièce a été nettoyée il n'y a pas longtemps, mais Mlle Sharpe est clairement partie. Il n'y a aucune valise nulle part, aucun objet personnel.

— Tout est correct, Molly ? entends-je derrière moi. Est-ce qu'on a tout astiqué comme il faut ?

En me retournant, je découvre Sunshine et Sunitha, deux femmes de ménage expérimentées, debout dans l'embrasure à côté de l'inspectrice et d'un chariot de ménage.

— Est-ce que l'une de vous aurait vu Mlle Sharpe ? dis-je.

Sunshine fait « non » de la tête.

— La réception a dit qu'elle avait réglé sa note. On nous a demandé de nettoyer cette suite et celle de M. Grimthorpe. Il est parti lui aussi.

— Ah, bah ça ! lance l'inspectrice Stark.

— Il est mort, déclaré-je aux femmes de chambre. Tout à fait mort.

Les deux femmes sont bouche bée.

— Vous n'étiez pas au courant ?

— Il nous manque deux femmes de chambre, Molly, parce que Lily et toi avez été affectées au salon de thé. Lily devait nettoyer cette chambre, mais Cheryl nous a dit de la faire. On n'a pas quitté l'étage de toute la matinée, explique Sunshine.

— Je peux regarder dans votre poubelle ? demande l'inspectrice.

Sunshine et Sunitha échangent un regard entendu. Elles soupçonnent sûrement ce géant de femme vêtue en noir des pieds à la tête de folie, de perversion, ou d'un peu des deux.

— Elle est ici pour enquêter, dis-je. S'il vous plaît, donnez-lui le sac-poubelle de cette chambre.

Sunitha acquiesce et fouille dans son chariot pour en extraire un petit sac-poubelle blanc, qu'elle tend à l'inspectrice.

— Vous auriez des gants ? ajoute cette dernière.

Sunshine attrape une paire de gants jetables neufs sur son chariot et les lui passe.

L'inspectrice les enfile, ouvre le sac, farfouille dedans un instant, puis en sort quelque chose qui était au fond, un mot froissé écrit sur le papier à en-tête du Regency

Grand. Elle le lisse du plat de la main tandis que je lis par-dessus son épaule :

Vous êtes un ange.

Mes respects,
Votre plus grand admirateur.

La calligraphie est parfaite, rédigée au stylo-plume. Elle me semble familière, et pourtant, je n'arrive pas vraiment à la resituer.

— Est-ce qu'il s'agit de l'écriture de M. Grimthorpe ? demande l'inspectrice.

— Certainement pas.

L'inspectrice m'observe fixement, sourcils froncés.

— Comment pouvez-vous en être si sûre ?

Je réfléchis à toute allure. J'ai le cœur qui bat la chamade. Les contours de la pièce commencent à s'assombrir.

— Je le sais parce que… parce qu'il a signé des livres un peu plus tôt, pour moi et de nombreux autres, lâché-je tout à trac. Cette écriture ne correspond pas.

— Hmm, répond Stark.

Sunshine et Sunitha ont suivi notre échange comme s'il s'agissait d'un match de tennis, mais, formées comme elles le sont à servir les clients plutôt qu'à les interroger, elles ne posent pas la moindre question sur ce qui est en train de se passer.

— Mesdames, est-ce que Sharpe a laissé quelque chose d'autre dans cette pièce ? reprend l'inspectrice.

— Oui, répond Sunshine. Ça. (Elle montre douze roses rouges à longue tige dans un vase en verre posé sur son chariot.) Molly, on les a gardées. Ça semblait un tel gâchis de les jeter. On voulait te demander – est-ce que ça va ?

Je compatis immédiatement avec le problème épineux auquel font face mes femmes de ménage bien intentionnées. D'un côté, le *Guide du ménage à l'intention des femmes de chambre. Comment nettoyer et maintenir les lieux dans un état de perfection absolue* (un règlement officiel que j'ai conçu et rédigé en personne) stipule que les effets personnels laissés par les clients devront être remis aux objets trouvés, à la Réception. Cependant, un paragraphe dit aussi que, si et quand l'on juge que des effets ont été jetés plutôt qu'oubliés, lesdits effets peuvent être récupérés par les femmes de chambre pour leur usage personnel.

— Vous pouvez garder les fleurs, dis-je. L'économie protège du besoin.

— Et dans la chambre de M. Grimthorpe ? demande l'inspectrice. Est-ce que quelque chose y a été laissé ?

Sunitha fait « non » de la tête.

— Rien dans la poubelle ?

— Rien dans toute la pièce, répond Sunshine. Pas de valise, pas de poubelle, rien. Juste un lit renversé.

— Donc, son patron meurt brutalement et elle décampe d'ici, comme ça ?

L'inspectrice étrécit les yeux. Elle plie le mot trouvé dans la poubelle et le glisse dans son calepin, puis s'approche du chariot, vide le sac qu'elle tient à la main dans la poubelle, et retire ses gants en latex.

— Ce sera tout, dit-elle en se dirigeant vers le hall.

— Où est-ce que vous allez ? demandé-je en la suivant.

— À la gare.

— Alors votre enquête est terminée ?

Elle fait brusquement volte-face et je manque de nouveau de lui rentrer dedans.

— C'est loin d'être fini. Pour votre bien – et celui de votre petite acolyte – vous avez intérêt à ce que tout soit nickel dans le salon de thé.

— Oh, c'est certain. Tout sera impeccable quand j'aurai fini de nettoyer.

— Je ne parle pas de ménage, Molly. Je parle des rapports toxicologiques. Du thé sur le chariot !

— J'ai parfaitement conscience de ce que vous voulez dire. Mais vous, avez-vous conscience de ce que, *moi*, je dis ?

L'inspectrice cale ses mains sur ses hanches.

— Laissez-moi vous poser la question de manière très directe. Selon vous, est-ce qu'une femme de chambre ou un employé de l'hôtel, que ce soit vous ou quelqu'un d'autre, aurait eu une raison de détester M. Grimthorpe ?

J'hésite, parce que je ne sais pas comment répondre. La vérité, c'est que je connais effectivement une femme de ménage qui aurait eu une raison de détester M. Grimthorpe. Mais je sais aussi que cette femme est morte.

Chapitre 7

Avant

J'ai le souvenir en tête et je peux le revivre comme si c'était hier. C'est le soir qui suit ma première journée passée à travailler aux côtés de Mamie dans le manoir des Grimthorpe. Je suis à la maison. Mamie m'a bordée en me souhaitant de beaux rêves, comme à son habitude. Je ferme les yeux et m'endors du sommeil le plus profond et le plus exquis de toute ma vie.

Pour la première fois depuis longtemps, les persécutions qui m'attendent dans la cour de l'école le jour suivant et me donnent des cauchemars me laissent en paix. À la place, mes rêves scintillent, des visions d'argenterie et d'œufs Fabergé dansent dans ma tête. Au matin, je me réveille reposée et excitée à l'idée de passer une nouvelle journée dans le manoir des Grimthorpe.

Mamie et moi nous mettons en route à huit heures moins le quart. Pas de taxi hors de prix aujourd'hui. Nous avançons à la seule force de nos jambes, puis prenons un bus de ville et encore un autre. Durant le long trajet, je parle à Mamie de la grande révélation que j'ai eue avant de m'endormir.

— J'ai pris ma décision. Je sais ce que je veux faire quand je serai grande.

— De quoi s'agit-il ?

— Femme de ménage, comme toi.

— Oh, je ne te le conseille pas ! Ce travail comporte de nombreux périls cachés. Et je pense que tu peux viser plus haut, avec ton esprit affûté.

— Qu'est-ce que tu entends par *viser plus haut* ? Je veux être femme de ménage.

Mamie soupire et me tapote la main.

— Très bien. Pour l'instant, tu peux être ma femme de ménage stagiaire au manoir. Qu'est-ce que tu en penses ?

— C'est le paradis.

Une heure plus tard, nous arrivons à la grille du manoir. Mamie enfonce l'Interphone caché pour annoncer notre arrivée, et le gardien invisible dans sa tour ouvre le sésame. Nous remontons l'allée pavée bordée de roses odorantes. À l'entrée du manoir, au-dessus de la porte, un visage contorsionné que je n'avais pas remarqué la veille nous contemple.

— Mamie, est-ce qu'il s'agit de M. Grimthorpe ?

— Non, répond-elle avec un petit rire. C'est une gargouille en pierre, mais j'avoue que la ressemblance est frappante.

Je m'approche de la porte, attrape la lourde mandibule du lion, et frappe trois fois, fort. La poignée tourne, et Mme Grimthorpe apparaît sur le seuil, vêtue d'un chemisier beige et d'une jupe grise, lèvres pincées en une moue boudeuse.

— Bonjour, madame Grimthorpe. Je suis prête à astiquer et à faire briller, dis-je, fière de mon nouveau titre officiel de femme de ménage stagiaire de Mamie.

Mme Grimthorpe ne répond pas, mais s'écarte pour nous laisser entrer. Bras croisés, elle nous toise dans le hall. Mamie va chercher un chiffon dans le vestibule et m'ordonne de quitter mes chaussures. Elle frotte vigoureusement nos deux paires de semelles avant de ranger nos chaussures dans le placard, loin des autres paires luxueuses.

Mme Grimthorpe renifle de dédain puis nous devance dans le couloir principal. Nous passons devant le barbouillage prétentieux et arrivons dans la somptueuse cuisine ensoleillée qui sent les citrons et l'air pur du printemps.

— J'ai du *shopping* et des courses à faire en ville aujourd'hui, annonce Mme Grimthorpe. Le gardien va nous y conduire. Flora, vous m'accompagnerez et porterez mes sacs. L'enfant va rester là et travailler.

— Madame, je ne peux pas laisser Molly, répond Mamie. Qui va s'occuper d'elle ?

— Elle peut sûrement se débrouiller toute seule. En plus, M. Grimthorpe se trouve dans son bureau à l'étage et Jenkins est juste là, dans le jardin.

Je regarde dehors par les grandes fenêtres et repère un homme au visage rougeaud et aux yeux globuleux, le dos aussi droit qu'un point d'exclamation. Il nous observe tout en taillant les haies à l'aide d'une cisaille aiguisée.

Mme Grimthorpe consulte sa montre.

— On se dépêche, Flora. Installez l'enfant dans l'office pendant que je rassemble mes affaires.

Puis elle s'éloigne dans un couloir en faisant claquer ses talons et disparaît.

Dès qu'elle est partie, je sens les mains de Mamie se poser sur mes frêles épaules.

— Molly, je ne veux pas te laisser toute seule ici.

— Ça ne me dérange pas. Ça va aller.

— C'est vrai ? Parfois, je ne sais tout simplement pas quoi faire.

Mamie a cette façon de plisser les yeux qui me donne mal au ventre. Ça arrive parfois entre nous. Je ressens ce qu'elle ressent, son émotion pénètre en moi et s'enfouit au plus profond de mon être. Je note dans ma tête de vérifier cela dans le livre d'anatomie à la bibliothèque, parce que, même si la *Chanson du Squelette* n'en parle pas, quelque chose doit expliquer pourquoi les yeux de Mamie sont reliés à mon estomac.

— En cas de flottement, nettoie dehors et dedans, lui dis-je.

C'est une ritournelle qu'on chante ensemble, comme tant d'autres, lorsqu'on s'attaque aux tâches ménagères à la maison.

Mamie me serre contre elle, puis me tient à bout de bras.

— Si tu as besoin de quoi que ce soit pendant mon absence, tu vas voir Jenkins le jardinier, d'accord ? Je sais qu'il ressemble à un épouvantail, mais il a le cœur tendre comme de la guimauve. Je vais lui dire de garder un œil sur toi. Tu ne dois déranger M. Grimthorpe sous aucun prétexte, tu comprends ?

Avant que je puisse répondre, je remarque une femme qui remonte l'allée d'un pas vif en direction de la porte latérale du manoir. Elle a un foulard bleu sur la tête et des gants assortis. Elle nous fait signe à travers la fenêtre et salue Jenkins avant de continuer son chemin.

— Mamie, qui est-elle ?

— Oh, c'est la secrétaire de M. Grimthorpe. Mme Grimthorpe lui interdit de se mêler à nous – elle dit que c'est pour préserver la confidentialité du travail de M. Grimthorpe. Viens, on va dans l'office.

Je trottine à côté d'elle jusqu'à la pièce dont j'ai rêvé toute la nuit. Elle est exactement comme je l'ai laissée, remplie jusqu'au plafond d'une argenterie qui a traversé les générations et qui a bien besoin d'attention. Sur la grande table, les différentes pièces du service que j'ai nettoyées hier étincellent, telles de lumineuses étoiles.

Mamie fouille dans un placard, en sort deux paires de gants en caoutchouc, un gros bidon et une large cuvette. Elle se tourne vers moi, mains sur les hanches.

— Je ne peux pas te laisser astiquer toute cette argenterie à l'huile de coude. Sinon ton bras va finir par tomber.

Les efforts d'hier ont pompé toute l'huile de mes deux coudes et ils sont effectivement un brin raides, mais, pour l'instant, je ne pense pas courir le danger de perdre un membre.

Mamie enfile des gants et verse un peu de liquide dans la cuvette en faisant très attention.

— C'est un produit pour nettoyer l'argenterie, Molly. Il contient une minuscule quantité d'acide, qui est corrosif pour la peau. Dans le temps, quand j'étais en formation, on fabriquait la solution nous-mêmes. Un jour, une femme de ménage avec qui je travaillais a mis quatre fois plus d'acide qu'indiqué dans la recette et elle a laissé la cuvette près de l'entrée à l'arrière du manoir. Sa seigneurie est rentrée de la chasse avec les mains sales. Il a vu la cuvette et a flanqué ses doigts dedans. Si je n'avais pas immédiatement plongé ses mains dans l'eau, l'acide lui aurait rongé la chair jusqu'à l'os.

— Quel terrible accident !

— Terrible, oui. Accident ? Je n'en ai jamais été totalement sûre.

— Comment ça ?

— Tu sais Molly, le destin prend des chemins mystérieux. C'est pourquoi il est important de traiter les autres avec respect, tout le temps, ajoute-t-elle en me passant une paire de gants.

Je les enfile.

— De nos jours, le polish n'est pas comme le produit dangereux qu'on utilisait à notre époque. Il est beaucoup plus doux, mais tu dois quand même porter des gants quand tu travailles.

Mamie choisit un chandelier terni, le plonge dans la solution, et l'essuie avec un chiffon. Après l'avoir astiqué un instant, l'argent brille de tous ses feux.

— C'est magique ! m'exclamé-je en tapant dans mes mains.

— Flora ! entend-on quelque part au fin fond dans la maison. On se dépêche !

Mamie retire ses gants et les pose soigneusement à côté de la cuvette. Elle me plante un baiser sur le front.

— Je serai de retour avant que tu aies eu le temps d'épeler « sérendipité », et, là-dessus, elle se précipite hors de la pièce.

J'écoute Mme Grimthorpe lui donner des ordres près de l'entrée. Puis la porte se referme avec un bruit sourd, et je sais qu'elles sont parties.

Et voilà. Je suis toute seule dans le manoir – sans Mamie. Plutôt que m'effrayer, cette perspective m'emplit de fierté devant cette nouvelle responsabilité. J'épelle « sérendipité » cinq fois, puis en arrive à la conclusion que ce qu'a dit Mamie était à prendre au sens figuré (signification : pas réel) plutôt qu'au sens littéral (signification : précis et exact).

Dans le silence, un son nouveau résonne dans le manoir vide.

Rat-a-tat-tat-tat

C'est un bruit de machine à écrire. Tant de bruits m'agressent les oreilles, mais celui-là ne me dérange pas, parce qu'il est rythmé et prévisible. Ça doit être la femme en bleu, la secrétaire particulière de M. Grimthorpe, en train de taper dans un bureau, quelque part au fin fond du manoir.

En survolant l'office du regard, une sensation de ravissement me submerge. Je suis toute seule. Dans un manoir ! Je suis une grande personne à qui on a confié des responsabilités de grande personne. Je sautille dans la pièce, puis enfile mon tablier et mes gants en caoutchouc neufs.

Plonge dans le produit, astique, et ça reluit.

Je me mets au travail, astiquant une pièce après l'autre, alignant chaque objet rutilant en une rangée parfaite sur la table. Tout en travaillant, j'imagine que je suis en train de disposer la vaisselle pour un banquet royal donné par Mamie, aussi connue sous le nom de Duchesse du Tablier, et moi, la domestique Molly du Fabergé.

Notre liste d'invités est la crème de la crème. Robin des Bois préside à la table, vêtu d'un costume en velours frappé vert. À ses côtés se trouve Columbo dans un imperméable tout neuf, les cheveux soigneusement coiffés pour une fois, juste comme Mamie aimerait. En face d'eux, il y a Badger et M. Toad, puis Sir David Attenborough en costume de safari, un Humpty Dumpty bancal en pantalon court et bretelles, et Sir Walter, Maître des Balais, le gardien de mon école, et la seule personne que j'aimais là-bas.

Il reste encore quelques sièges à remplir, alors j'y installe l'Épouvantail, le Lion, et l'Homme de fer-blanc du *Magicien d'Oz*. J'ajoute le chat du Cheshire, qui sourit et sourit encore, roulé en boule sur une chaise tout au bout de la tablée. Demeure une chaise vide, et celle-ci est pour moi. Je porte une robe d'un blanc immaculé, avec des mancherons en dentelle et un jupon à volants qui m'arrive aux chevilles.

Je réclame l'attention en frappant légèrement ma tasse en porcelaine avec une petite cuillère en argent tout juste astiquée. Le tintement cristallin et haut perché sonne délicieusement à mes oreilles.

— Je porte un toast à Mamie. Et à mes meilleurs amis de contes de fées. Merci d'être loyaux et sincères, de la première à la dernière page.

Nous buvons du thé et mangeons des scones accompagnés de crème fraîche. Nous faisons un concours d'orthographe, et j'épelle correctement « extraordinaire » dès le premier essai. Nous sommes les Véritables Chevaliers d'Argent de la Table Rectangulaire, des âmes sœurs, les seuls amis que j'aurai jamais.

Une légère sensation de piqûre m'arrache à ma rêverie. Une goutte de polish a atterri sur mon avant-bras, juste au-dessus de mon gant. Je me précipite vers l'évier, et trempe la brûlure dans l'eau froide. Cela soulage l'irritation, mais lorsque je me retourne vers la table du goûter, mes amis se sont volatilisés. « Attendez, revenez ! » dis-je, mais l'imagination me fait défaut. Je baisse les yeux sur mon tablier élimé, ni volants ni mancherons, juste la misérable vérité.

C'est alors que ça me tombe dessus. Je comprends avec une certaine urgence que j'ai besoin d'aller aux toilettes. Je quitte mes gants et sors de l'office. Hier, Mamie m'a montré les toilettes que je devais utiliser. Ce n'est pas celles qui sont réservées aux visiteurs près de l'entrée, que Mamie appelle les « toilettes grand luxe ». Ce n'est pas non plus la salle d'eau qui se trouve à côté de la cuisine, avec son énorme baignoire à remous. Et encore moins celles de l'étage. Je dois utiliser les toilettes des domestiques au sous-sol, avec leurs murs en pierre qui suintent et où chaque recoin abrite une araignée poilue aux terrifiants petits yeux ronds à facettes.

— Il y a le strict nécessaire, m'a dit Mamie hier en tirant sur le cordon de l'ampoule nue avant de s'engager dans l'escalier aux marches glissantes et qui grincent.

Et maintenant, je me trouve debout devant cette porte à l'extérieur de la cuisine, et je m'arme de courage pour l'ouvrir et descendre, mais mes jambes sont vissées au sol. Je ne peux pas bouger.

Toc toc toc.

Je manque sauter au plafond. En me retournant, j'aperçois les yeux globuleux de Jenkins qui me dévisagent à travers les vitres de la cuisine. Il secoue plusieurs fois la tête, et dit quelque chose que je ne comprends pas.

— Je ne vous entends pas. Je ne sais pas ce que vous dites.

Jenkins quitte la fenêtre et s'approche de la porte vitrée. Il l'ouvre, mais n'entre pas. Il passe simplement la tête à l'intérieur et murmure :

— Tu n'as pas besoin de descendre là-dedans.

— Si, il faut que j'aille aux toilettes.

Je me souviens de ce que Mamie a dit à propos de Jenkins, qu'il ressemble plus à un épouvantail qu'à de la guimauve, ce qui serait préférable. Il est couvert de petites égratignures, sans doute à cause des épines des roses, et il porte un assortiment menaçant d'outils tranchants dans une ceinture en cuir autour de la taille. En voyant sa cisaille aiguisée, un frisson me remonte le long de la colonne. Pourtant, je le préfère aux araignées. Et c'est mon seul espoir pour le moment.

— S'il vous plaît, monsieur, vous m'accompagneriez au sous-sol ?

— J'aimerais pouvoir, moustique. Mais je ne suis pas autorisé à entrer dans la maison. Le travailleur est sale, tu comprends. Si Madame me surprenait, elle me flanquerait une raclée. Ensuite, elle me jetterait à la rue. Utilise d'autres toilettes. Si tu fais bien attention, Mme Grimthorpe n'en saura jamais rien, ajoute-t-il avec un clin d'œil.

J'acquiesce et déglutis.

Jenkins referme la porte sans bruit, puis tire la cisaille de sa ceinture et s'attaque à une haie près de la fenêtre.

J'inspire profondément plusieurs fois pour me calmer. Mamie m'a clairement expliqué que les toilettes du rez-de-chaussée étaient interdites, et la dernière chose dont j'ai envie, c'est provoquer la colère de Mme Grimthorpe en enfreignant les règles, risquant ainsi de recevoir ma propre raclée, ce qui me semble horriblement désagréable.

Je me rends dans le hall et m'arrête sous les éclats de cristal du lustre moderniste. Peut-être que, si j'utilise une des salles de bains de l'étage, on attribuera les preuves de ma présence à M. Grimthorpe ou à sa secrétaire. Je monte l'escalier principal sur la pointe des pieds, les marches grincent à chaque pas. L'escalier fait un coude jusqu'à un petit palier doté d'une fenêtre, puis une nouvelle volée de marches continue jusqu'au premier étage. Je monte jusqu'en haut et observe avec attention un long couloir caverneux papiété d'un motif sombre censé être du brocart, mais qui m'évoque des centaines de petits yeux plissés surveillant le moindre de mes mouvements.

Au moment où j'enfile le couloir, les lumières au-dessus de ma tête s'allument comme par magie. Je dépasse des chambres luxueusement meublées, jetant un rapide coup d'œil dans chacune – lit à baldaquin dans l'une ; lit en cuivre dans la suivante, qu'on dirait tout droit sorti de *L'Apprentie sorcière*. Je trouve enfin une salle de bains. Je ferme la porte et la verrouille derrière moi. Après avoir fait mes besoins, je me savonne et me rince les mains sous les robinets dorés, puis les essuie sur une serviette tellement moelleuse que ça pourrait être un nuage. Je déverrouille la porte et sors, soulagée.

Je sais que je devrais redescendre les marches sans bruit et reprendre mon travail, mais, en regardant tout au bout du couloir, j'aperçois une porte ouverte sur une pièce grandiose qui me coupe le souffle. C'est la bibliothèque que Mamie m'a déjà décrite, mais rien n'aurait pu me préparer à ce que j'ai sous les yeux. Même de loin, je peux voir qu'elle est pleine d'étagères qui courent du sol au plafond et de somptueux volumes reliés en cuir rouge et bleu, doré et vert.

Parfois, mes pieds n'en font qu'à leur tête, et c'est le cas à présent. Ils avancent sur la pointe jusqu'au bout du couloir, les lumières au plafond m'invitant toujours plus loin. Avant même de m'en rendre compte, je suis sur le seuil de l'impressionnante bibliothèque. Il y a une chaise longue recouverte de velours dans un coin près de la fenêtre et le pied de la lampe de lecture à côté figure une nymphe en cuivre en train de folâtrer. Une grande échelle aux pieds équipés de roulettes est appuyée contre le mur le plus éloigné. Elle permet d'atteindre les volumes les plus hauts tout autour de la pièce.

Envoûtée, je franchis le seuil. J'ai vu certains de ces livres à la bibliothèque publique, ou j'en ai entendu parler. D'autres sont nouveaux pour moi, y compris ceux qui arborent le nom de J.D. Grimthorpe sur le dos – *Le Secret de l'homme disparu*, *Poison et châtiment*, *L'Invité mystère.* Tendant le bras, j'effleure du bout des doigts une étagère qui contient des volumes en cuir dans des tons chatoyants – *Le Comte de Monte-Cristo*, *Les Contes de Grimm*, *Le Tour d'écrou.* Je n'ai qu'une envie, sortir un livre, me pelotonner sur la chaise longue, et me perdre dans les pages.

Rat-a-tat-tat-tat

Le bruit de la machine à écrire a repris, beaucoup plus près cette fois. C'est alors que je le vois, un mince rai de lumière qui s'infiltre par une fente au bas du mur le plus proche. Je me rapproche.

Et puis j'entends des bruits de pas. Quelqu'un marche de l'autre côté du mur.

— C'est confondant ! C'est bon à jeter, tout ! La peste soit de chaque mot !

Une voix d'homme, un grondement rauque et ténébreux. Les pas se font lourds et bruyants, et puis quelque chose atterrit sur le sol avec un bruit sourd. Je sens les vibrations sous mes pieds.

Une ombre se détache sur la lumière. Je me rapproche de quelques pas hésitants, mais les lattes du plancher grincent sous mes pieds.

— Qui est là ? fait la voix dans un mugissement de tonnerre.

À mes jeunes oreilles, on ne peut s'y tromper, c'est la voix grincheuse et assoiffée de sang d'un troll.

— Répondez-moi ! demande le troll.

Je commence à trembler parce que je le vois dans ma tête – bossu et poilu, avec des crocs saillants et des yeux injectés de sang. Il va m'attraper par les cordons de mon tablier et enfourner mon corps frétillant dans sa gueule vorace et grande ouverte.

Je ne fais pas un geste, ni pour m'enfuir, ni même pour essayer d'en savoir plus, parce que Mamie dit toujours que la curiosité est mortelle, et, dans ce cas précis, je n'ai aucune envie de mourir.

La pièce redevient silencieuse, et je me sens terriblement soulagée. Et puis mes pieds me désobéissent de nouveau. Je me retrouve soudain en train de ramper vers le mur et de m'accroupir. Je ne peux m'en empêcher. Je m'allonge à plat ventre, de façon à pouvoir regarder à travers la sinistre fente et voir ce qui se trouve dans la pièce d'à côté. Couchée sur le côté, les yeux au niveau de la fente, je m'en rapproche de plus en plus jusqu'à... un œil – un œil de troll bleu acier – me contemple fixement à travers le mur.

— AHHHHHHHHHHH !

Je me mets à hurler, l'adrénaline court dans tout mon corps. Je me remets précipitamment debout, sors de la bibliothèque au galop, enfile le long couloir juste au moment où j'entends la porte d'entrée s'ouvrir et Mme Grimthorpe donner l'ordre à Mamie de rentrer tous les sacs qui sont dehors.

Je fonce dans l'escalier, descends les marches deux à deux jusqu'à me retrouver dans l'entrée, à bout de souffle, essayant d'avoir l'air aussi parfaitement naturel qu'à l'accoutumée.

— Molly ? dit Mamie en posant une pleine brassée de sacs de courses par terre. On dirait que tu viens de voir un fantôme.

Je m'accroche à la rambarde en une courageuse tentative de normalité.

— Pas un fantôme. Pas exactement.

Chapitre 8

Dans mon rêve, je suis en train de fureter dans une forêt enchantée juste au bout du chemin où se trouve notre cottage en pain d'épices.

Un mouton à l'allure étrange me demande ce que je fais.

— Je ramasse des plantes médicinales pour Mamie.

— Tu ferais mieux de te dépêcher avant qu'il soit trop tard, répond le mouton en s'éloignant au trot dans le chemin.

Quand j'arrive à notre cottage, Mamie est recroquevillée dans son lit, les draps tirés jusqu'au menton.

— J'ai tes médicaments. Tout ira bien.

— Tu arrives trop tard.

C'est alors seulement que je me rends compte que ce n'est pas Mamie qui se trouve dans le lit, mais M. Grimthorpe le troll, enveloppé d'une peau de mouton et portant un bonnet blanc sur la tête.

— Non ! Vous êtes mort ! Partez et ne revenez jamais !

Il se met à rire, d'un rire dément qui monte du plus profond de ses entrailles. Au moment où il s'apprête à sortir les griffes pour m'attraper, la sonnerie de mon téléphone posé sur la table de chevet me réveille.

Je ne suis pas une enfant qui fait un cauchemar, mais une adulte dans son propre lit.

Je balaie l'écran pour répondre.

— Allô ?

— Molly ? répond Juan Manuel. On dirait que tu as couru.

— Je dormais. Je me sens en sueur et désorientée.

— Je suis désolé de te réveiller, *mi amor*. Je voulais juste te souhaiter le bonjour et te rappeler de te lever et de briller de tous tes feux.

Il cite Mamie. Je lui ai raconté qu'elle avait l'habitude de dire ça tous les matins en tirant les rideaux lorsque j'étais petite fille. *Lève-toi, ma fille, et brille de tous tes feux !* roucoulait-elle d'une voix claire et enjouée, tel un bruant chanteur. Elle est morte avant que Juan Manuel ait pu la rencontrer, et pourtant, une part d'elle continue de vivre en lui tout comme elle vit en moi, comment, je n'ai jamais totalement compris. Cet état de fait m'apporte du réconfort tous les jours.

— Comment s'est passée la conférence avec Grimthorpe, Molly ? Tu as tout déchiré ?

— Est-ce que j'ai fait quoi ? dis-je en me redressant dans mon lit.

Il me faut un moment pour comprendre qu'il ne fait pas référence à M. Grimthorpe, mais utilise une de ces expressions d'un genre nouveau qu'il affectionne tant.

— Pour information, ajouté-je, je n'ai rien déchiré du tout.

Juan répond d'un rire.

— Est-ce que la conférence d'hier s'est bien passée ?

Je ne veux pas me soustraire à la vérité, mais je sais que si je lui avoue qu'un écrivain célèbre est mort dans le salon de thé du Regency Grand, il va s'en rendre malade d'inquiétude. Le connaissant, il sautera dans un avion avant que j'aie eu le temps de dire « Jiminy Cricket », et ce serait tellement injuste. Je ne peux pas attendre de Juan qu'il soit là pour moi chaque fois que quelque chose va de travers. En plus, je suis parfaitement capable de gérer la situation moi-même. Après tout, je suis Responsable des femmes de chambre.

— *Mi amor*, tu es là ? Tout va bien ? demande-t-il.

— Pourquoi tu me demandes ça ? Est-ce que quelqu'un de l'hôtel s'est mis en relation avec toi ?

— Non. Ils ne sont pas autorisés à me contacter. M. Snow a dit aux membres de l'équipe de cuisine qu'il attendait d'eux qu'ils se débrouillent tout seuls pour une fois, plutôt que de faire appel à moi chaque fois que quelque chose déraille.

— Tout à fait vrai. On se repose tous beaucoup trop sur toi. Il est grand temps que tu fasses une vraie bonne pause.

— Mais je te manque quand même, n'est-ce pas, *mi amor* ?

— Bien sûr que oui. Tu n'as pas idée à quel point. (La tristesse me prend soudain à la gorge, et je me dépêche de la ravaler avant qu'elle ne s'échappe.) Je ferais mieux d'y aller maintenant. Il y a beaucoup de ménage qui m'attend à l'hôtel.

— Je suis sûr que tu vas t'en sortir. C'est toujours le cas.

Nous nous faisons nos sincères adieux, et je raccroche.

Je saute du lit, sommeil et rêves oubliés. Je m'affaire dans l'appartement et me prépare pour la journée qui m'attend. Je n'ai aucune idée de ce qu'elle va apporter, mais, comme disait toujours Mamie : *Saisis les occasions. On ne sait jamais ce qui peut arriver.* J'espère simplement qu'on va bientôt pouvoir attribuer la mort prématurée de M. Grimthorpe à des causes naturelles et continuer de faire ce que nous faisons de mieux au Regency Grand – fournir à nos invités un service clientèle des plus parfaits dans un lieu sophistiqué adapté à l'époque moderne.

Moins d'une heure plus tard, je marche d'un pas vif au soleil en direction des marches écarlates de l'hôtel. M. Preston, en couvre-chef et grand manteau, se tient sur le perron et aide des touristes qui ont du mal à s'orienter. Il montre la rue suivante à un jeune couple qui se précipite au bas des marches vers sa destination comme si tout était normal, comme si notre hôtel n'avait pas connu un bouleversement sismique pas plus tard que la veille. Alors que je regarde fixement l'entrée de l'hôtel, mes genoux se mettent à trembler.

— Molly ! appelle M. Preston dès qu'il me voit.

Je monte les marches à sa rencontre.

— Ma chère fille, j'ai pensé à toi toute la matinée. Quel choc affreux tu as dû avoir hier. Tu vas bien ?

— Monsieur Preston, ce n'est pas moi qui suis morte. Il va de soi que je vais bien, dis-je, bien que pas totalement convaincue par mes propres paroles.

— Dieu soit loué. Je suis content que tu aies survécu à la douloureuse expérience d'hier sans être trop secouée. Et bon débarras pour l'écrivain.

— Bon débarras ? Ça n'est pas très charitable.

— Je réserve la charité à ceux qui la méritent, et cet homme ne la méritait pas.

Une étrange sensation de picotement me remue les entrailles. Cela arrivait aussi à Mamie. Elle appelait ça ses « intuitions ».

— Monsieur Preston, connaissiez-vous M. Grimthorpe ?

— Je ne sais pas si quelqu'un le connaissait vraiment.

— Vous ne pensez pas réellement que quelqu'un dans cet hôtel aurait pu le tuer, n'est-ce pas ?

— Un homme comme lui ? Tout est possible.

Des clients arrivent en taxi.

— Molly, fais attention à toi aujourd'hui, lance M. Preston. Il se passe des choses par ici que je ne comprends pas tout à fait, et jusqu'à ce que j'y voie plus clair, tu ferais mieux de te tenir sur tes gardes.

C'est bizarre de dire ça dans une conversation bourrée de bizarreries, mais, dernièrement, M. Preston n'a pas vraiment été lui-même. Il ne cesse d'insister pour que nous dînions tous les deux, ce qui me pousse à me demander s'il va bien. Il est plus distrait et plus fatigué que d'habitude, aussi. Il demande de l'aide aux voituriers et prend des pauses plus souvent ces jours-ci.

— Ce n'est pas la peine de vous inquiéter pour moi, monsieur Preston. Ça va aller. C'est plutôt pour vous que vous devriez vous inquiéter.

Il hoche la tête et commence de descendre les marches. Je me dirige à l'opposé, passe les portes tournantes, et entre dans le superbe hall du Regency Grand. C'est une ruche bourdonnante d'activité bien qu'il ne soit pas encore neuf heures. Des clients sont assis sur le moindre canapé aux tons chatoyants, serrés les uns contre les autres. Les effluves matinaux de café et de polish au citron s'entremêlent dans l'atmosphère.

Une file de nouveaux clients attend devant la réception, tandis qu'un ballet de chasseurs fait des aller et retour pour venir à bout de la quantité invraisemblable de valises qui jonche soudain le sol du hall. J'ai déjà vu ça, bien entendu, le lendemain du décès de l'infâme M. Black. Ce matin-là, notre hôtel s'était retrouvé archiplein. Tous les voyeurs en ville avaient soudain décidé de réserver une chambre afin « d'en être » et tous posaient la même question : « M. Black était-il mort de cause naturelle ou quelque chose de plus sinistre était-il en train de se jouer au sein du Regency Grand ? » Ce n'est pas différent cette fois-ci. Hier, un écrivain connu s'est écroulé raide mort dans le salon de thé, et aujourd'hui, le hall palpite d'une énergie conspirationniste, clients et personnel échangent les ragots les plus croustillants. C'est inquiétant, tous ces bavardages sur de potentiels suspects et de possibles criminels parmi nous.

Je tourne brusquement à droite, m'éloigne du hall, et me précipite vers les locaux du personnel au sous-sol. Mon uniforme fraîchement nettoyé à sec est accroché à la porte de mon casier dans une housse en plastique qui colle au tissu – un nouveau départ. Je l'enfile rapidement et suis en train d'agrafer mon badge de Responsable des femmes de chambre au-dessus de mon cœur, quand quelque chose dans un coin de la pièce au plafond bas me fait sursauter.

— Lily ! (Elle est debout, immobile, figée dans l'ombre de son casier.) J'ai failli mourir de peur. Qu'est-ce que tu fais ici aujourd'hui ? Je ne m'attendais pas à te voir, pas après le tumulte d'hier. Pourquoi tu ne t'es pas fait porter malade ?

— Parce que je ne suis pas malade, murmure-t-elle. Et il y a quelque chose que je dois…

C'est le moment que choisit Cheryl pour entrer en traînant les pieds, de cette démarche nonchalante qui me donne envie de les lui couper.

— Te voilà, mon petit passe-muraille, susurre-t-elle d'un ton monocorde en repérant Lily qui se cache dans le coin. La perfection même, hein ? Tu vas nettoyer tout le deuxième étage aujourd'hui, vu que Molly est réclamée ailleurs.

— De quoi tu parles ? commenté-je.

— Oh, M. Snow ne t'a pas dit ? Il a besoin de toi au Social. Une histoire de serveurs absents. Du coup, c'est *moi* ton chef aujourd'hui, Lily. Ordre de M. Snow. (Elle montre le badge de travers au-dessus de son opulente poitrine.) Regarde qui est de nouveau Responsable des femmes de chambre !

Le tumulte bouillonne en moi. Je n'arrive pas à décider si je dois redresser son badge de travers ou lui coller une gifle.

— Je suis sûre qu'il s'agit d'un malentendu, dis-je à Lily pour la rassurer. Je vais en parler à M. Snow tout de suite.

— Te gêne pas, marmonne Cheryl.

Selon Mamie, *Pas la peine de se battre contre des moulins à vent*, alors je détache mon badge et le range avec soin dans mon casier.

— Passe une bonne journée, Lily, lui dis-je avant de sortir du vestiaire sans un autre mot pour Cheryl.

Je monte l'escalier au trot, plus échauffée que de l'eau qui bout.

Je me rends dans le grand hall, où j'aperçois M. Snow devant le guichet de la réception, vêtu d'un gilet en velours noir et d'une élégante cravate à motifs cachemire. Angela se trouve à côté de lui, sa flamboyante chevelure rousse en bataille.

Je vais directement vers eux.

— Je suis ou je ne suis pas la Responsable des femmes de chambre de cet hôtel ? lancé-je à M. Snow.

Il soupire, puis réajuste sa cravate.

— C'est seulement pour aujourd'hui, Molly. Il manque trois serveurs à Angela, alors on est un peu dans le pétrin. On a besoin de votre aide au restaurant. Et sans vous dans les chambres, j'ai dû confier cette responsabilité à quelqu'un.

— Et vous avez choisi Cheryl ? Pourquoi vous ne m'avez pas consultée sur le fonctionnement de mon propre service ? Est-ce que le monde s'est officiellement mis à tourner à l'envers ? Et qu'est-il arrivé aux serveurs ? Ils ont pris un congé maladie ?

— Un congé pétoche, plutôt ! répond Angela. Apparemment, ils craignent qu'un meurtrier rôde dans notre hôtel

— C'est absurde, dit M. Snow. Clairement ridicule.

— Vraiment ? rétorque Angela. Si les podcasts m'ont appris un truc, c'est que les pires choses arrivent dans les endroits les plus sûrs. En plus, continue Angela, vous ne trouvez pas ça un peu bizarre que la secrétaire de Grimthorpe se soit tirée d'ici hier juste après que son patron a cassé sa pipe ? Je veux dire : je suis contente qu'elle revienne aujourd'hui, mais quand même… C'est tordu.

— Comment vous savez que Mlle Sharpe revient aujourd'hui ? demande M. Snow.

— Sans déconner, répond Angela. Il y a son nom sur la boîte d'archive juste derrière vous.

M. Snow ajuste ses lunettes, les redressant plus ou moins droit sur son nez.

— Au fait, vous êtes sacrément bien sapé aujourd'hui, monsieur Snow ! ajoute Angela. Tu ne trouves pas qu'il est élégant, Molly ?

— Tout à fait. Est-ce qu'il y a un mariage haut de gamme à l'hôtel ? Ou un banquet ? Monsieur Snow, pourquoi êtes-vous si bien habillé ?

M. Snow fouille le grand hall du regard une fois de plus, à la recherche de quoi ou qui, je n'en sais rien.

— Monsieur Snow ? répété-je.

— Qu'y a-t-il dans la boîte ? demande Angela.

Il la regarde avec une vive inquiétude.

— Quelques bricoles oubliées après le remue-ménage d'hier.

Il pose une main à plat sur le carton derrière lui.

— Cool. J'aime les bricoles, décrète Angela en attrapant le couvercle de la boîte et en le faisant valser d'un seul coup. Vise-moi un peu ça, Molls ! lance-t-elle en détaillant le contenu du carton.

À l'intérieur se trouve une très ancienne édition du *best-seller* de M. Grimthorpe, *La Domestique du manoir*, qui, contrairement à ceux qui étaient en vente hier lors de la conférence, possède la couverture originale, une porte de manoir iconique et un œil qui regarde à travers le trou de la serrure. Le stylo-plume de M. Grimthorpe, que je reconnais pour l'avoir vu lors de la séance de dédicace, se trouve à côté du livre, ainsi qu'un carnet Moleskine noir monogrammé et une enveloppe du Regency Grand scellée portant la mention SERENA.

— Le mot destiné à Serena vient de moi, explique M. Snow. Pour la remercier de son soutien.

— Serena ? Vous voulez sûrement dire Mlle Sharpe.

Je m'apprête à me lancer dans une diatribe sur le protocole à respecter lorsque l'on s'adresse aux clients, mais M. Snow me coupe avant que j'aie pu commencer mon sermon.

— Qu'une chose soit bien claire, Serena est aussi innocente qu'un agneau qui vient de naître.

— Personne dans cet hôtel n'est aussi innocent, répond Angela. Pas même vous, monsieur Snow. (Elle s'empare du livre et le feuillette jusqu'à ce qu'elle trouve la page de *copyright*.) Punaise ! C'est une première édition ! Ça doit être rare.

— Oui. Ça l'est, concède M. Snow. Nous l'avions exposée dans une vitrine à l'extérieur du salon pour promouvoir la conférence de M. Grimthorpe, avec d'autres souvenirs qui se trouvent dans la boîte. Serena a demandé à tout récupérer.

— Tiens donc. Quand on parle du loup..., lance Angela.

Mlle Serena Sharpe passe les portes tournantes du Regency Grand. Elle est rayonnante, éthérée, bien qu'à sa tenue – une robe de velours noir près du corps – on voie clairement qu'elle est en deuil.

Elle survole le grand hall du regard et repère M. Snow qui agite frénétiquement la main dans sa direction. Elle s'approche de nous. De près, je ne peux m'empêcher de remarquer la fatigue – ou s'agit-il de tristesse ? – qui se lit clairement dans les larges cernes noirs sous ses yeux bleus énigmatiques.

— Ma très chère Serena, déclare M. Snow. Comment allez-vous ?

— Pour être honnête, je suis toujours sous le choc. Je n'arrive pas vraiment à croire qu'il soit mort.

— C'est totalement compréhensible. Je vous présente mes plus sincères condoléances, et si vous aviez besoin d'un soutien émotionnel durant cette difficile épreuve, sachez que vous pouvez compter sur moi.

Je n'arrive pas à croire ce qui se passe ensuite. M. Snow pose une main sur le bras nu de Mlle Sharpe. Je suis sur le point de faire remarquer qu'il s'agit d'une violation de toutes les règles de l'établissement définissant la conduite appropriée entre clients et employés – règles établies par M. Snow lui-même –, mais, avant que je puisse le faire, Mlle Sharpe dégage son bras.

— Je voulais vous demander, reprend-elle. Est-ce que vous en savez plus sur la façon dont M. Grimthorpe est mort ? La police a-t-elle révélé quelque chose ?

Elle parle d'une voix tremblante et peu assurée.

— Je crains que non, répond M. Snow. Les résultats de l'autopsie tomberont d'ici à quelques jours, d'après ce qu'on m'a dit.

— En fait, précisé-je, hier, l'inspectrice Stark vous cherchait, mademoiselle Sharpe. Elle voulait savoir ce que M. Grimthorpe s'apprêtait à annoncer avant sa mort.

— Oh, je suis au courant. L'inspectrice m'a laissé une demi-douzaine de messages.

— Peut-être que vous pouvez la rappeler, suggéré-je.

Le visage de Mlle Sharpe se fige.

— À vrai dire, je suis en route pour la gare, précise-t-elle froidement.

Quelque chose se déplace alors furtivement à la périphérie de mon champ de vision. En me retournant, j'aperçois Lily dans le coin le plus sombre du grand hall. Elle a un plumeau à la main et se tient entre deux causeuses violettes sous l'escalier monumental. Pourquoi diable se trouve-t-elle dans le hall alors qu'elle devrait être à l'étage, en train de nettoyer les chambres des clients ?

— Combien de temps exactement avez-vous travaillé pour M. Grimthorpe ? demande M. Snow à Mlle Sharpe.

— Un peu plus d'un an. Il m'a embauchée après le décès de sa précédente secrétaire. Je n'ai aucune idée de ce que je vais faire comme travail maintenant qu'il n'est plus là.

Pile à cet instant, Cheryl entre dans le hall en poussant un balai à franges laineux et décoloré. Pourquoi diable une autre femme de ménage se trouve-t-elle aussi dans le hall alors qu'elle devrait être à l'étage ? Clairement, M. Snow pense la même chose que moi, car il dévisage Cheryl avec un mépris absolu. Il a ouvert la bouche, mais, avant qu'il puisse l'interpeller, un bruit suraigu nous agresse les tympans. Je me bouche brusquement les oreilles. Il nous faut un moment pour comprendre que l'alarme incendie vient de se déclencher. Tout autour de moi, clients et employés se bousculent et sursautent.

Je sens une main sur mon bras. C'est Angela, qui me guide vers la sortie. Nous nous retrouvons en train de pousser les portes tournantes parmi des grappes de clients. Avant peu, nous sommes dehors sur le somptueux tapis rouge, où les hurlements de l'alarme ne sont pas aussi assourdissants.

Une marée humaine est rassemblée autour de nous.

— Que se passe-t-il ?

— Qu'est-il arrivé ?

— Est-ce qu'il y a le feu ?

Au milieu de ce chaos, M. Preston appelle au calme et conduit les gens au bas de l'escalier, vers la sécurité du trottoir.

Aussi soudainement qu'avait démarré le vacarme, l'alarme se tait. M. Snow se précipite à l'extérieur et crie :

— Tout va bien ! Une fausse alerte ! S'il vous plaît, vous pouvez regagner le Regency Grand.

J'entends des soupirs de soulagement tout autour de moi.

— C'était excitant, lance Angela.

— Certainement pas. C'était stressant et perturbant.

— Allez, c'est fini à présent. On peut rentrer.

Je la suis dans l'escalier. Nous passons les portes et regagnons le guichet de la réception.

M. Snow se précipite vers nous. Il fouille le hall du regard.

— Où est Serena ?

— Je n'en sais pas plus que vous, répond Angela.

C'est alors que j'observe le guichet derrière nous. Mlle Sharpe n'est pas la seule absente, semble-t-il. Le carton d'archive qui contenait la première édition rare a disparu.

Chapitre 9

Avant

Je me retrouve de nouveau transportée dans la minuscule cuisine où Mamie et moi avons partagé tant de repas quand j'étais enfant. Le lendemain du jour où j'ai plongé mon regard dans l'œil d'acier du troll qui vit derrière le mur dans la bibliothèque des Grimthorpe. Ai-je eu peur ? Oui. Ai-je fui ? J'ai fui. Mais le troll ne m'a pas dévorée. Je ne me suis pas transformée en pierre et ne me suis pas liquéfiée sur place. J'ai fait face au monstre, et j'ai survécu.

Je balance mes petites jambes sous notre vieille table rustique. Mamie apporte deux bols fumants de porridge à la cannelle. J'en respire le parfum qui, jusqu'à ce jour, symbolise pour moi la bienveillance et le foyer.

— Mamie, si tu étais riche, à quoi tu dépenserais ton argent ? demandé-je entre deux bouchées brûlantes.

— Une école privée pour toi, avec des professeurs gentils et patients. Et une petite maison qu'on pourrait appeler la nôtre, sans loyer ni propriétaire, avec deux fauteuils devant la cheminée.

— Quand on est riche, est-ce qu'on peut avoir du thé avec du lait tous les jours ?

— Tous les jours, répond-elle.

— Dis, Mamie, qu'est-il arrivé à ma mère ?

C'est sorti de nulle part, et ça la prend par surprise. Elle pose sa cuillère.

— Ta mère nous a quittées.

Je tente de me remémorer son visage, mais c'est le blanc total. Tout ce qui me vient, c'est sa photo encadrée que Mamie garde dans le salon. Cette photo a été prise quand ma mère n'avait que quelques années de plus que moi à présent.

— Ta mère avait ses démons, continue Mamie. Elle s'est perdue dans le labyrinthe, comme cela arrive parfois aux gens. Le temps que je comprenne qu'elle avait été séduite par un type louche de passage, il était trop tard pour la sauver.

Je pense au troll du manoir. Il est loin d'être aussi effrayant que les démons de ma mère ou le type louche qui l'a séduite et emportée sur les ailes de la nuit. On peut combattre les monstres que l'on voit, ou on peut s'enfuir loin d'eux. Mais on ne peut pas échapper à ceux qui sont invisibles.

Je tourne ma cuillère dans mon bol.

— Mamie, qu'est-ce qui se passe si tu meurs ?

Elle écarquille les yeux.

— Ma chère fille, je ne vais pas mourir.

— C'est un mensonge, rétorqué-je en posant bruyamment ma cuillère en signe de protestation.

— Tu as raison. Je vais mourir un jour. Mais pas avant longtemps. Et en plus, même quand je serai partie, je ne t'abandonnerai pas. Tu ne me verras pas, mais je serai là avec toi, toujours.

— Comme un fantôme ?

— Oui. Comme un gentil fantôme qui veillera sur toi pour le restant de tes jours. Et te rappellera de te laver les dents quand tu as terminé ton petit déjeuner.

Elle sourit et m'effleure la joue de la paume de la main.

J'attrape mon bol vide et le pose dans l'évier, puis me précipite dans le couloir jusqu'à notre minuscule salle de bains, où je me lave les dents comme on me l'a demandé. Quelques minutes plus tard, je rejoins Mamie à la porte d'entrée.

— En route pour le manoir, dit-elle. (Elle est accroupie, et lace sa chaussure droite. Lorsqu'elle a fini, elle lève les yeux et me regarde longuement.) Molly, tu me promets que tu me le diras si tu es malheureuse au manoir ?

— Malheureuse ? Mamie, j'adore être là-bas ! J'adore nettoyer.

— Tu as sans aucun doute fait bonne impression sur Mme Grimthorpe en astiquant toute cette argenterie hier. Elle a dit que tu étais « obéissante et docile », ce qui, venant d'elle, est le plus grand compliment qui puisse exister. Elle a une surprise pour toi aujourd'hui.

— Une surprise ? Qu'est-ce que c'est ?

Mamie se relève et me pince la joue.

— Tu dois attendre de voir.

Ensemble, nous nous mettons en route pour notre long trajet. Je passe tout le voyage à imaginer le genre de surprise qu'une femme telle que Mme Grimthorpe peut avoir en magasin pour moi. Un pyjama gris d'occasion ? Un morceau de charbon dans une chaussette reprisée ? Une araignée poilue dans un bocal ?

Mais quand Mme Grimthorpe ouvre la lourde porte d'entrée du manoir, elle annonce directement la couleur.

— Ta grand-mère et moi avons eu une petite discussion l'autre jour pendant qu'on faisait les courses. On en est arrivées à une conclusion.

— À propos de quoi ?

— À propos de toi, répond-elle, ses pupilles, deux têtes d'épingle qui me clouent sur place tel un papillon sur une planche. M. Grimthorpe et moi avons toujours soutenu que les mauvaises habitudes peuvent être changées, et qu'un enfant poli et bien élevé est préférable à un galopin paresseux.

— G-A-L-O-P-I-N. Signification : vagabond ?

— Ou vaurien, corrige Mamie.

— La populace, ajoute Mme Grimthorpe d'un ton pompeux et définitif.

— Ce que dit Mme Grimthorpe, explique Mamie, c'est que tous les enfants – et même les adultes – sont capables d'apprendre ; simplement, certains doivent apprendre à leur façon, et une institution comme une école ou un autre établissement ne convient pas à tout le monde.

— Mais personne, qu'il soit adulte ou enfant, ne devrait laisser passer sa chance de s'améliorer, ajoute Mme Grimthorpe.

— Vous comprise ? dis-je.

Mains sur les hanches, coudes osseux pointant dangereusement vers l'extérieur, elle s'offusque.

— Je te ferai savoir que les deux femmes qui se trouvent devant toi ont énormément sacrifié pour le bénéfice d'un être aimé, et un jour, tu finiras par le comprendre, bien que, pour le moment, tu aies l'esprit tellement encombré de sottises enfantines que ça ne laisse clairement pas beaucoup de place à autre chose.

— Ce que Mme Grimthorpe essaie de dire, intervient Mamie, c'est que tu as tellement bien nettoyé l'argenterie hier, que, dans son *infinie bonté*, elle veut *te récompenser*. N'est-ce pas là que vous voulez en venir, madame Grimthorpe ?

Le visage de cette dernière se contorsionne, comme si m'adresser un compliment risquait de déclencher une crise.

— Nous avons une bibliothèque à l'étage, dit-elle finalement. Elle est remplie de livres jusqu'au plafond. M. Grimthorpe et moi avons toujours soutenu que les livres peuvent rééduquer n'importe qui. Je crois comprendre que tu aimes lire.

J'acquiesce à n'en plus finir.

— Très bien. À partir de maintenant, tu astiqueras et nettoieras la moitié de la journée, et tu liras le reste. Si tu ne peux pas aller à l'école, le moins que tu puisses faire, c'est de t'éduquer toute seule.

Je n'arrive pas à croire ce que j'entends. Ça paraît trop beau pour être vrai. Je regarde Mamie pour avoir confirmation. Elle sourit en hochant la tête.

— Suis-moi jusqu'à la bibliothèque, ordonne Mme Grimthorpe.

— Oh, je sais où… (Je m'arrête juste à temps.) Oui, Madame.

Mme Grimthorpe se dirige vers l'escalier principal, qui grince et grogne à chaque pas. Je la suis de près. Au premier palier, je regarde par la fenêtre et aperçois la femme en bleu qui marche vers la maison, exactement comme la veille.

— Où est son bureau ? demandé-je à Mme Grimthorpe.

— Le bureau de qui ? répond-elle en marquant une pause.

— Elle, dis-je, en montrant du doigt l'élégante femme au foulard et aux gants bleus qui entre par la porte latérale.

— Ce ne sont pas tes affaires. Compris ?

Tenant à rester en paix avec elle, je fais « oui » de la tête et garde la bouche bien cousue.

Mme Grimthorpe attaque la volée de marches suivante, et je lui emboîte le pas. Une fois sur le palier du haut, nous nous engageons dans le long couloir que j'ai déjà parcouru seule. Au-dessus de nos têtes, les lumières nous suivent comme par magie, s'allumant à notre passage et illuminant le papier peint damassé. Comme c'est étrange que le motif, plein d'yeux méchants et inquisiteurs quand je suis venue hier, se soit transformé en un cachemire raffiné et plaisant à voir. Nous dépassons une chambre, puis une autre, et une autre encore – mais aucun bureau – jusqu'à ce qu'enfin nous arrivions sur le seuil de l'époustouflante bibliothèque.

Mme Grimthorpe entre dans la pièce et ouvre les lourds rideaux de velours d'une longue fenêtre sur un des murs. La lumière du jour entre à flots et des particules de poussière dansent tels des lutins dans les airs. Mon regard se tourne vers la fente au ras du sol. Pas de faisceau lumineux aujourd'hui, et pas un bruit de l'autre côté du mur. Un instant, je me demande si mon esprit ne m'a pas joué des tours hier. Peut-être n'y a-t-il aucun troll après tout. Peut-être n'était-ce qu'un produit de mon imagination débordante.

— Ce que tu vois dans cette bibliothèque est l'une des plus belles collections privées d'éditions rares reliées en cuir qu'on puisse trouver dans le monde anglophone, déclare Mme Grimthorpe. M. Grimthorpe a personnellement étudié chaque livre de cette pièce sous toutes ses facettes, et chacun d'eux a inspiré son œuvre littéraire. C'est un homme érudit qui a gagné sa solide réputation grâce à un considérable travail de recherche. C'est un privilège pour une fille comme toi d'être autorisée à pénétrer dans une pièce comme celle-ci. Est-ce que tu comprends ?

— Oui, je comprends.

— Ta grand-mère semble penser que tu es une brillante lectrice, bien que je la soupçonne d'être sujette à un aveuglement filial excessif et à une tendance à l'hyperbole.

Je passe au crible l'étagère devant nous, à la recherche d'un dictionnaire où je puisse vérifier quelques-uns des mots que Mme Grimthorpe vient d'utiliser. J'en vois un et tends la main.

— Non ! lance-t-elle d'un ton sec.

Je bondis en arrière devant sa mise en garde cassante.

— Ne jamais, au grand jamais toucher le quatrième mur, ordonne-t-elle. Tu peux prendre des livres sur ce mur, celui-là, et cet autre, mais tu ne dois jamais, *au grand jamais* toucher ce mur devant toi. Est-ce que c'est clair ? Ces volumes sont de précieux objets de collection, et il est hors de question que tu les abîmes comme tu as abîmé notre Fabergé.

Je lève les yeux et les fixe sur son visage à l'air pincé, qui ressemble à un sac en papier chiffonné. J'ai perdu ma voix, alors je fais « oui » de la tête.

— Tu peux lire ici pendant quelques heures. Après le thé, tu reprendras ton travail en bas. Fais bon usage de ton temps, Molly. C'est terrible de gaspiller un esprit intelligent. Les occasions de s'améliorer sont précieuses.

Sur ce, elle tourne les talons, reprend le couloir damassé d'un pas vif et descend l'escalier principal, tandis que les lumières au-dessus s'estompent dans son sillage.

Une fois qu'elle a disparu, je passe la lumineuse bibliothèque en revue. Je ne peux croire à ma bonne fortune. Comment est-ce possible qu'on m'autorise à m'asseoir et à lire dans cette pièce ? Je m'approche du mur le plus éloigné, un des trois que je suis autorisée à toucher. Je laisse courir mes mains au dos des livres. *Le Crime de l'Orient-Express*, *Le Chien des Baskerville*, *Les Grandes Espérances.*

Je sors *Les Grandes Espérances* du bout de l'index et emporte le lourd tome indigo jusqu'à la chaise longue sur laquelle je saute, j'ouvre le livre et commence ma lecture.

Je suis en train de faire connaissance avec un jeune orphelin malheureux du nom de Pip quand je l'entends – le bruit du plancher qui grince de l'autre côté du quatrième mur. Il y a un déclic sonore, puis la lumière jaillit à travers la fente, projetant une ombre allongée sur le sol de la bibliothèque.

Rat-a-tat-tat-tat

Le son d'une machine à écrire de nouveau.

— Pauvre connard, enfer et damnation ! Des conneries et du charabia !

J'entends un troll affamé grogner par-delà le mur interdit.

Je pose mon livre et m'approche de la voix sur la pointe des pieds. Je sais que je ne devrais pas. On m'a dit de ne pas toucher ce mur, mais je pose quand même la main sur le *Dictionnaire Oxford* et colle mon oreille contre l'*Atlas mondial*, afin de mieux entendre le troll. Ma main est à peine entrée en contact que quelque chose cède sous mes doigts. Le mur s'ouvre brusquement.

— AHHHHHHHHH !

Je bondis en arrière en hurlant de surprise.

— WAHHHHHHHH ! me répond un écho profond.

Avant même que je puisse analyser ce qui s'est passé, je me retrouve devant un homme maigre et frêle, assis derrière un colossal bureau en acajou entre deux piles menaçantes de carnets Moleskine. Ses cheveux poivre et sel sont en bataille, ses yeux bleu acier plongent dans les miens et son regard, si je ne me trompe pas, trahit soit une intention cannibale soit une confusion totale.

Mes mains tremblent sur le dictionnaire, mais je ne peux pas le lâcher parce que l'étagère tout entière est en fait une porte secrète que je maintiens ouverte avec ma main.

— Qui diable es-tu ? demande l'être qui se trouve devant moi en saisissant un stylo-plume noir et or qu'il brandit au-dessus de sa tête comme un couteau.

Je ne peux pas vraiment dire s'il va me poignarder ou prendre des notes, mais, en regardant sa main, je me rends compte que je ne suis pas la seule à trembler.

— Parle ! mugit-il. Qu'est-ce que tu fais là ?

Je crains que ma vie ne dépende de ma réponse et, pourtant, je ne sais pas vraiment quoi dire.

— Je suis… Je suis désolée de vous avoir interrompu. Je ne pensais pas à mal.

— Qui es-tu ? gronde-t-il. À qui appartiens-tu ?

— À ma grand-mère. Elle travaille ici.

— La femme de ménage ?

— Oui. Je suis sa petite-fille. Je m'appelle… (Je me rappelle soudain que Mamie m'interdit expressément de donner mon nom à des inconnus.) Appelez-moi Pip, dis-je en ponctuant ma réponse d'une révérence tremblotante.

— Dans ce cas, je m'attends à de grandes choses de ta part.

Je l'observe un moment, paniquée à l'idée de me retrouver changée en poussière.

— Êtes-vous un troll ou un homme ? dis-je enfin, la voix chevrotante.

— Comme c'est rafraîchissant. Jamais on ne m'a posé cette question si directement. Un peu des deux, je suppose. Je suis ce qu'on appelle un misanthrope.

— Misanthorpe, répété-je. M-I-S-A-N-T-H-O-R-P-E.

— Faux. Tu as confondu avec Grimthorpe. Tu as inversé deux lettres.

J'observe attentivement l'être qui se trouve devant moi. Il est mince et délié, sans aucune pilosité faciale. Sa peau est pâle et lisse. Ses dents sont droites et propres, il n'a pas de crocs pointus et ensanglantés. Ses cheveux sont indisciplinés et peut-être possédés par le diable, mais lui-même est vêtu avec soin, chemise bleue à boutons, pantalon repassé, et pantoufles monogrammées en velours côtelé. Mes yeux survolent rapidement la pièce spartiate, en enregistrant les détails. Dans un coin, une chaise longue sur laquelle s'entassent des journaux. Le bureau, et les piles menaçantes de carnets noirs Moleskine posés dessus. Il y a aussi une étagère contre le mur le plus éloigné, dans laquelle chaque livre est au nom de J.D. Grimthorpe. Bien que le bureau soit loin d'être bien rangé, je ne vois pas d'os d'enfants ou d'autres petits mammifères éparpillés un peu partout. Il n'y a aucune preuve de monstruosité manifeste, quelle qu'elle soit.

— Vous n'êtes pas un troll. Vous êtes M. Grimthorpe, l'écrivain très important qui ne doit pas être dérangé.

Il croise les bras et m'examine soigneusement.

— C'est ce que t'a dit ma femme ?

Je hoche la tête.

— Eh bien alors, quel énorme privilège pour toi de te trouver en présence de mon auguste grandeur. Il se lève et s'incline. Je suppose qu'elle t'a aussi dit de ne jamais entrer dans cette pièce.

Il repose son stylo pointu d'un geste brusque sur son bureau, à mon grand soulagement. Puis il se juche dessus, pile entre les tas branlants de Moleskine noirs monogrammés. Il braque sur moi ses deux yeux bleu acier, l'air courroucé. J'ai aperçu l'un d'eux hier à travers la fente sous la porte, même si je ne sais pas avec certitude lequel c'était.

— Je n'avais pas l'intention de vous déranger, expliqué-je. J'ai entendu une voix. Je ne savais pas que votre bureau se trouvait derrière le mur. J'étais assise dans la bibliothèque, en train de lire un livre.

— Tu lisais quoi ?

— Un livre sur un enfant qui n'a ni mère ni père, comme moi.

— Ah oui. Je vois. *Les Grandes Espérances*. Précoce.

— Précoce. Je connais ce mot. On m'a déjà appelée comme ça avant. Signification : éveillé, intelligent. En avance sur ses pairs.

— À l'évidence.

Il se met à faire les cent pas devant son bureau, me jetant des coups d'œil à l'occasion avec ses yeux perçants.

— Alors comme ça, tu aimes lire.

— Oui.

J'ai les genoux qui tremblent, mais ils ne sont clairement pas reliés à ma bouche après tout, puisqu'en dépit de ma terreur je suis encore capable de parler.

— *Pourquoi* est-ce que tu aimes lire ?

Il est tellement grand et anguleux qu'on le dirait entièrement formé d'aspérités, et pourtant il se déplace avec une grâce feutrée. Il attend ma réponse à son impossible question.

Je fouille dans mon esprit pour trouver quoi dire, et, au bout d'un certain temps, une idée remonte à la surface en bouillonnant.

— Lire m'aide à comprendre les choses et les gens. J'aime aussi visiter d'autres mondes.

— Tu n'aimes pas celui où tu te trouves ?

— Pas toujours, non.

— Hmm. (Il maugrée en posant un coude sur un des tas de Moleskine.) Ainsi donc, le misanthrope et l'enfant ont quelque chose en commun.

Soudain, son visage se rembrunit comme le ciel avant une pluie d'été. Il me faut un moment, mais je finis par rassembler mon courage.

— Je vous ai dit pourquoi je lisais. Alors pourquoi écrivez-vous ?

Il se gratte la tête, marque une pause.

— J'écris pour prouver que j'en suis capable, et pour exorciser mes démons. Mon nom restera tristement célèbre, comme ceux de tous ces écrivains dans ma bibliothèque – *in perpetuum.*

— Signification ?

— Pour toujours.

— Mais vous êtes déjà un écrivain très renommé. Ça ne suffit pas ?

Il croise les bras contre sa poitrine chétive.

— Est-ce qu'on t'a déjà dit que tu étais douée d'une perspicacité dérangeante pour appuyer là où ça fait mal ?

— Ma Mamie dit qu'on doit le faire pour nettoyer.

— Hmm. Elle m'a dit exactement la même chose, répond-il. Ta grand-mère et ma femme ne savent pas que tu es ici, n'est-ce pas ?

Je fais « non » de la tête.

— Ça ne va pas leur plaire. Le Grand Écrivain ne doit pas être dérangé. Il est d'humeur changeante. Imprévisible. Un homme d'âge mûr, en colère, un tyran créateur abstinent depuis peu, avec une tendance à piquer des colères noires sans raison valable. De plus, il est en train de redéfinir le genre policier pour l'époque contemporaine.

— Alors vous écrivez un nouveau livre ?

— Bien entendu. À ton avis, à quoi servent tous ces carnets Moleskine ?

Il en attrape un sur la pile menaçante, s'avance vers moi à grandes enjambées et me le mets dans les mains.

J'ouvre le carnet au hasard avec précaution. Il est rempli de gribouillis désordonnés et de bavures. Je me concentre sur les mots, mais ce qui est écrit n'a ni queue ni tête pour moi. Il s'agit soit d'une autre langue, soit d'un code quelconque que je suis incapable de déchiffrer.

Avant que j'aie pu poser la question, il m'arrache le carnet des mains, le referme avec un bruit sec, et le repose sur la pile branlante.

— Ce n'est pas facile, tu sais, de concevoir un chef-d'œuvre, un livre qui résiste à l'épreuve du temps.

Sa voix a perdu toute son agressivité. Soudain, il ressemble à un enfant irritable et trop vite grandi. Me revient le moment où j'ai posé les yeux sur le Fabergé pour la première fois dans le salon – un trésor incrusté de joyaux enfoui sous des siècles de saleté, et pourtant, je l'ai vu pour ce qu'il était.

— Il suffit de peaufiner. Dans la plupart des cas, en particulier les chefs-d'œuvre, il s'agit simplement d'enlever la patine pour révéler l'éclat qui se trouve dessous.

Il me regarde en fronçant les sourcils, fait deux grandes enjambées vers moi, puis s'accroupit pour être à ma hauteur. Mais je n'ai pas peur. Plus maintenant. Je le vois pour ce qu'il est. Ce n'est ni un troll ni un monstre. C'est juste un homme.

— Es-tu une enfant philosophe ? Une sorte de bouffon de cour ? Le fou du roi ? Celle qui peut dire ce que les autres n'osent pas ?

— Mamie dit que je possède une grande sagesse pour mon âge.

— La femme de chambre qui sait tout. Elle aussi brille sous la patine. (Il se remet debout.) Tu es la bienvenue quand tu veux, à condition que je ne t'aie pas dans les pattes.

— Vos pattes sont loin d'être aussi larges et aussi poilues que je l'imaginais. Monsieur Grimthorpe, puis-je vous poser une dernière question ?

— Oui, mademoiselle Pip.

— Où est la femme au foulard et aux gants bleus ? Votre secrétaire ?

— Dans son bureau. En train d'exécuter mes ordres.

— Est-ce qu'elle tape ce qu'il y a dans vos carnets Moleskine ? J'entends tout le temps quelqu'un taper à la machine.

— Naturellement.

— Et c'est tout ce qu'elle fait ?

C'est là que ça arrive. Son visage se rembrunit et ses yeux ne sont plus que deux fentes.

— Pour qui tu te prends ? Évidemment que c'est tout ce qu'elle fait ! Maintenant, *sors d'ici* ! rugit-il.

Je suis comme scotchée au sol. Je veux m'enfuir, mais c'est comme si j'avais été changée en pierre.

— Tu as entendu ce que j'ai dit ou tu es idiote ? J'ai dit : *SORS D'ICI !*

Mes pieds se décollent et je me précipite hors de la pièce, la porte secrète claque derrière moi et redevient un mur de livres. Je suis seule dans la bibliothèque, à bout de souffle, mon cœur me bat aux oreilles. Je n'ai aucune idée de ce que j'ai fait de mal, ni en quoi je l'ai offensé.

— Molly ? (C'est la voix chantante de Mamie qui résonne en haut des marches.) Désolée d'interrompre ta lecture, mais tu peux descendre ? C'est l'heure du thé !

— J'arrive !

J'attrape mon livre sur la chaise longue et le remets sur l'étagère. Je jette un dernier regard au rai de lumière qui vient du bureau caché derrière le mur et inonde le sol de la bibliothèque. Puis, une sensation de nausée au creux de l'estomac, je sors à toute allure de la pièce et me dépêche d'aller me mettre en sécurité auprès de Mamie.

Chapitre 10

Nous sommes de nouveau dans le hall de l'hôtel – M. Snow, Angela, et moi. Plus d'alarme. Le calme est revenu.

Tous les trois, nous contemplons l'espace vide sur le guichet de la réception où, moins d'une heure auparavant, se trouvait un carton d'archive contenant une première édition du roman le plus connu de M. Grimthorpe ; son stylo-plume ; un carnet Moleskine noir monogrammé ; et un mot de remerciements adressé à Mlle Sharpe.

— Le carton, dis-je. Il était juste là… Et maintenant, il a disparu.

— Vous voyez ? renchérit Angela. On n'est jamais trop prudent ces temps-ci. Il y a des criminels partout.

— Il n'y a rien de criminel là-dedans, répond M. Snow. Clairement, Serena était pressée. Et elle est repartie avec le carton qu'elle était venue chercher. Pas la peine de voir un complot partout.

Juste à ce moment-là, Cheryl émerge des portes tournantes du Regency Grand, heurtant maladroitement au passage les clients avec son balai à franges détrempé, et elle vient vers nous en traînant les pieds.

Elle s'arrête à notre niveau et s'appuie sur son balai.

— Foutues alarmes incendie, lance-t-elle. On devrait s'en débarrasser.

M. Snow remonte ses lunettes sur son front et se masse l'arête du nez.

— Cheryl, dans un hôtel sans danger, les clients dorment comme des bébés.

Il cite un passage du *Guide du ménage à l'intention des femmes de chambre*, et l'entendre répéter mes propres mots me remplit d'une fierté démesurée. Mais les yeux de Cheryl roulent si loin en arrière que c'est un miracle si elle ne s'étouffe pas avec.

— Où est la petite dame de Grimthorpe ? demande-t-elle.

— Ce n'est pas comme cela que nous parlons des clients dans cet hôtel, lance M. Snow. Et ne devriez-vous pas être à l'étage, en train de faire les chambres ? Je me demande vraiment ce que vous fabriquez dans le hall.

— Même chose pour Lily, ajouté-je. En tant que superviseuse temporaire, vous devriez être en train de la chercher. Je ne sais pas pourquoi elle était là tout à l'heure.

— Elle n'y était pas, insiste Cheryl.

— Si. Près de l'escalier.

Je montre l'endroit à présent vide où se tenait Lily avec son plumeau.

— Hmm, fait Angela. Juste à côté du levier de l'alarme incendie…

M. Snow frappe dans ses mains.

— Très bien. Ça suffit. Est-ce que personne n'a de travail dans cet hôtel ? C'est parti. Molly, vous allez aider

Angela au Social, et, comme je vous l'ai déjà dit, c'est juste pour aujourd'hui.

Cheryl nous décoche un sourire narquois, puis traîne son balai à franges détrempé vers les ascenseurs, tandis qu'Angela et moi nous dirigeons vers le Social, le restaurant-grill de l'hôtel.

Une fois hors de portée de voix, Angela me saisit par les épaules et nous pousse toutes deux plutôt brusquement dans un renfoncement.

— Pourquoi diable as-tu fait ça ? demandé-je.

— Molly, je dois t'avouer quelque chose, répond-elle en balayant les mèches de cheveux rebelles qui tombent devant ses yeux ronds et écarquillés. Il ne nous manque pas autant de personnel que ce que j'ai dit. Je devais t'attirer à l'écart, pour te prévenir. Tu as des ennuis, tu comprends ? On en a *tous.*

— De quoi est-ce que tu parles ?

— J'ai entendu cette inspectrice parler à ses hommes hier. Ils pensent que la mort de M. Grimthorpe était intentionnelle. Ils ont interrogé l'équipe de cuisine hier soir, et le personnel du Social aussi. Ils ont fait une liste de suspects potentiels avant même d'avoir reçu les résultats de l'autopsie. Ils ont mentionné certains noms.

— Le mien ?

— Hmm hmm, répond-elle en acquiesçant.

— Est-ce qu'ils ont évoqué quelqu'un d'autre ? dis-je, craignant d'avance la réponse.

— Ta délicate petite fleur, Lily.

Ma vision commence à se troubler. C'est toujours comme ça – dès que la réalité s'avère trop difficile à supporter, un voile noir me tombe dessus, m'arrachant au présent.

— Molly ! s'exclame Angela en me secouant par les épaules. Ne t'avise pas de tomber dans les pommes maintenant. Ne t'inquiète pas. J'ai un plan.

— Un plan ? demandé-je aux trois exemplaires d'Angela qui oscillent sous mes yeux.

— Pour garder une longueur d'avance. Crois-moi, je me suis préparée pour ça toute ma vie.

En vérité, je n'ai pas la moindre idée de ce dont elle parle, mais au moins le monde s'est-il arrêté de tourner pour l'instant.

— Tu t'es préparée pour quoi ?

— Le meurtre. Le crime. Les suspects, les mobiles, les alibis. (Elle secoue la tête comme si c'était la chose la plus évidente au monde.) Parfois, les emmerdes arrivent pour une bonne raison, Molls, tu vois où je veux en venir ?

— Je vois.

Ma Mamie disait souvent la même chose… Le juron en moins.

— Molly, je suis barmaid. Les gens me disent tout. Et ce qu'ils ne me disent pas, je l'entends quand même. Tu vois les mémères aux chats, les fans numéro un de M. G., celles qui étaient constamment après lui ?

— Les dames auxiliaires ? Et ce ne sont pas des mémères – enfin, pas toutes –, ce sont des fans de littérature, des *aficionados* du roman policier.

— Peu importe. Elles vont venir petit-déjeuner au Social d'une minute à l'autre, et si quelqu'un connaît la vérité à propos de ce qui est arrivé à Grimthorpe, c'est bien elles. Elles n'ont pas cessé de le suivre à la trace depuis leur arrivée.

— Et alors ? Qu'est-ce qu'on est censées faire exactement ? Les interroger pendant qu'elles déjeunent ?

— Oui. Enfin, plus ou moins. *Tu* vas les interroger pendant le petit déjeuner. Tout est organisé.

— Angela, tu as perdu la tête ?

— Pas du tout, insiste-t-elle en soupirant. Écoute, tu dois me faire confiance. Hier, un homme est mort inopinément dans notre hôtel. Des trucs ne cessent de disparaître, et tout à l'heure Snow faisait des yeux de merlan frit à la secrétaire particulière de Grimthorpe... bien que je doute qu'elle soit vraiment secrétaire, tu comprends ?

— Pour information, je ne comprends rien du tout.

— Ça ne fait rien. Tu te souviens, hier, quand tu étais devant le salon de thé avec l'inspectrice ?

— Oui.

— J'ai jeté un coup d'œil à l'extérieur du Social et je t'ai vue. Et quand les fans se sont pointées pour boire un verre tard dans la soirée, je leur ai dit quelque chose.

Pour une fois, Angela se tait. Ça ne lui ressemble tellement pas que c'en est presque un petit miracle.

— Qu'est-ce que tu leur as dit ?

— Plus ou moins que tu bossais dans l'hôtel... incognito... comme femme de chambre. J'ai peut-être suggéré que tu étais ici sous couverture, comme protection additionnelle de M. Grimthorpe. Et que tu travaillais avec l'inspectrice Stark, et qu'en fait tu étais toi-même inspectrice. Sous couverture.

— Tu n'as pas dit ça. S'il te plaît, dis-moi que tu n'as pas fait ça.

— Si, répond Angela.

Ses lèvres esquissent un sourire tellement incongru dans la situation que ça me donne envie de crier.

— Tu as menti à mon sujet !

— Pour ton propre bien, Molly. Comme ça, on peut faire équipe.

— Je ne suis pas partante pour ce genre de partenariat.

— Pourquoi ? On doit découvrir le véritable meurtrier avant que Stark ne nous colle cette mort sur le dos, à nous, les employés. Toi, entre tous, tu sais à quel point les flics sont incompétents, implore-t-elle. Ils affirment se ranger du côté de la justice, mais est-ce vraiment le cas ? Ils tirent tout le temps des conclusions hâtives, et la faute finit toujours par nous retomber dessus.

— C'est ridicule, ce plan farfelu va se retourner contre nous.

— Molly, réplique Angela en m'agitant un doigt sous le nez. Je suis peut-être amateur en la matière, mais ne t'y trompe pas : je casse la baraque comme détective. J'ai toujours été douée pour faire des rapprochements là où les autres ne voient rien. Si on bosse ensemble, on va coiffer au poteau cette pimbêche de Stark et son équipe de crétins. En plus, maintenant que les fans savent que tu travailles sous couverture, elles vont tout te raconter. Fais-moi juste confiance, d'accord ?

Avant que je puisse répondre, quelque chose attire son regard à l'autre bout du hall.

— Oh, elles sont en avance !

Arrivant de l'autre côté, j'aperçois deux silhouettes familières menées par leur imposant porte-drapeau aux cheveux bouclés. Le trio se dirige droit sur le Social.

— Hou hou ! entend-on avant que je puisse ajouter un mot. (La présidente du fan-club agite son drapeau dans notre direction.) Inspectrice, s'il vous plaît, veuillez vous joindre à nous pour le petit déjeuner.

Je veux la corriger, lui expliquer en détail ce que je suis et ce que je ne suis pas, mais Angela m'enfonce si profondément les ongles dans le bras que je suis incapable d'aligner deux mots.

— Comme c'est gentil à vous d'inviter Molly, commente Angela quand elles s'approchent. Nous allons réussir haut la main avec vous.

— Oh, nous sommes heureuses de coopérer, répond la présidente au drapeau. C'est notre devoir solennel envers J.D. Nous voulons vous aider ainsi que… l'inspectrice, murmure-t-elle en me montrant du doigt.

— Je suis juste une femme de chambre, dis-je. Je ne suis rien d'autre.

— Bien entendu, répond la présidente en agitant ses boucles grises de haut en bas.

— Absolument, renchérit une autre fan, la plus petite des trois, celle avec les mèches fuchsia éclatant. Vous parvenez merveilleusement bien à faire profil bas. Je vous ai vue nettoyer ma chambre d'hôtel l'autre jour. Je suis sidérée de voir jusqu'où vous allez, vous autres inspecteurs, pour ne pas griller votre couverture. C'est vraiment impressionnant !

— Je suis d'accord, confirme la troisième femme aux cheveux gris, qui – à ma grande horreur – porte le même pull que la veille, toujours couvert de poils de chat et qui bouloche.

Et c'est ainsi qu'en dépit de protestations répétées et d'efforts supplémentaires pour clarifier ma position je me retrouve à la table du petit déjeuner avec un petit groupe de fans qui me prennent pour quelque chose que je ne suis absolument pas.

— Vous pouvez vous installer à cette table-ci, indique Angela quand nous entrons dans le restaurant. (Elle désigne une table libre, la plus proche du bar.) De cette façon, je pourrai m'occuper moi-même de vous.

Elle attrape des menus sur le comptoir et les laisse tomber sur notre table.

— Permettez, dit la femme au pull marron en tirant ma chaise et en m'invitant à m'asseoir. Je m'appelle Beulah, au fait, annonce-t-elle en prenant un siège à mes côtés. Beulah Barnes, biographe de J.D. Grimthorpe.

— Biographe *non autorisée*, précise la présidente au drapeau en s'installant en face de moi. Et moi je suis Gladys, responsable littéraire et présidente du fan-club. La petite aux cheveux rose flamboyant ici présente est Birdy, notre trésorière officielle. Le reste de notre club est juste là – ce sont les lève-tôt.

À l'autre extrémité du restaurant, de nombreuses paires d'yeux me détaillent de loin.

— Je vais vous chercher des cafés, annonce Angela.

— Du thé pour moi, dis-je.

— J'en ai pour une minute, répond-elle, avant de murmurer à mon intention seulement : Molly, pendant que je suis partie, *pose des questions*. Beaucoup. Rappelle-toi que c'est pour ça que tu es là.

Elle me décoche un clin d'œil, puis sort rapidement. Les trois femmes me dévisagent, je me sens complètement désemparée et ne sais pas quoi dire. Soudain, une question me vient.

— Je me demande pour quelle raison vous êtes encore ici ; dans l'hôtel, je veux dire. Ce n'est pas comme s'il allait y avoir un événement littéraire, pas après ce qui s'est passé hier.

— Quand il s'agit d'un moment heureux, nous le fêtons ensemble. Quand le moment est à la peine, nous pleurons ensemble, répond la présidente.

Toutes trois acquiescent à l'unisson.

— En plus, ajoute Beulah. Nous mourons d'envie de savoir ce qui est arrivé à J.D. tout autant que vous. Ce sera une épouvantable note biographique s'il s'avère qu'il s'agit d'un…

— Meurtre, couine Birdy en terminant la phrase de Beulah.

C'est le seul mot que la minuscule femme a prononcé depuis que nous nous sommes assises.

Angela réapparaît avec trois cafés et mon thé. Elle les pose sur la table.

— Prêtes à commander ? demande-t-elle.

Les trois femmes prennent la même chose – le Grand Œuf, le petit déjeuner le plus copieux du menu.

— Qu'est-ce que tu voudras, Molly ?

— Rien.

— Elle est en service, explique Angela.

— Très professionnel, commente Gladys, la présidente. Nous, nous avons une question pour vous, Molly. Avez-vous découvert ce que M. Grimthorpe s'apprêtait à annoncer hier pendant sa conférence ?

— Nous n'en savons rien, répond Angela. Enfin, *les autorités* n'en savent rien, ajoute-t-elle en me montrant. Mais nous aimerions entendre vos diverses théories.

— Oh non, nous y voilà, lance Beulah.

— Vous mettez le doigt sur un sujet de grande controverse, répond Gladys en ajoutant une bonne cuillerée de sucre dans son café.

— Nous ne sommes pas toujours d'accord, ajoute Beulah, en enlevant des poils de chat de son opulente poitrine et en les lâchant au-dessus de notre table.

— Ma théorie, offre Gladys, c'est que J.D. allait annoncer une suite à son *best-seller* le plus connu.

— *La Domestique du manoir 2.0*, ajoute Birdy. Savez-vous que, depuis hier, le prix pour une première édition de ce livre a bondi jusqu'à atteindre un montant colossal à cinq chiffres ?

— Les collectionneurs, fulmine Beulah, dans un halo de fourrure. Des vautours morbides !

— N'êtes-vous pas toutes des collectionneuses ? demande Angela.

— Nous sommes beaucoup plus que cela. Pour être tout à fait claires, précise Gladys, nous sommes des chercheuses, fières de ce que nous étudions. Nous n'avons pas cherché, ni maintenant, ni *jamais*, à tirer profit de J.D. Grimthorpe.

— C'est exact, renchérit Beulah. Notre mission a toujours été de promouvoir son *œuvre*.

— Je vais lancer vos commandes, dit Angela.

Elle fait demi-tour et se dirige vers le bar, me laissant épouvantablement seule.

La minuscule Birdy se penche en avant pour parler. Elle est si petite que sa tête ressemble à un pamplemousse rose flottant au-dessus de la table.

— Nous nous demandions si vous aviez réfléchi au fait que les romans de J.D. pourraient contenir des indices. Son plus gros *best-seller* parle d'un romancier planqué dans son manoir afin de terminer le plus grand livre qu'il ait jamais écrit de toute sa vie. Mais quelqu'un – je ne révélerai pas qui – s'apprête à le tuer.

— C'était la domestique, déclare Beulah. C'était elle, la tueuse, elle travaillait dans ce manoir depuis toujours, et, pourtant, elle paraissait tellement innocente.

— Pour l'amour de la bonne littérature, voilà qu'elle recommence ! Attention aux *spoilers*, lance Birdy.

Gladys secoue ses boucles grises de frustration.

— Combien de fois on te l'a dit, Beulah ? Tu connais notre politique.

Birdy lève un doigt en l'air comme si elle dirigeait un orchestre.

— Jamais tu ne divulgueras la fin d'un roman policier à un lecteur, récite-t-elle. C'est notre règle d'or.

Beulah soupire, puis me fixe de son air apathique.

— Il y a deux rebondissements dans ce livre. Je n'en ai révélé qu'un. Je le jure, certains lecteurs ne lisent que pour les rebondissements. Mais il y a plus que cela dans les romans de J.D. N'importe quel imbécile verrait au moins ça, ajoute-t-elle en vomissant pratiquement les mots au visage de ses camarades. (Puis elle tourne son attention vers moi.) Je suppose que vous n'avez pas lu *La Domestique du manoir*, n'est-ce pas ?

Les mots me restent coincés dans la gorge. Je me sens comme un poisson hors de l'eau, suffoquant sans oxygène.

— Molly ? demande Gladys. Vous allez bien ?

— Je… Je n'ai pas lu le roman, dis-je. Mais j'en connais l'intrigue. Je ne la connais que trop bien. Un écrivain dans un manoir vide et sans vie tue sa femme. Il croit avoir trouvé un moyen de s'en tirer, mais il se trompe. La bonne a tout vu et elle se venge en le tuant de la même façon qu'il a tué sa femme et en faisant ensuite disparaître le corps.

— Gladys est certaine que J.D. avait organisé cette conférence afin d'annoncer une suite à ce livre, ajoute Birdy.

— Et Birdy est convaincue que c'est à cause de sa femme que J.D. vivait comme un reclus, répond Gladys. Mme Grimthorpe est morte il y a quelques années, et Birdy pense qu'hier il allait parler de son nouvel amour.

— Mme Grimthorpe est morte ? demandé-je.

— Oui, répond Birdy. Ce qui signifie que rien n'empêchait cet homme de chercher un nouvel amour.

— C'est la théorie la plus stupide que j'aie jamais entendue, lance Beulah. Tu ne pourrais pas être plus à côté de la plaque si tu le voulais.

Gladys secoue sa tête bouclée.

— Beulah n'aime pas cette théorie, parce que ça fait des lustres qu'elle a le béguin pour J.D.

— Ridicule ! s'offusque Beulah. Si une de nous est amoureuse de lui, c'est Birdy. Et vous ne connaissez rien à l'érudition ni l'une ni l'autre, pas plus qu'à l'art subtil qui consiste à découvrir des indices, ajoute-t-elle. En tant que biographe de J.D., j'en sais plus sur lui que vous deux n'en saurez jamais.

— Beulah prétend avoir découvert des vérités cachées sur J.D., mais elle refuse de nous donner des preuves ou des détails, ce qui est une source de…

— Tension, poursuit Birdy en lissant ses cheveux fuchsia.

— Frustration, ajoute Gladys en agitant son drapeau rouge pour ponctuer ses paroles.

— Vous saurez tout lorsque je publierai ma biographie officielle, dit Beulah.

— *Non officielle*, corrige Gladys.

— On n'a pas besoin de la permission des morts, réplique Beulah.

— Mais tu n'as personne pour corroborer tes découvertes, et c'est ton devoir en tant que professionnelle, fait remarquer Birdy. Elle n'a cessé de prier J.D. de l'embaucher officiellement. Ça a été le travail de sa vie pendant presque vingt ans.

— J.D. est… était… réticent à révéler certains détails sensibles le concernant, explique Beulah. C'est compréhensible. On a échangé pendant des années, vous savez.

— Vraiment ? demande Birdy. Vous avez réellement échangé ?

— Un jour, la vérité éclatera, répond Beulah.

— Pourquoi pas aujourd'hui ? demandé-je. (Elles me fusillent toutes les trois du regard.) D'après mon expérience, les secrets finissent toujours par se retourner contre ceux qui les gardent.

— C'est irresponsable d'avancer des théories sans preuves absolues, rétorque Beulah.

— Vos petits déjeuners !

Angela arrive à notre table, des plateaux en équilibre instable sur les deux bras. Elle les pose. Beulah et Gladys attaquent immédiatement leurs assiettes. Birdy picore de délicates bouchées en regardant dans le vague. Je ne peux m'empêcher de me demander : ces trois femmes sont-elles toutes éprises du célèbre écrivain ? Que ce soit possible me dépasse complètement, mais Mamie disait toujours : *Quand l'amour est aveugle, les crapauds ressemblent à des princes.* Néanmoins, la tension qui régnait dans le trio un moment plus tôt s'est dissipée à l'arrivée de la nourriture.

Je profite de ce moment de calme pour verser du lait dans mon thé qui refroidit. Je me concentre sur le bruit métallique de la cuillère en acier inoxydable contre la tasse en céramique ordinaire. Il n'y a qu'au Social que l'on utilise de la vaisselle si bas de gamme, qui ne rend pas l'agréable tintement de l'argent du Regency Grand contre la porcelaine véritable.

Angela, debout à côté de moi, les mains sur les hanches, observe une femme après l'autre tandis qu'elles avalent leur petit déjeuner sans un mot.

Elle se penche vers moi.

— Tu entends ça ? me murmure-t-elle à l'oreille.

— Quoi donc ?

— Le silence.

Chapitre 11

Avant

Je balance les jambes sous notre table fatiguée tout en mâchant chaque bouchée de mon petit déjeuner vingt fois parce que a) ça aide à digérer, b) c'est délicieux, et c) il y a des enfants dans le monde qui ne mangent pas tous les jours, alors je dois être reconnaissante de chaque bouchée que j'avale.

Une semaine s'est écoulée depuis la tirade de M. Grimthorpe, et, de temps à autre, j'ai entendu des pas révélant sa présence derrière le quatrième mur, mais je ne l'ai pas vu en chair et en os. Cependant, je ne cesse de penser à lui. Pourquoi un homme qui possède tant semble-t-il si malheureux ? Et qu'ai-je fait pour le mettre à ce point en colère ? Le reverrai-je un jour ?

Les grands physiciens ont raison – l'univers *est* en expansion, du moins le mien. Pour preuve, le nombre de nouvelles questions que j'ai pour Mamie chaque jour. Hier soir, je suis encore restée éveillée dans mon lit, cherchant des réponses. Ce n'était pas comme ça avant, lorsque j'allais tous les jours à l'école. À cette époque, mon esprit était emprisonné, tel un tigre en cage, bridé et qui fait nerveusement les cent pas derrière les barreaux.

J'étais incapable de réfléchir, encore plus de questionner ce qui m'entourait. Mais, depuis que je me rends au manoir des Grimthorpe, mon esprit a pris son envol, ma curiosité est insatiable.

Assise à table, les jambes pendantes, je fais une importante découverte – l'éducation n'est pas quelque chose qu'on trouve exclusivement dans les salles de classe, l'éducation est un état d'esprit. Je me lance dans une nouvelle série de questions avec un enthousiasme obstiné qui a dû épuiser Mamie, non qu'elle ait jamais montré ne serait-ce qu'une once de frustration. Elle m'a toujours traitée comme une adulte et parlé comme si j'en étais une. Savait-elle qu'un jour je me souviendrais de nos conversations, que je les repasserais en boucle dans ma tête, découvrant petit à petit l'étendue de sa sagesse ?

— Mamie, est-ce que c'est possible d'être riche et pauvre en même temps ? demandé-je en avalant une grande goulée de thé sucré avant d'attaquer une nouvelle bouchée.

— C'est tout à fait possible. On peut être riche en amour et pauvre en biens matériels.

— Ou on peut avoir une mauvaise santé et vivre dans la prospérité.

— Touché !

Elle beurre sa galette avec une méticulosité artistique jusqu'à ce que son couteau soit absolument propre.

— Mamie, comment les Grimthorpe sont-ils parvenus à être si riches ?

— Quand M. Grimthorpe est devenu un auteur à succès, il a gagné une petite fortune. (Elle porte sa galette à sa bouche, mais interrompt son geste avant de mordre dedans.) Cela dit, il était riche avant même que ses livres aient le succès qu'on leur connaît. Son grand-père était un investisseur richissime et son père aussi.

J'essaie de me représenter mentalement le père de M. Grimthorpe, mais la seule image qui me vient est celle du banquier moustachu de mon jeu de Monopoly.

— Tu crois que sa famille était gentille avec lui ?

— Je l'ignore, Molly, mais, Dieu sait pourquoi, j'en doute. Ce que je sais, en revanche, c'est que M. Grimthorpe était enfant unique et que ses parents le considéraient comme un raté.

— Est-ce qu'il avait échoué à l'école, comme moi ?

— Il était brillant à l'école. Et pour information, Molly, tu n'as jamais échoué à mes yeux. Mais, pour en revenir à M. Grimthorpe, tout ce qu'il a toujours voulu, c'était écrire plutôt que reprendre l'affaire familiale. Et pour sa famille à l'époque, un tempérament créatif était vu comme une malédiction. M. Grimthorpe a hérité de ce manoir, ainsi que d'une fortune considérable à la mort de ses parents. Mais il a aussi hérité d'un gros passif, Molly, un passif émotionnel, qu'il traîne encore à ce jour. C'est peut-être un riche héritier, mais ça ne lui a pas apporté beaucoup de bonheur.

Il me vient une idée.

— Mamie, si les Grimthorpe sont une vieille fortune, est-ce que ça fait de nous des nouveaux riches ?

Elle éclate de rire, mais je sais qu'elle rit avec moi, et pas de moi.

— Ma chère fille, nous, on est des Sans-Richesse.

Bien sûr, je sais ça. Je le sais parce que nous avons l'habitude de découper les coupons de réduction et de repriser nos chaussettes. Je le sais parce que la crème est rare à notre table, que le propriétaire réclame le loyer, que nous allons à la bibliothèque publique plutôt qu'en avoir une à la maison, et que nos couverts dépareillés ont été achetés dans des magasins d'occasion, et non transmis de génération en génération.

Il est temps de poser la question que je désire le plus poser, celle qui me brûle les lèvres depuis des jours.

— Mamie, si M. Grimthorpe est un tel génie, pourquoi est-ce qu'il se planque dans le manoir ?

Elle penche la tête et me regarde d'un drôle d'air que je ne comprends pas vraiment.

— Ne juge jamais personne avant de t'être mise à sa place, répond-elle. Tu as déjà entendu cette maxime ?

— Oui, mais je ne vois comment je peux l'appliquer. Je ne pourrais jamais me mettre à la place de M. Grimthorpe.

— Ça s'applique quand même à lui. Et à toi, ma chère fille, ajoute-t-elle en m'effleurant la joue. Ça signifie qu'on ne peut pas vraiment connaître quelqu'un si on n'a pas éprouvé tout ce qu'il a pu traverser. Ne t'y trompe pas, M. Grimthorpe a dû faire face à des démons. Il est guéri à présent, mais les ténèbres ont eu raison de lui pendant sa maladie.

— Il a été malade ?

— Il l'a été. Terriblement. Et ses tourments ont fait de lui un monstre pendant un certain temps. Mais nous avons survécu à tout ça. Nous nous en sommes sortis. Mme Grimthorpe et moi l'avons aidé au manoir, et ça s'est amélioré. Il s'est débarrassé de son addiction. Molly, est-ce que tu comprends ce que je veux dire par là ?

J'imagine des gargouilles aux ailes effilées entourant M. Grimthorpe, tandis que Mamie et Mme Grimthorpe les repoussent.

— Comment est-ce que vous avez chassé les démons ?

— Avec de la patience et de l'obstination. Mme Grimthorpe m'a demandé de m'asseoir pendant des heures au chevet de son mari et de lui faire la lecture, ce que j'ai fait. Ça lui permettait d'oublier un peu ses pires symptômes. Je lui servais aussi du thé, Molly, certainement pas sa boisson préférée à l'époque. Le thé est une boisson incroyable. Je te le dis, il peut presque tout guérir.

— Et si M. Grimthorpe tombe de nouveau malade ? Si sa maladie revient ?

— Il n'y a pas de raison de s'inquiéter. Il est guéri. Et Mme Grimthorpe et moi lui avons pardonné toutes les erreurs passées qu'il a pu commettre sous influence. Mais la conséquence de cette sombre période, c'est qu'il reste dans son coin. La honte, voilà la cicatrice laissée par ses démons. Ne l'oublie pas, Molly.

Je regarde ma galette à moitié mangée sur la table. Il y a quelques instants à peine, elle me faisait tellement envie, mais, maintenant, elle me paraît comme figée et grotesque sur mon assiette.

— Tu as terminé ton petit déjeuner ? demande Mamie.

Je fais « oui » de la tête.

— Bien. C'est l'heure. (Mamie pose une main chaude sur la mienne.) En route pour le manoir.

Je travaille toute la matinée dans l'office, pendant que Mamie prépare le repas et nettoie dans la cuisine. Elle gazouille comme un moineau derrière la porte. Mme Grimthorpe se trouve ailleurs, du moins pour le moment, et c'est sûrement pour ça que Mamie fredonne.

Avec chaque jour qui passe, j'utilise de mieux en mieux le mélange à base de soude, et beaucoup moins d'huile de coude pour enlever la patine sur l'argenterie. Aujourd'hui, j'ai décidé de travailler durant la matinée et de lire dans l'après-midi. J'ai terminé de briquer un service à thé complet, quelques plateaux, et une ménagère entière de couverts, jusqu'à la dernière cuillère en argent que je tiens devant mon visage. J'étudie mon reflet au creux de la cuillère, déformé et inversé, un monde altéré qui marche sur la tête, comme tout ce qui se trouve dans le manoir des Grimthorpe.

Une silhouette à l'envers apparaît derrière moi au creux de la cuillère – c'est Mme Grimthorpe, un sourire incongru à la place de sourcils froncés. Je me retourne, tandis qu'elle inspecte les ustensiles nouvellement astiqués.

Elle hoche le menton en signe d'approbation, de mauvaise grâce.

— Tu peux disposer, dit-elle. Tu peux aller lire ton livre dans la bibliothèque.

Je fais une petite révérence, quitte la pièce, et rejoins Mamie dans la cuisine, où elle est en train de sortir du four des scones tout chauds.

— Tu fais du bon travail, murmure-t-elle. Même Madame ne peut pas le nier. Monte, maintenant. Je t'appellerai plus tard pour le thé.

Je me dirige vers l'avant de la maison et monte sans bruit l'escalier principal. Je m'arrête sur le palier du premier étage, regarde vers la bibliothèque tout au bout du long couloir damassé. M. Grimthorpe n'est pas un troll – je le sais à présent – et, pourtant, lorsque je me suis trouvée face à lui il y a une semaine, il s'est emporté et m'a crié dessus à la fin de notre entrevue. Il m'a ordonné de sortir et m'a insultée. Je ne sais toujours pas ce que j'ai fait de mal, mais je dois reconnaître que je ne le sais jamais avant que ce soit trop tard. Je repense à cet épisode à l'école, quand j'avais corrigé un mot que Mlle Cripps avait mal orthographié au tableau, ce qui m'avait valu de rester tellement longtemps debout dans un coin de la classe que la honte avait fini par l'emporter, s'écoulant le long de mes jambes en un filet tiède.

Je m'avance sur la pointe des pieds jusqu'au seuil de la bibliothèque et m'arrête. Je n'entre pas, pas encore. J'observe le mur interdit et la fente au ras du sol – noire, aucun signe de vie de l'autre côté.

Je m'approche de l'étagère et sors *Les Grandes Espérances*, regagne la chaise longue afin d'ouvrir le livre. Dernièrement, j'ai bien avancé, et, même si je ne suis pas sûre de tout comprendre en ce qui concerne Pip, je suis fascinée par Miss Havisham, la vieille fiancée flétrie, dont l'unique mission dans la vie est de tourmenter un petit garçon au grand cœur. D'une certaine façon, cette histoire est plus effrayante que tout ce que j'ai lu, alors pourquoi est-ce que je continue à tourner les pages ?

Clic.

Un petit bruit, mais qui résonne sous le haut plafond voûté de la bibliothèque silencieuse.

La lumière jaillit par la fente et se déverse sur le sol de la bibliothèque.

Un bruit de pas, un bruissement de pantoufles.

Pour la première fois depuis des jours, il y a des signes de vie derrière le quatrième mur interdit.

J'ai les yeux posés sur le *Dictionnaire Oxford*, qui dépasse de l'étagère. Et d'un coup, le mur de livres s'ouvre, laissant apparaître M. Grimthorpe, l'air négligé et avachi, les épaules tombantes. Je serre mon livre contre ma poitrine.

Et puis arrive une chose des plus étranges.

— Je suis désolé, dit M. Grimthorpe.

J'en crois à peine mes oreilles. S'agit-il d'excuses dans la bouche d'un homme adulte ? Le concept m'est tellement étranger qu'il pourrait tout aussi bien parler en chinois. Je secoue la tête d'avant en arrière pour être sûre que j'ai bien entendu.

— Mon comportement de l'autre jour est inexcusable, continue-t-il. Je me suis emporté comme un idiot. Rétrospectivement, les injures que je t'ai lancées s'appliquent plus à moi-même qu'à toi, parce que c'est moi le véritable imbécile, le roi vaniteux et sans titre. La seule explication que j'ai à offrir pour ma folie furieuse, c'est l'affection dont je souffre, et dont un des symptômes persistants est un penchant malsain à se défouler sur des innocents. Je t'en prie, accepte mes excuses.

Je ne comprends pas totalement ce qu'il raconte, mais son visage est marqué par le chagrin. Je fais alors une importante découverte : qu'importe que vous compreniez le chagrin d'une autre personne, sa blessure n'en est pas moins réelle pour autant.

— Je vous pardonne, monsieur Grimthorpe. Mais est-ce que vous savez ce que *désolé* veut dire ?

— Éclaire-moi, répond-il.

— Ça veut dire qu'on promet de ne pas refaire la même erreur.

Il soupire, marche jusqu'à son bureau, et se laisse tomber dans le fauteuil.

— Je ne ferai plus jamais cette erreur, bien que je ne sois pas certain de ne pas en commettre d'autres. La vérité, Pip, c'est que toute allégresse s'est envolée de moi, si tant est que j'en aie jamais éprouvé.

— Allégresse ? demandé-je en restant dans l'embrasure de la porte.

— Signification : joie, satisfaction, bonheur. Avant, je la trouvais au fond d'une bouteille, mais j'ai arrêté ça. Ainsi que quelques autres trucs. Où se trouve l'allégresse à présent, je l'ignore. Parfois, je suis convaincu de la trouver quand j'aurai terminé mon prochain roman, mais je me bats contre une affection nouvelle et encore plus sévère.

— Signification : maladie ?

— Oui. Une affection particulière aux écrivains et connue sous le nom de Syndrome de la page blanche. Je me vois incapable de terminer mon travail en cours. Il m'échappe en tout point, et pourtant, si je savais comment en venir à bout, je suis sûr qu'il m'apporterait ce que je veux.

— Et qui est ?

— Une réputation encore plus sulfureuse. Une triste notoriété. Une place sur les étagères pour les siècles à venir. La fin de ma fébrilité, le retour de l'allégresse.

Je m'avance avec précaution dans la pièce et m'arrête à bonne distance de son bureau et des piles branlantes de Moleskine noirs monogrammés.

— Puis-je vous demander de quoi parle votre livre ?

— C'est un roman policier. Un écrivain est retenu captif dans sa propre maison par sa femme. Deux choix s'offrent à lui : la tuer, ou se tuer.

— Lequel fait-il ?

— Il tue sa femme. Mais ensuite, il se heurte à un nouveau problème.

— Qui est ?

— Il doit se débarrasser de son corps, ou faire face à une accusation de meurtre et à une nouvelle forme d'enfermement, cette fois en prison plutôt que dans le confort relatif de sa propre maison.

J'observe l'homme chétif assis en face de moi, avec sa chevelure désordonnée et ses yeux d'étalon sauvage. Et si ça n'était pas une fiction ? J'en ai l'estomac qui se noue rien qu'en y pensant.

— Vous avez l'intention de tuer Mme Grimthorpe ? demandé-je.

Il rit aux éclats en entendant ma question.

— Pourquoi est-ce que vous riez ?

— Parce que c'est absurde. Je n'ai aucune intention de tuer ma femme. Ce serait inutile. Elle est pour ainsi dire morte depuis au moins vingt ans, et c'est ma faute. Cette femme d'une patience à toute épreuve a passé toute sa vie d'adulte à protéger ma réputation et à veiller sur ma santé et mon bien-être. Je t'assure, je ne lui ai pas facilité la tâche. Disons simplement qu'il existe des maris plus fidèles dans le monde, mais qu'il y a peu d'épouses aussi loyales qu'elle.

— Je ne comprends pas, monsieur Grimthorpe.

— Ça ne fait rien. Le fait est que j'ai besoin d'une résolution de mon intrigue. Un dénouement. Un rebondissement. Peut-être deux. Et je dois faire disparaître ce cadavre imaginaire.

— La lessive à la soude, dis-je.

— Lessiver quoi ? demande-t-il.

— Je ne parle pas de ce genre de lessive. La soude, le produit chimique. Ça brûle. Si on en met assez, on doit pouvoir faire disparaître un corps entier.

Il se lève et arpente la pièce de long en large. Puis il s'arrête brusquement et plonge ses yeux bleu acier dans les miens.

— Comment tu sais ça ?

— Il était une fois une domestique. Son maître la rendait si malheureuse qu'elle a dissous ses mains dans la soude.

Il ouvre de grands yeux.

— Qui t'a raconté ça ?

— Je l'ai inventé, plus ou moins. Mamie m'a raconté une histoire qui est vraiment arrivée, mais je viens de la transformer. Comment ça s'appelle quand il y a une part de vérité dans une histoire, mais que ce ne soit pas la réalité ?

Son visage se métamorphose. Ses traits durs s'adoucissent. Le chagrin s'efface. Pour la première fois, il a l'air exalté et heureux et léger.

— Un roman. Ça s'appelle un roman.

Chapitre 12

J'ai quitté la table du fan-club après m'être excusée et m'apprête à sortir du Social quand Angela m'arrête à l'entrée du restaurant.

— Molly, tu as été géniale ! lance-t-elle. Ces femmes t'ont vraiment prise pour une inspectrice, elles ont mordu à l'hameçon sans se méfier.

— C'était humiliant et fourbe, dis-je. Et je ne suis pas sûre d'avoir découvert quoi que ce soit qui ait de l'intérêt.

— Parfois, un truc de rien du tout au début devient la clé qui permet de percer le mystère. Il suffit de savoir rassembler les morceaux.

— Ça ne m'intéresse pas de rassembler les morceaux, Angela. Ce qui m'intéresse, c'est de faire mon travail – mon travail de femme de chambre.

— OK, OK, pas la peine de péter un câble. Va faire ton travail de femme de chambre. Ignore le merdier qui t'entoure. Mais, Molls, fais attention, d'accord ? Et si tu entends ou que tu voies quelque chose de suspect, tu me le diras ?

— Oui. Je peux y aller maintenant ?

Je n'attends pas sa réponse. Je sors simplement du restaurant et me dirige vers le grand hall, où M. Snow me repère et me fait signe de le rejoindre au guichet de la réception.

— Où allez-vous, Molly ?

— Angela n'a plus besoin de moi et *vice versa*. Je retourne à mon vrai travail maintenant, si cela vous convient.

— Très bien. Les femmes de ménage à l'étage vont être heureuses de vous voir.

Je me dirige vers l'escalier de service et monte au quatrième étage. J'en ai l'estomac retourné. Je sais exactement pourquoi je suis si angoissée. Durant le repas avec les fans de littérature, je me suis fait passer pour quelque chose que je ne suis pas, et, même si Mamie n'a pas d'yeux pour le voir, je sais qu'elle ne serait pas fière de mon comportement. Je suis une menteuse et une hypocrite, deux choses qu'elle ne m'a jamais appris à être. Pourquoi est-ce que je n'ai pas franchement dit la vérité ? Pourquoi est-ce que je n'ai pas insisté auprès des fans pour leur faire comprendre que je ne suis rien d'autre qu'une femme de chambre ordinaire ?

En arrivant au quatrième étage, je tombe sur Sunshine dans le couloir, avec son chariot et un sac qui déborde de linge à laver.

— Oh, Molly ! lance-t-elle dès qu'elle pose les yeux sur moi. S'il te plaît, dis-moi que tu es venue reprendre le travail avec nous. On n'arrive pas à suivre. La nouvelle patronne est dans la salle du personnel, elle « prend une petite pause », et Lily – eh bien, je ne sais pas ce qui se passe avec elle aujourd'hui. On est épuisées. Regarde Sunitha.

Sunitha sort de la chambre voisine en traînant un sac rempli de draps sales derrière elle. Elle a l'air figée dans sa sueur, tel un gâteau recouvert de glaçage en train de fondre au soleil.

— Le rêve de propreté fonctionne au mieux dans l'unité, dis-je. Tu te souviens ?

— L'unité n'existe plus pour le moment. Molly, il se passe quelque chose avec Lily. Je sais qu'hier ça a été un choc pour elle, mais elle agit de façon encore plus bizarre que d'habitude, et elle refuse de parler de ce qui ne va pas. En plus, elle n'arrête pas de disparaître. Pendant qu'on nettoyait une chambre un peu plus tôt, je me suis retournée pour demander des serviettes en papier, et paf ! elle avait disparu. Juste comme ça.

— Où est-elle à présent ? dis-je.

— Là-bas, répond Sunshine en montrant le couloir du menton.

— Merci, dis-je.

Au bout du couloir, un chariot maintient une porte ouverte. Lily est à l'intérieur, absolument immobile devant la fenêtre, un vaporisateur dans une main et un chiffon dans l'autre.

— Lily ? (Elle sursaute à moitié de peur.) Tu vas bien ?

Elle me regarde fixement, avec sur le visage une expression qui ne correspond à aucune de celles que j'ai accumulées dans mon catalogue mental des comportements humains. « Qui est la patronne ? » murmure-t-elle d'une voix tremblante.

— Qu'est-ce que tu veux dire ?

— C'est Cheryl ou c'est toi ?

— Aujourd'hui, Cheryl est Responsable des femmes de chambre. Demain, les choses reprendront leur cours normal. Est-ce que ça te convient ?

Elle hausse les épaules.

— Lily, si jamais tu as un souci, tu peux venir me voir.

— C'est comme ça que ça marche ?

— Bien sûr, dis-je.

— La discrétion est une vertu silencieuse. C'est ce que tu m'as dit quand tu m'as embauchée. *La discrétion est primordiale au Regency Grand.*

— Lily, tu es la dernière personne que j'accuserais d'indiscrétion, dis-je. Il m'a fallu des semaines pour t'amener à parler. S'il te plaît, ne reste pas muette devant moi maintenant.

— J'essaie. Mais… ce n'est pas facile. Je compte sur ce travail, Molly. Je me suis déjà fait renvoyer avant et je ne peux pas me permettre que ça se reproduise.

C'est la première fois qu'elle mentionne la perte d'un précédent emploi, et la nouvelle est un choc pour moi. Je ravale ma surprise et demande gentiment :

— Que s'est-il passé ?

— J'étais caissière dans un supermarché avant. Mais ce que je ne t'ai pas expliqué, c'est que, quand j'ai signalé un vol commis par une autre caissière, on m'a fait porter le chapeau, et on m'a renvoyée. J'ai pensé que si je t'en parlais tu ne m'embaucherais jamais. Et maintenant, j'ai peur de parler. Molly, à qui est-ce que je dois me fier ?

— À moi, dis-je. Tu es censée te fier à moi.

En regardant Lily, c'est comme si je voyais mon ancien moi dans un miroir. Quand j'ai commencé à l'hôtel, je ne faisais confiance à personne, et il y a encore des moments à ce jour où ce sentiment déstabilisant revient.

— Molly, un jour tu es ma patronne, et, le lendemain, tu ne l'es plus. Et un homme à qui j'ai servi le thé est mort dans le salon.

Elle se détourne pour effacer des empreintes sales sur la vitre.

— Lily, si c'est la présence d'un meurtrier dans cet hôtel qui t'inquiète, je peux t'assurer le plus sincèrement possible qu'il n'y a aucune raison de croire que ce soit le cas.

Mon estomac se noue, car ce que j'avance n'est pas irréfutable. Lily se retourne et me dévisage, le regard morne et inexpressif.

— C'est toujours la femme de chambre qui est à blâmer, répond-elle avant de se remettre au travail sans un mot.

Je ne peux m'en empêcher. Je me sens passablement exaspérée par cette conversation et je pousse un bruyant soupir. Je le jure, je fais de mon mieux, mais je ne sais pas comment aider cette fille. Il me vient à l'idée que, peut-être, le mieux est de ne rien dire et de travailler à ses côtés.

Je m'attaque au lit en silence, enlève les draps sales et en mets des propres. *Un lit bien fait calme les inquiets.* Mais ça ne marche pas. Ma tête est tout sauf calme, et il est clair que Lily est elle aussi dans un état de grande confusion.

J'emporte les draps sales jusqu'à son chariot et m'apprête à les mettre dans un sac quand je remarque quelque chose dans sa poubelle de recyclage – un carton d'archive plié avec SERENA clairement écrit au marqueur noir sur le couvercle. C'est le carton qui a disparu durant l'alerte incendie hier.

— Lily, c'est toi qui as mis ce carton dans ton chariot ?

Elle fait « non » de la tête.

— Tu sais qui l'a mis ?

Elle secoue de nouveau la tête, puis me regarde fixement de ses yeux noirs et sans vie.

— Parle, Lily, je t'en supplie.

Elle n'a qu'une chose à dire :

— La discrétion est une vertu silencieuse.

J'ai les nerfs en pelote. Tandis que j'aide Lily à nettoyer la chambre 429, je me sens désespérément perturbée. Je connais la véritable origine de mon malaise. Ce n'est pas vraiment Lily, même si, bien entendu, je m'inquiète pour elle. Ce n'est même pas la mort de M. Grimthorpe ou les événements étranges qui arrivent dans l'hôtel. C'est le fait de me retrouver empêtrée dans un mensonge, et l'idée même que ça arrive m'ébranle au plus profond de mon être.

Raconte une seule fable, et ta vérité devient contestable. La voix de Mamie résonne dans mes oreilles et je ne parviens pas à la faire cesser.

— Lily, dis-je. C'est l'heure de déjeuner. Prends une pause.

Elle hoche la tête, pose son pulvérisateur, et sort rapidement de la chambre.

Soudain, je sais ce que je dois faire, et il n'y a pas une minute à perdre.

Je laisse la chambre dans son état d'imperfection et regagne le hall à toute vitesse. Je sors de l'hôtel, descends le somptueux tapis rouge. M. Preston m'aperçoit et m'arrête.

— Molly, où coures-tu si vite ?

— J'ai une course à faire. Je reviens dans un moment.

— Moi aussi, j'en ai une à faire. Et au fait, Molly, pour le dîner de dimanche, je me disais…

Je le coupe.

— Monsieur Preston, est-ce que notre dîner pourrait attendre jusqu'au retour de Juan Manuel, s'il vous plaît ? Je suis sous l'eau, et je ne pense pas être capable de gérer quelque chose en plus pour le moment.

Le visage de M. Preston se décompose comme un gâteau trop tôt sorti du four, mais, avant qu'il puisse en dire davantage, des hommes d'affaires traînant leurs bagages derrière eux lui font signe. Il se précipite pour les aider et j'en profite pour battre en retraite en toute hâte.

Je me dirige vers le poste de police en exactement quinze minutes. Je prends le temps d'étudier le bâtiment depuis l'autre trottoir – un immeuble brutaliste gris aux vitres teintées.

Je traverse la rue animée et entre par la porte principale dans la zone d'accueil du public.

Une femme blonde aux longs ongles violets me salue.

— Oui ? lance-t-elle.

— Je suis ici pour voir une inspectrice, expliqué-je en essayant de garder une voix ferme.

— Plainte ? Tuyau ? Ou vous venez vous rendre ? demande la femme.

— La dernière option.

Elle marque une pause.

— Vous savez que « la dernière option » signifie la dernière chose que j'ai dite, on est d'accord ?

— Oui. Je suis douée pour le vocabulaire.

Griffes-Violettes me regarde d'un air étrange, impossible à décrypter.

— C'est avec l'inspectrice Stark que je dois parler, ajouté-je. Elle me connaît. Je suis femme de chambre dans l'hôtel où M. Grimthorpe est tombé raide mort.

La femme se lève alors, très lentement. Sans me quitter des yeux, elle ouvre une porte derrière elle et crie dans le couloir d'une voix tremblotante :

— Inspectrice Stark ! Venez vite ! S'il vous plaît ?!

Elle ne regagne pas son bureau comme je m'y attendais. Elle reste là, contre le mur, et me surveille comme si j'allais voler quelque chose ou sortir une arme.

J'entends des pas lourds dans le couloir et, soudain, Stark, tout en noir comme à son habitude, s'encadre dans la porte.

— Molly ? dit-elle. Qu'est-ce que vous foutez là ?

— Elle est venue se rendre..., murmure Griffes-Violettes.

L'inspectrice hausse brusquement les sourcils.

— Suivez-moi.

Je remercie la Femme aux Griffes puis suis l'inspectrice jusqu'à une pièce où je suis déjà venue une fois dans des circonstances auxquelles je n'ai aucune envie de repenser. La pièce est exactement comme dans mon souvenir – néons fluorescents aveuglants et couche de crasse criminelle un peu partout.

— Asseyez-vous, ordonne l'inspectrice en montrant une chaise noire et sale devant une table blanche couverte de taches.

Je m'assieds sur la chaise répugnante. L'inspectrice prend place en face de moi.

Je ne sais pas exactement par où commencer, n'ayant jamais avoué un crime auparavant, alors j'attends en silence une sorte de signal. Une lumière rouge clignote dans un coin derrière l'inspectrice.

— Voudriez-vous un café, Molly ? demande Stark. Est-ce que ça faciliterait les choses ?

— Pas du tout.

La dernière fois que j'étais là, elle m'a apporté de l'eau, et non du thé comme je l'avais demandé, dans une tasse en polystyrène qui grinçait et faisait mal aux oreilles. Si ça arrive de nouveau, je ne crois pas que je serai capable de sortir le moindre mot.

L'inspectrice me dévisage.

— Eh bien, dit-elle, vous avez annoncé vouloir vous rendre, alors vous feriez aussi bien de vous expliquer. Vous vous sentirez mieux après, je vous le promets.

Je prends une profonde inspiration, puis expire.

— Je ne peux plus vivre dans le mensonge, dis-je. Ça me donne envie de vomir. Ça me ronge de l'intérieur. J'ai pensé à Mamie et combien elle serait déçue si elle savait ce que j'ai fait. Ce qu'elle ne sait pas. Vu qu'elle est morte.

— Vous faites ce qu'il faut à présent, Molly. Et je suis prête à entendre vos aveux.

— J'ai commis un crime.

— Oui, je sais. Mais vous devez être plus précise. Vous devez avouer clairement que vous avez tué M. Grimthorpe, en l'empoisonnant.

— *Quoi ?* Mais je n'ai rien fait de tel ! Vous me prenez pour quoi, une meurtrière ?

— Vous avez dit que vous étiez venue faire des aveux.

— De mensonge, pas de meurtre ! Je me suis fait passer pour une représentante de l'ordre, et je m'en veux profondément. J'ai essayé de dire la vérité, mais les fans n'ont pas voulu m'écouter. Vous ne comprenez pas ?

— Non, je ne comprends rien, Molly, répond Stark. Parce que, comme d'habitude, ce que vous racontez n'a ni queue ni tête. Je ne sais même pas pourquoi ça me surprend encore…

Je prends un instant pour rassembler mes esprits, puis commence depuis le début, expliquant à Stark dans les moindres détails comment les fans m'ont prise pour une inspectrice travaillant incognito à l'hôtel et comment, en dépit de mes protestations, elles ont refusé de croire la vérité – à savoir que, réellement, je suis juste une femme de chambre.

— Donc, vous voyez, lancé-je en arrivant à ma conclusion, je suis coupable d'usurpation d'identité. Et peut-être d'obstruction à la justice, aussi. Vous pouvez m'inculper, à présent. Je le mérite.

— Vous inculper ? répond l'inspectrice. Parce qu'une bande de vieilles cinglées accros aux bouquins vous ont prise pour une inspectrice ?

C'est seulement alors que ses paroles précédentes finissent par me faire réagir.

— Attendez, M. Grimthorpe a été *empoisonné* ?

L'inspectrice soupire.

— On a reçu le rapport d'autopsie et de toxicologie. Il y avait de l'éthylène glycol dans son thé. Ça n'a pas encore été rendu public, mais vous l'auriez très vite découvert puisqu'on va donner une conférence de presse dans une heure. Auriez-vous une idée de la façon dont l'éthylène glycol a pu se retrouver dans sa tasse, Molly ?

siffle Stark en se penchant tellement en avant que ça ressemble à une invasion de mon espace vital.

— Comment je saurais de quelle manière l'antigel s'est retrouvé dans son thé ?

Stark pose ses coudes sur la table.

— Je n'ai jamais parlé d'antigel, lance-t-elle.

— C'est la même chose que l'éthylène glycol, réponds-je. Franchement, je suis choquée qu'une inspectrice de votre stature ne sache pas ça.

— Bonté divine ! s'écrie Stark en portant ses mains à son front. Molly, je ne vous ai jamais dit que l'éthylène glycol était de l'antigel ! Et ce n'est pas précisément le genre de chose que tout le monde sait, non ? Vous ne voyez pas que ça me conforte dans l'idée que c'est vous, la meurtrière de Grimthorpe ?

Elle me regarde en plissant les yeux, à présent, d'une façon tout à fait inconvenante.

— Je vous ferai savoir que je suis plutôt bien informée en matière de produits chimiques et de poisons, et pas seulement grâce à *Columbo.* Angela m'a raconté l'histoire vraie d'une femme qui avait assassiné son premier puis son second mari en cuisinant leurs scones à l'antigel. Ils en ont fait un téléfilm – *Black Widow*, je crois que ça s'appelait. C'est un de ses téléfilms favoris.

— Angela ? Qui est Angela ? demande Stark.

— La barmaid du Social. Le titre du film est bien trouvé, vous ne croyez pas ?

L'inspectrice Stark croise les bras.

— Je pense surtout que, si vous en savez autant sur les poisons, vous savez exactement pourquoi on a utilisé de l'antigel pour assassiner M. Grimthorpe.

— Effectivement, je le sais. Parce que ça a un goût sucré. Très sucré. On peut le cacher dans à peu près tout.

— Précisément, répond l'inspectrice. Et comment M. Grimthorpe prenait-il son thé, Molly ?

— Avec du miel. Beaucoup de miel.

— C'est ça ! chantonne Stark d'une voix de crécelle. Et qui a mis le pot de miel sur son chariot, Molly ?

— Moi, affirmé-je avec autorité. (Ce n'est qu'une fois les mots sortis de ma bouche que je réalise qu'ils pourraient être mal interprétés.) Mais je n'ai pas empoisonné M. Grimthorpe, ajouté-je pour clarifier les choses. Je n'avais aucune raison de faire ça.

— On a trouvé vos empreintes partout sur son chariot, répond Stark.

— Évidemment ! Et je suis sûre que vous avez aussi trouvé celles de Lily.

L'inspectrice renifle, mais ne répond pas.

— Je suis venue avouer un crime pour lequel vous n'allez pas m'arrêter, et je découvre qu'une fois de plus vous voulez me coller sur le dos un meurtre dont je ne sais rien. Inspectrice Stark, si vous devez m'arrêter, alors vous avez intérêt à avoir des preuves qui me relient – sans l'ombre d'un doute – au crime en question. Vous ne pouvez pas me retenir sans mobile, sans preuves et sans arme. Et, pour autant que je sache, tout ce que vous avez pour le moment, c'est le crime.

— Alors où est ce foutu pot de miel, Molly ? Est-ce que vous l'avez gardé, comme une sorte de trophée macabre ? Ou l'avez-vous jeté dans une poubelle ?

— Pourquoi ne pas vérifier à l'hôtel ? Si je suis assez stupide pour empoisonner un écrivain célèbre en laissant mes empreintes partout sur son chariot à thé, il va sans dire que j'ai aussi dû laisser le pot de miel dans mon casier.

Stark s'esclaffe.

— Snow m'a laissée le fouiller hier soir. On n'a pas trouvé grand-chose.

Je pousse un hoquet de surprise.

— Vous avez ouvert mon casier sans ma permission ?

— Vous êtes sérieuse, là ? répond l'inspectrice.

— Venir ici était une terrible erreur, dis-je. Vous ne me verrez jamais telle que je suis, peu importent les efforts que je fais. Puis-je m'en aller, inspectrice ?

— Je peux difficilement vous en empêcher, n'est-ce pas ? Mais je vais surveiller le moindre de vos mouvements, Molly. J'ai des yeux partout dans cet hôtel. *Partout.*

À moins d'être une libellule ou une araignée, c'est tout simplement ridicule, mais, comme il est clair que l'inspectrice est énervée, et pas qu'un peu, je décide de ne pas remettre en question sa tendance à l'exagération oculaire.

— Au revoir, inspectrice.

Puis je fais une profonde révérence et m'en vais.

Ce n'est qu'une fois sortie du poste et de retour de l'autre côté de la rue que je recommence à respirer, et à peine l'ai-je fait que la gravité de la situation m'apparaît. M. Grimthorpe n'est pas mort de mort naturelle. Il a été assassiné de sang-froid. Quelqu'un l'a empoisonné, et la personne qui a fait ça, quelle qu'elle soit, est probablement encore dans l'hôtel. Je dois rentrer avertir M. Snow avant que la nouvelle ne soit rendue publique.

J'accélère le rythme, revenant sur mes pas aussi vite que mes pieds me le permettent. Je ne suis plus qu'à quelques pâtés de maisons de l'hôtel quand quelque chose de l'autre côté de la rue me pousse à m'arrêter net. Je suis juste en face du mont-de-piété du quartier, celui avec une grande vitrine et une enseigne au néon qui resplendit à longueur de semaine, vingt-quatre heures sur vingt-quatre.

M. Preston se tient devant le magasin et observe quelque chose dans la vitrine. Il entre sans se presser dans la boutique, et j'entends la sonnette tinter tandis qu'il disparaît à l'intérieur. En soi, ça n'a rien d'exceptionnel – M. Preston, mon ami, le portier de l'hôtel, en train de jeter un coup d'œil au mont-de-piété du coin. Ça n'a absolument rien d'inquiétant.

Le problème, c'est ce qu'il avait dans les mains quand il est entré. Cette porte en bois sombre et l'œil qui observe à travers le trou de la serrure – même de loin, j'ai pu distinguer assez clairement le dessin sur la couverture.

C'était un exemplaire rare de la première édition de *La Domestique du manoir*, de J.D. Grimthorpe.

Chapitre 13

Avant

Moi et mon sens du détail. Ça a toujours été comme ça. Je vois une chose, mais j'en rate une autre. J'observe avec attention, et pourtant, Dieu sait pourquoi, ce que les autres remarquent sans difficulté particulière m'échappe complètement.

Je me revois enfant, tenant à la main un bulletin qui évalue mon comportement social comme « extrêmement pauvre », me déclare officiellement « en échec », et m'ordonne de redoubler l'année suivante. Cela fait presque deux semaines que je travaille aux côtés de Mamie au manoir, et, chaque jour qui passe, je prends davantage confiance en mes capacités. Mais là, avec ce bulletin dans les mains, mon estime de moi s'envole en un instant.

Je ne peux même pas regarder Mamie. J'ai les joues rouges de honte. J'ai envie de déchirer le papier en un million de confettis, d'y mettre le feu et de le réduire en cendres. Mais une partie de moi est curieuse, aussi, curieuse de savoir en quoi je suis différente des autres.

— Mamie, c'est comment de comprendre tous les comportements sociaux ?

Elle rit.

— Oh, Molly. Personne, et moi encore moins que les autres, ne peut les comprendre *tous*. Les interactions sociales sont complexes. Plus tu te frotteras aux autres, plus tu verras comment tout s'emboîte.

— Explique.

Mamie s'interrompt pour réfléchir.

— Parfois, c'est ce que tu ne vois pas qui donne à l'ensemble sa forme et sa signification. Soudain, tu prends conscience de ce qui n'est jamais dit à voix haute, et, pourtant, tu sais qu'il s'agit d'un élément essentiel dans l'équation – l'x manquant – même s'il est invisible, même s'il n'est pas vraiment là.

J'essaie de toutes mes forces de décrypter ce qu'elle me raconte, mais je n'y parviens pas. Si quelque chose manque, ça n'est pas là. Si ça n'est pas là, il n'y a rien à voir. Je décide alors que c'est sans espoir, que *je suis* sans espoir. Je n'apprendrai jamais.

Mamie s'accroupit pour être à ma hauteur.

— Ne prends pas ce bulletin trop à cœur, Molly. Tu n'es pas en échec. Le système, en revanche… Ce stupide bout de papier ne prend pas en compte tes points forts.

— Mes points forts ?

— Oui. Tu en as beaucoup. Tu passes peut-être à côté de certaines nuances de temps en temps, mais ton cœur et ton âme sont à leur juste place.

Mon cœur est du côté gauche. Je le sais parce que je peux le sentir lorsque je pose ma main sur ma poitrine, et, d'après mes recherches à la bibliothèque, tout va bien chez moi d'un point de vue anatomique. Quant à mon âme, je ne sais pas où elle se trouve. Peut-être que c'est comme le mystérieux *x* dans l'équation de Mamie, quelque chose dont la forme est uniquement révélée grâce à ce qui l'entoure.

— Puisque tu as abordé le sujet des aptitudes sociales, reprend Mamie, ça fait un moment que je veux te dire que tu n'as pas besoin de toujours répondre : « Oui, Madame » en présence de Mme Grimthorpe, ni de personne d'autre d'ailleurs. C'est bien de faire preuve de respect, mais, si c'est exagéré, les gens risquent de te trouver obséquieuse.

— O-B-S-É-Q-U-I-E-U-S-E. Signification : trop docile.

— Oui, et servile. Quelqu'un qui manque d'amour-propre. Et pendant qu'on y est, quand tu veux connaître la signification des mots, ce n'est pas la peine de les épeler tout haut. J'aime beaucoup t'entendre épeler, mais ce n'est pas le cas de tout le monde. Peut-être que c'est quelque chose que tu pourrais aussi faire moins souvent ?

Mamie s'approche de moi et me serre dans ses bras en me donnant un baiser au sommet du crâne.

— Et, Molly, n'oublie, pas : quoi qu'il arrive, je serai toujours fière de toi. Tu as le droit autant que n'importe qui de garder la tête haute.

— Haut les cœurs, ma fleur, dis-je en levant les yeux sur elle.

— Je te reconnais bien là ma chère fille. (Elle marque une pause.) Je descends ramasser et plier le linge. Je serai revenue avant que tu aies eu le temps de dire « Jiminy Cricket ».

Aujourd'hui, elle a trois lessives à plier, et, même si elle n'en avait qu'une, vu le temps qu'il lui faudrait pour tout faire, je pourrais probablement répéter « Jiminy Cricket » un bon millier de fois. Mais je sais qu'il s'agit d'une expression. Mamie ne parle pas littéralement – signification : précisément, strictement, exactement.

Elle ouvre la porte d'entrée et s'apprête à sortir, puis se retourne.

— Si M. Rosso débarque, s'il te plaît, donne-lui l'enveloppe que j'ai laissée sur la table de la cuisine. Et demande le reçu, surtout. C'est de nouveau la date, ajoute-t-elle d'un air las.

Je sais exactement ce qu'elle veut dire par « de nouveau la date ». Ça veut dire le premier jour du mois, celui où on doit payer notre loyer. M. Rosso, avec son gros nez bulbeux et sa bedaine assortie, va cogner à la porte d'une minute à l'autre pour réclamer son dû.

— Pourquoi on l'appelle un propre-iétaire ? demandé-je à Mamie. Il est tout, sauf propre.

— N'est-ce pas ? répond-elle. Il demande de l'argent pour un logement minable, s'attend à des égards alors que rien ne fonctionne comme ça devrait dans l'immeuble, et veut tout acheter comme si le monde entier lui appartenait. Mais donne-lui quand même le loyer. On ne voudrait pas que l'électricité soit coupée. Alors sois polie.

— Je le suis toujours.

— Oui, c'est vrai.

Elle sourit et sort, refermant la porte à clé derrière elle. Je l'entends fredonner dans le couloir en se dirigeant vers l'escalier.

Une fois qu'elle est partie, je chiffonne mon bulletin jusqu'à en faire une boule de papier des plus plaisantes que je jette dans la poubelle de la cuisine.

Il ne se passe pas longtemps avant que j'entende frapper à la porte.

— J'arrive ! dis-je en attrapant une chaise au passage dans la cuisine.

Mamie me fait toujours regarder à travers l'œilleton avant d'ouvrir le sésame, alors je positionne la chaise devant la porte, monte dessus, et regarde.

Ce n'est pas M. Rosso. C'est une jeune femme aux cheveux noir de jais et au regard nerveux que je ne reconnais pas.

— Bonjour ! lancé-je à travers la porte. Qui êtes-vous ?

— Je vous dirai mon nom si vous me dites le vôtre, répond la jeune femme de l'autre côté.

Je prends le temps de réfléchir à sa réponse, sans ôter mon œil du judas.

— Mamie me défend de donner mon nom à des inconnus. Et je ne suis pas non plus censée leur ouvrir la porte.

La jeune femme passe le poids de son corps d'un pied sur l'autre, comme si elle avait un besoin urgent d'aller aux toilettes.

— Je ne suis pas une inconnue. Ta grand-mère me connaît bien. Et moi, je te connais aussi. Elle s'appelle Flora, et toi, Molly. Je suis déjà venue ici, tu sais. Simplement, tu ne t'en souviens pas, parce que tu n'étais pas plus haute que trois pommes, comme disait ta grand-mère.

Sa remarque me rassure, mais j'ai lu Ali Baba et je sais qu'il ne faut pas ouvrir les portes avant d'avoir prononcé la formule magique.

— Prouvez-moi que vous êtes déjà venue ici, lancé-je.

Elle se gratte la tête.

— Hum, d'accord… La tasse préférée de ta grand-mère est celle avec le décor champêtre. Elle la range sur l'étagère près du fourneau dans la cuisine.

Elle a absolument raison, à cent pour cent. Et il s'agit d'un détail que seule une personne étant déjà entrée dans notre appartement peut connaître.

Pourtant, je décide d'exiger une autre preuve.

— D'où connaissez-vous Mamie ?

— Oh, dit-elle en essayant de regarder à travers l'œilleton… on a travaillé ensemble.

— Où ça ?

— Dans ce… hum… ce manoir. Le manoir des Grimthorpe.

— Qu'est-ce que vous faisiez là-bas ?

— À ton avis ? J'étais… domestique.

Ça règle la question. Je saute de la chaise, tourne le verrou, et ouvre le sésame.

La jeune femme se tient devant moi et me regarde, les yeux ronds. Elle est pâle et elle a les joues creuses. Elle aurait bien besoin de prendre un peu le soleil, et elle frissonne comme si elle avait froid, alors qu'il ne fait absolument pas froid aujourd'hui. Je remarque des traces rouges sur ses bras. Je sais comment elle se les est faites. Nous aussi, on a eu des punaises de lit, une fois. Mes jambes étaient à vif, comme ses bras, une constellation de points à relier qui démangeaient constamment.

La jeune femme me dévisage sans un mot.

— Vous êtes une amie de Mamie, alors ?

— Ouais, déclare-t-elle en hochant énergiquement la tête.

Pourtant, elle ne ressemble à aucune des amies de Mamie que j'aie déjà vues. Les amies de Mamie ont plutôt les cheveux gris et des lunettes, comme elle. Elles arrivent avec de la laine récupérée dans des vide-greniers ou des cookies qu'elles viennent de cuisiner. Mais quand j'ouvre le placard et que je sors le chiffon pour essuyer les chaussures de la jeune femme, elle me le prend des mains et sait exactement quoi faire. Une preuve de plus qu'elle dit la vérité – elle est sans aucun doute déjà venue ici.

Elle essuie les semelles de ses vieilles baskets sales, les enlève, puis les pose avec soin sur le paillasson à l'intérieur. Elle embrasse l'appartement du regard.

— Waouh ! une faille temporelle. Ça n'a pas changé d'un iota. (Elle remarque la chaise à l'entrée. Fièrement posé dessus, le coussin que Mamie a terminé de broder récemment.) Elle fait toujours des travaux manuels, dit-elle en attrapant le coussin et en lisant tout haut. « Mon Dieu, accordez-moi la sérénité d'accepter les choses que je ne peux changer, le courage de changer celles que je peux changer, et la sagesse d'en connaître la différence. » Waouh. On croirait entendre mon ancien parrain.

— Parrainer, déclaré-je. Signification : promouvoir, soutenir.

— Un truc comme ça, ouais.

Je me rends alors compte de mon impolitesse. Ça ne m'arrive pas souvent d'avoir à m'occuper d'invités. En fait, ça ne m'est jamais arrivé.

— Voudriez-vous entrer ? proposé-je en songeant combien Mamie serait fière de mes manières.

— Où est ta mamie ?

— Elle plie du linge en bas. Elle en a trois panières aujourd'hui. On a économisé pas mal de pièces de 25 cents dans le Bocal Spécial. Venez, ajouté-je en précédant mon invitée dans la cuisine.

Elle reste debout devant la table, tend le bras pour la toucher, doucement, comme si elle caressait un chat affectueux plutôt qu'un vieux meuble fatigué.

— Voudriez-vous une tasse de thé ?

— Non, ça va.

— Je vous en prie, asseyez-vous.

Je lui montre l'endroit où Mamie s'installe habituellement.

— Merci, répond-elle en tirant la chaise et en s'asseyant avec précaution. Tu es vraiment… polie. Tu es complètement différente de ce que j'avais imaginé. Viens ici, laisse-moi te regarder comme il faut.

Elle me saisit les mains. Elle se penche en avant, son visage proche du mien. Et tout d'un coup elle éclate en sanglots.

— Je suis terriblement désolée, dis-je. J'ai récemment appris que j'étais socialement ratée et pas au niveau de mes pairs, alors, quoi que j'aie fait pour vous bouleverser, je vous assure que je ne l'ai pas fait sciemment.

Elle me lâche les mains et s'essuie les yeux.

— Tu n'as rien fait de mal, répond-elle.

— Peut-être que vous ne m'aimez pas. Peu de gens m'aiment.

— Non, je t'aime bien, vraiment. Tu n'as pas idée. C'est juste… C'est comme se regarder dans un miroir.

Et c'est alors que l'idée me vient. Je sais exactement quoi faire. J'attrape un mouchoir dans la boîte posée sur la table.

— Un mouchoir pour vos déboires ? suggéré-je.

Elle me prend le mouchoir des mains.

— Merci, Molly. La dernière fois que je t'ai vue, tu ne parlais pas du tout. Ta Mamie s'inquiétait. Elle avait peur que tu deviennes…

Elle s'arrête, comme si elle ne trouvait pas le mot.

— Différente ?

— Ouais. C'est ça.

— Je suis différente. Mais je peux parler sans problème. En fait, j'ai du mal à respecter la règle « les enfants doivent être vus et non entendus » ou « ni vus ni entendus ». Ou quelle que soit la règle. J'aime les mots. Et vous ? J'aime le mot « volubile ». Quel mot aimez-vous ?

Elle se mouche.

— J'aime les mots plus simples. Pour le moment, j'aime le mot « maison ».

Elle recommence à pleurer, mais ses yeux repèrent alors l'enveloppe sur la table. Ses larmes s'arrêtent aussi sec, comme le robinet de la salle de bains quand je le ferme juste après m'être rincé les mains.

— Nom de Dieu. Le premier du mois, dit-elle en secouant la tête. C'est toujours le même proprio véreux ? C'était quoi son nom déjà ?…

— M. Rosso, réponds-je. C'est toujours lui. Je pensais que c'était lui qui frappait, et pas vous.

Elle se met à respirer vraiment vite. Elle se gratte frénétiquement la tête, si fort que ça me rend nerveuse.

— Molly, est-ce que tu as des pansements ?

— Oh, vous n'avez pas à avoir honte de vos bras. Les punaises de lit, ça n'est pas votre faute. Mamie dit qu'elles se répandent d'appartement en appartement parce que les propriétaires ne font rien en matière d'hygiène. Ça ne signifie pas que vous n'êtes pas nette.

— Je ne suis pas nette, Molly. C'est exactement ça mon problème.

Je me rends dans la salle de bains et ouvre le placard sous l'évier. Notre trousse de premiers secours se trouve au fond. Je la sors et prends trois pansements parmi les plus gros pour les donner à l'amie de Mamie. Quand je ressors de la salle de bains, elle est à la porte d'entrée et enfile ses vieilles chaussures sales. Elle s'essuie les yeux avec le mouchoir chiffonné.

— Vous partez déjà ?

— Je dois me sauver, répond-elle.

— Vous n'allez pas attendre Mamie ? Je suis sûre qu'elle sera contente de vous voir.

— Non. C'était une erreur. Je ne veux pas qu'elle me voie comme ça.

— Voilà vos pansements.

— Garde-les, Molly. Qu'est-ce que je croyais ? Je ne peux pas cacher ce que je suis.

Elle tourne la poignée et ouvre la porte.

— Attendez ! Qu'est-ce que je dois dire à Mamie ?

Elle s'arrête un instant.

— Dis-lui… Dis-lui qu'elle s'occupe vraiment très bien de toi. Et qu'elle me manque.

Elle recommence à pleurer, et je ressens une douleur dans le ventre et un pincement au cœur, un lourd chagrin que je ne comprends pas.

— Attendez ! Je ne sais même pas votre nom.

— Mon nom ? répète-t-elle en s'arrêtant un instant pour me regarder. C'est Maggie.

— J'ai été ravie de vous rencontrer, Maggie, dis-je en lui tendant la main.

Elle la serre dans les siennes très fort et l'embrasse avant de la lâcher.

— Revenez quand vous voulez, ajouté-je.

Elle pose une main sur mes cheveux, puis l'enlève.

— Au revoir, Molly.

Elle se détourne et referme la porte derrière elle.

Je la verrouille immédiatement. *Ferme la porte à clé, la nuit et la journée.*

Je m'adosse un moment à la porte. Je me sens en décalage, comme étourdie, mais tout excitée, aussi. Je me sens comme une véritable adulte. J'ai reçu une visiteuse, à moi toute seule, sans l'aide de personne ! Si c'est ça la socialisation entre adultes, je peux peut-être y arriver. Ce n'est pas comme avec les enfants, qui sont horribles et mesquins, grossiers et insultants. Et même si l'amie de Mamie était triste, je l'ai tout de suite compris. Et j'ai su comment la consoler, aussi.

Je vais remettre les pansements dans la trousse de premiers secours. Je suis en train de les ranger quand j'entends la clé tourner dans la serrure. Je sors de la salle de bains au moment où Mamie entre avec une panière débordant de linge soigneusement plié, qu'elle pose par terre en soufflant un grand coup.

— Mon Dieu, Molly, il fait chaud comme en enfer dans cette buanderie ! lance-t-elle en refermant la porte à clé.

Elle quitte ses chaussures, les essuie, puis se rend directement à la cuisine pour boire un grand verre d'eau. Je la suis.

— Mamie, on a eu une visite. Mais ne t'inquiète pas. J'ai su que ce n'était pas une inconnue parce que je lui ai posé des questions, et qu'elle a répondu à toutes comme il faut. J'ai compris qu'elle te connaissait, et qu'elle me connaissait aussi, de l'époque où je n'étais pas plus haute que trois pommes. C'est une femme de ménage. Vous avez travaillé ensemble. C'était agréable de rencontrer une autre femme de ménage, même si elle avait été piquée par des punaises de lit. Et puis tu as raison. On ne peut pas en vouloir aux gens à cause de leur situation. Oh, et selon elle, tu t'occupes très bien de moi, et tu lui manques. Je suis censée te dire ça.

Mamie pose son verre d'eau avec un bruit sourd. Elle a la bouche grande ouverte, tellement ouverte que, si on avait encore des punaises de lit, elles pourraient y grimper tout droit. Son regard se tourne vers la table de la cuisine.

— Molly, est-ce que M. Rosso est venu ? S'il te plaît, dis-moi qu'il a pris l'enveloppe.

Je baisse les yeux sur la table.

C'est à ce moment-là que je comprends ce que Mamie m'a expliqué un peu plus tôt, à propos des choses invisibles.

Deux variables s'assemblent dans mon esprit : notre récente invitée et l'enveloppe qui contient l'argent de notre loyer. Je vois l'équation se former, mais il est trop tard.

Les deux ont disparu.

Chapitre 14

Je n'ai pas bien dormi. Je me suis agitée et retournée dans mon lit toute la nuit. J'ai tendu la main vers Juan Manuel, me suis rendu compte qu'il n'était pas là, qu'il n'y avait qu'un espace vide sur le matelas. J'ai songé à l'appeler au beau milieu de la nuit, pour lui raconter tout ce qui est arrivé ces deux derniers jours, mais, à une telle distance, il ne peut rien faire pour m'aider. Et qu'étais-je censée lui dire ? *Juan, j'ai omis de t'informer qu'un homme est tombé raide mort dans le salon de thé de l'hôtel il y a deux jours. Depuis, sa mort a été considérée comme un meurtre, et il est tout à fait possible que le meurtrier se balade en liberté dans notre hôtel. Oh, encore une chose – notre bon ami, M. Preston. C'est un voleur. Et je commence à me demander s'il ne serait pas autre chose de pire encore.*

Pas étonnant que je n'aie pas fermé l'œil.

Je n'arrive pas à me débarrasser de ces horribles pensées. Et si M. Preston, mon cher ami et collègue, un homme que j'ai toujours considéré comme l'incarnation la plus pure d'une bonne personne, était en réalité un voleur ? Et s'il est capable de voler, que pourrait-il faire d'autre ?

C'est ridicule. Absurde. J'entends Mamie me réprimander dans ma tête – *Seuls les imbéciles tirent des conclusions hâtives.*

Elle a raison. Et pourtant, impossible de nier ce que j'ai vu au mont-de-piété – M. Preston, en train de vendre un exemplaire rare d'une première édition de *La Domestique du manoir,* de J.D. Grimthorpe, et ce le lendemain même de la mort de l'auteur, alors que la valeur dudit ouvrage avait grimpé en flèche. Est-il possible que M. Grimthorpe ait été tué par appât du gain, purement et simplement ? Et est-il possible que M. Preston ait quelque chose à voir avec ce meurtre ? Voilà l'idée improbable, inconcevable qui m'a complètement retournée.

Je rejette les couvertures, enfile mes pieds tout chauds dans mes pantoufles, et me rends d'un pas lourd dans la cuisine. Il est cinq heures du matin, bien trop tôt pour se lever, mais je ne peux plus rester au lit. Je m'empare d'un seau sous l'évier et le remplis d'eau. Je farfouille dans le tiroir à la recherche d'un chiffon digne de ce nom, puis me rends d'un pas décidé dans le salon où je pose mon matériel à côté du cabinet de curiosités de Mamie.

J'allume la télé pour me distraire, mais, évidemment, la chaîne d'informations repasse la conférence de presse durant laquelle l'inspectrice Stark a annoncé que la mort de M. Grimthorpe était un meurtre. Je regarde les journalistes bombarder Stark de questions.

— Inspectrice, avez-vous des pistes ?

— Nous suivons toutes les pistes que nous avons.

— Inspectrice, le meurtrier est-il un client ou un employé de l'hôtel ?

— Si je le savais, est-ce que je serais là ?

— Inspectrice, vous avez déclaré que son thé avait été empoisonné à l'antigel. Savez-vous comment cela aurait pu arriver ?

— Nous y travaillons. Nous sommes à la recherche d'une preuve de première importance.

— Inspectrice, avez-vous un message pour le tueur ?

Stark marque une pause. C'est comme si elle s'adressait directement à moi à travers la télé.

— On peut dissimuler la vérité un certain temps, mais elle ne restera pas enfouie pour toujours. Ne l'oubliez jamais, lance-t-elle avant de s'éloigner de la mêlée.

J'éteins la télé.

J'attrape mon chiffon et ouvre avec précaution les vitrines du cabinet de curiosités de Mamie. *Un ménage approfondi donne du sens à la vie. Attaque-toi au tapis, l'aspi !*

Oui, Mamie, songé-je en sortant ses précieux trésors – une ménagerie en cristal Swarovski d'occasion, sa fierté et sa joie, et ses petites cuillères-souvenirs, en provenance d'endroits lointains qu'elle n'a jamais eu l'occasion de voir de ses propres yeux.

J'astique furieusement chaque bibelot, puis me tourne vers les photos encadrées posées au-dessus de la vitrine. Il y a une nouvelle photo de moi et de mon cher Juan Manuel, tous deux avec des moustaches identiques en crème glacée. Il y en a de plus anciennes aussi, de Mamie et moi. Mais c'est la photo de ma mère jeune que j'étudie avec soin. Cheveux noir de jais comme les miens et teint de porcelaine, joues pleines et rosées, et non creuses et pâles comme celles de l'étrange jeune femme qui nous avait volé l'argent du loyer il y a si longtemps. Enfant, je n'avais aucune idée de son identité. Ce n'est que beaucoup plus tard que j'ai compris que cette fameuse Maggie était ma mère, et qu'une des raisons de sa visite était qu'elle voulait me voir. Comment ai-je pu ne pas faire le rapprochement à l'époque, je ne sais pas. Pourquoi est-ce que c'est toujours comme ça ? Pourquoi est-ce que je comprends tout trop tard ?

Pour l'instant, je remets tous les trésors de Mamie dans la vitrine. Je prends une douche, puis récure la salle d'eau jusqu'à ce que mes doigts soient ridés comme des pruneaux. Je mange une galette, mâche chaque bouchée exactement vingt fois. Ensuite, je quitte l'appartement et me rends au travail, l'anxiété me propulsant tel un moteur à réaction.

Maintenant que tout le monde est au courant pour l'empoisonnement de M. Grimthorpe, cette journée de travail au Regency Grand risque d'être tout sauf paisible. Je ne sais pas à quoi m'attendre.

Quand j'arrive, M. Preston est debout derrière son pupitre de portier, dirigeant la multitude de clients qui se presse sur le fastueux perron rouge. Je me fraye un chemin parmi la foule jusqu'à me trouver juste devant lui.

— Molly, dit-il. Tu es au courant pour M. Grimthorpe ?

— Oui. Et je suis particulièrement angoissée. À votre avis, qui pourrait être capable d'une chose pareille ?

— Beaucoup de gens. Cet homme n'était pas ce qu'il semblait être.

Je scrute le visage de M. Preston, tendu et lugubre, aux lèvres tellement pincées qu'il semble les avoir avalées.

— Et vous, monsieur Preston ? Êtes-*vous* ce que vous semblez être ?

— Molly, tu vas bien ? demande-t-il en posant une main sur mon bras. Tu te sens faible ?

Je m'écarte.

— Il faut qu'on parle, déclaré-je. Mais pas ici. Pas maintenant.

— Ma chère, je n'arrête pas de dire ça depuis un moment.

— Olive Garden. Dix-sept heures quinze. Je compte sur vous pour être à l'heure.

— Naturellement. Molly, tu es sûre que tu vas bien ?

Je n'arrive pas à croire qu'il me pose encore la question.

— C'est plutôt à vous qu'il faudrait demander ça, pas à moi.

M. Preston me dévisage comme s'il essayait de resituer quelqu'un d'entièrement inconnu.

Je le salue, avant de monter le tapis rouge d'un pas lourd et de passer les portes de l'élégant Regency Grand.

Le hall est encore plus animé que la veille, rempli de clients aux yeux écarquillés et de curieux regroupés en petits clans qui chuchotent entre eux, mais, vu le nombre de personnes, c'est beaucoup trop calme, un silence d'enterrement flotte dans l'air. Pas étonnant.

Je repère M. Snow à la réception. Il murmure des instructions à un concierge qui semble piqué au vif, nerveux, et surmené. Je m'approche de M. Snow qui termine sa conversation. Le concierge file. M. Snow me regarde de ses yeux de chouette.

— Molly, je n'arrive pas à y croire. Un homme empoisonné, ici, dans notre hôtel ! Comment est-ce possible ?

— Je ne sais pas, monsieur Snow. Nous avons passé les dernières années à redorer notre réputation ternie, mais à présent, nous voilà déshonorés d'une façon nouvelle et bien plus grave. Je me demande si la souillure s'effacera un jour.

— Mieux vaut ne pas y penser. La police montre des suspects du doigt, pose des questions.

Je contemple le hall et repère plusieurs hommes en noir dans leur coin, écouteurs dans les oreilles.

— Qui sont-ils ? Ils ne ressemblent pas à des clients.

— Ce sont des officiers de police sous couverture, répond M. Snow. Et ils sont partout, à observer nos moindres mouvements. Plutôt que fermer l'hôtel, l'inspectrice Stark a demandé qu'on reste opérationnels et qu'on essaie de se *comporter normalement*. Ses agents spéciaux et elle sont convaincus que c'est la meilleure façon de faire sortir le tueur du bois.

— Vous ne croyez pas qu'il se serait déjà enfui ?

— Apparemment, le *modus operandi* suggère que le meurtrier pourrait toujours être dans le coin. L'inspectrice Stark a parlé de trophées et de la *pathologie de la tasse empoisonnée*. Il semblerait que, pour certains tueurs, se cacher à la vue de tous fasse partie du plaisir.

Un frisson me traverse, et en jetant un coup d'œil dans le hall, tout et tout le monde me paraît enveloppé d'un voile de suspicion.

M. Snow regarde fixement vers M. Preston qui dirige les allées et venues depuis son pupitre sur les marches.

— C'est difficile à imaginer, reprend-il, mais les inspecteurs sont convaincus que le tueur est…

Il s'interrompt.

— L'un d'entre nous ? terminé-je.

Il acquiesce gravement.

Je sens un étau invisible m'enserrer le cœur, et, un instant, je me demande comment je suis censée continuer. *Haut les cœurs, ma fleur.*

— Je ferais mieux d'y aller, ajouté-je. Cet hôtel ne va pas se nettoyer tout seul.

Ce que je ne dis pas, c'est qu'une couche d'impureté malfaisante se cache dans le moindre recoin de cet hôtel, mais qu'on ne peut pas nettoyer ce qu'on ne voit pas.

— Soyez vigilante, Molly, conseille M. Snow.

— Je le suis toujours.

Je le laisse et me dirige vers les ascenseurs quand j'entends un « houhou ! » familier dans mon dos. En me retournant, je découvre deux fans assises sur un sofa émeraude à côté du grand escalier. Gladys, la présidente aux cheveux bouclés, agite son petit drapeau rouge vers moi tandis que Beulah enlève avec application les poils de chat de son affreux pull-over. Ce sont les dernières personnes à qui j'ai envie de parler dans l'immédiat, mais, comme M. Snow le rappelle souvent aux membres du personnel : « Vous êtes aux ordres de chaque client. »

— Mesdames, dis-je en m'approchant. J'espère que vous allez bien.

— Bien ? répond Gladys. Comment pourrait-on possiblement aller bien ? J.D. Grimthorpe a été tué de sang-froid !

— Nous sommes profondément endeuillées, ajoute Beulah en croisant les bras.

— Savez-vous si le Social va ouvrir à l'heure habituelle pour le petit déjeuner aujourd'hui ? demande Gladys.

— C'est le cas, indiqué-je. Au Regency Grand, nous sommes fiers de notre capacité d'adaptation et de la ponctualité de notre service.

— Parfait ! s'exclame Beulah, j'aurais bien besoin d'avaler quelque chose pour me calmer l'estomac.

Bien que n'étant pas la mieux placée pour déchiffrer les émotions humaines, je ne peux m'empêcher de noter l'incongruité de la remarque. Les deux femmes semblent plus inquiètes de rater le petit déjeuner que de la présence d'un potentiel meurtrier en liberté. Et pourquoi sont-elles restées dans les parages alors qu'il n'y a littéralement aucune chance qu'elles rencontrent l'écrivain qu'elles étaient venues voir ? Soudain, je me rends compte que le troisième membre de leur trio habituel, la petite aux mèches roses, s'est séparé du reste du troupeau.

— Où est l'autre fan qui vous accompagne toujours toutes les deux ? Mlle Birdy. Est-ce qu'elle est repartie chez elle ?

— Chez elle ? Vous rigolez ? répond Beulah. Elle se balade dans l'hôtel, à la recherche d'indices. Elle propose des théories et des mobiles aux gens de chez vous.

— De chez moi ?

— Oui. Les agents secrets, les hommes en noir qui grouillent dans l'hôtel aujourd'hui. Nous savons qu'ils travaillent avec vous, commente Gladys.

Elle désigne un des hommes aux écouteurs qui sont éparpillés un peu partout dans le hall.

— Ils ne travaillent *pas* avec moi, précisé-je. Je suis juste une femme de chambre.

— Bien entendu. Nous comprenons, répond Gladys avec un clin d'œil de connivence appuyé. Nous ne dirons pas un mot. En revanche, nous avons quelque chose d'important à vous communiquer – en tant que femme de chambre, évidemment.

— De quoi s'agit-il ?

— C'est à propos de Birdy, continue Gladys.

Beulah épluche son pull couvert de fourrure, puis déclare :

— Comme vous l'avez certainement remarqué, Birdy et moi ne nous entendons pas toujours bien. Nous partageons le même amour en qui concerne Grimthorpe, mais notre lien s'arrête là. Pendant de nombreuses années, il y a eu une rivalité professionnelle entre nous.

— J'appellerais plutôt ça une *jalousie* professionnelle, corrige Gladys.

— Vous voyez, je suis quelque chose que Birdy n'est pas – je suis la biographe de M. Grimthorpe.

— Biographe *non officielle*, ajoute Gladys.

— S'il y a une chose que j'ai apprise au cours des années, c'est de ne jamais sous-estimer une femme menue. Birdy est peut-être fluette, mais elle est costaude, rusée, et…

— Elle a un passif avec le poison, termine Gladys.

Les deux fans échangent un regard.

— Comment ça ? insisté-je.

— Il y a deux ans, durant notre symposium bisannuel « Le génie de J.D. Grimthorpe », une enseignante réputée d'une université locale était présente. Après la conférence passablement interminable de Birdy sur le crime et le châtiment dans les ouvrages de J.D., cette universitaire a levé la main et déclaré qu'elle n'avait jamais compris pourquoi le travail de ce dernier était si populaire. Elle a ajouté qu'elle trouvait son écriture figée.

— « Constipée », c'est le mot exact qu'elle a utilisé, précise Beulah. Birdy a failli avoir un coup de sang.

— Le deuxième jour du symposium, quand l'universitaire est revenue pour notre salon, « Crime et crumpet », Birdy lui a servi un brownie un peu particulier qu'elle avait elle-même cuisiné, continue Gladys.

— Il était truffé de laxatif ! ajoute Beulah. Autant vous dire que cette universitaire n'a plus jamais assisté à l'un de nos symposiums.

— Typique de Birdy, commente Gladys en hochant la tête. La punition est à la hauteur du crime.

Les deux femmes acquiescent de conserve.

— Quand cette inspectrice a annoncé aux informations que M. Grimthorpe avait été empoisonné, on a toutes les deux eu la même idée : Birdy, reprend Beulah.

Gladys se penche vers moi.

— Si Birdy a pu empoisonner un brownie, de quoi d'autre pourrait-elle être capable ?

— Mais pourquoi empoisonner son idole ? demandé-je.

— Parce qu'elle est en colère, propose Beulah. Contre lui et contre moi. Tuer J.D. nous punit tous les deux. (Elle se penche vers moi telle une conspiratrice et ajoute à voix basse :) Dernièrement, je m'étais rapprochée de M. Grimthorpe, et j'avais mis le doigt sur des recherches dont Birdy ne sait rien. Lui et moi, on avait discuté de la possibilité que je devienne sa biographe officielle. Elle en était contrariée. Elle a toujours voulu être plus que sa fan numéro un. Elle était verte de jalousie quand je lui ai annoncé que je l'avais coiffée au poteau.

— Et comme on l'a mentionné, ajoute Gladys, Birdy a toujours eu un penchant pour *Poison et châtiment*, le roman, hein.

— C'est son livre préféré de J.D. Grimthorpe, parce que le méchant finit par avoir ce qu'il mérite dans une boisson empoisonnée. Je doute que ce soit une coïncidence, renchérit Beulah.

— Beulah et moi avons discuté de tout ça la nuit dernière, reprend Gladys, et, même si c'est difficile d'imaginer que Birdy puisse tomber aussi bas, on a décidé que ce serait prudent de parler de son passé à quelqu'un d'officiel, au cas où.

— Je n'ai rien d'officiel, expliqué-je. À moins que vous ne parliez de mes compétences en tant que Responsable des femmes de chambre.

— Bien entendu, répond Gladys à voix haute. Nous comprenons.

Beulah m'attrape le bras.

— Vous allez enquêter là-dessus, n'est-ce pas ? chuchote-t-elle.

— Je ne ferai rien de tel, dis-je. Parlez-en aux autorités. Maintenant, si vous voulez bien m'excuser, je dois partir. Les chambres ne vont pas se nettoyer toutes seules.

— En particulier celle de Beulah, lance Gladys. On dirait qu'un collectionneur compulsif s'y est installé !

— Ça n'est pas aussi horrible que ça, rétorque Beulah en envoyant valser un bon paquet de poils de chat de ses épaules.

Je tourne les talons et sors sans même ajouter un mot. Je dois reconnaître : je me sens soulagée dès que je suis hors de leur vue. Tout chez ces femmes me porte sur les nerfs.

Je me précipite dans le vestiaire où j'enfile mon uniforme, attache mon badge de Responsable des femmes de chambre au bon endroit, juste au-dessus de mon cœur. Lily est déjà arrivée. Ses chaussures sont soigneusement alignées devant son casier.

Une fois mon uniforme enfilé, je vérifie une dernière fois ma tenue dans le miroir, puis monte au deuxième étage. Quand les portes de l'ascenseur s'ouvrent, j'aperçois le chariot de Lily à l'autre bout du couloir, mais en regardant de l'autre côté je vois Cheryl sortir d'une chambre, une liasse de petites coupures dans sa main grassouillette.

Non. Pas encore. C'est la deuxième fois en moins de vingt-quatre heures que je surprends un voleur la main dans le sac, en flagrant délit. Cheryl a repris ses vieilles habitudes. Elle pique les pourboires dans des chambres qu'elle ne nettoie même pas, des pourboires qui sont destinés à Lily et moi.

— Cheryl ! lancé-je, ou crié-je plutôt, car je suis plus échauffée que de l'eau qui bout. (Je fonce au bout du couloir et m'arrête devant elle.) Comment oses-tu voler les pourboires des autres femmes de chambre ? Je te rappelle qu'il est expressément interdit de toucher aux rémunérations destinées à d'autres membres du personnel ! Tu comprends que c'est une cause de renvoi ?

— Waouh, Molly ! s'exclame Cheryl en levant les mains. Pas la peine de s'énerver. Comme je l'ai mentionné plus tôt à Lily, j'ai pensé que ce serait une bonne idée que nous toutes, les femmes de chambre, on mette en commun nos pourboires pour les diviser ensuite de façon équitable. Tu sais, comme tu dis toujours – « en toute équité, les femmes de chambre savent partager ».

— Ça s'applique à la charge de travail. Tu as mal interprété mes propos.

Lily passe la tête à l'extérieur d'une chambre. Les cernes noirs sous ses yeux sont tellement marqués qu'elle ressemble à un raton laveur.

— Dis-lui, Lily, lance Cheryl. On était d'accord pour mettre les pourboires en commun, non ?

Lily s'apprête à parler, mais les mots restent coincés dans sa gorge.

— Je… J'imagine ? finit-elle par dire, avant de secouer la tête et de se taire.

Au total, ça ne fait absolument rien pour me calmer. Au contraire, ça me donne envie de plonger les paluches cupides de Cheryl dans un seau rempli de soude, mais je me force à sourire.

— *Je* suis Responsable des femmes de chambre. C'est à *moi* de décider comment les pourboires doivent être répartis entre nous toutes. Et pour information, j'ai eu ma dose de sales voleurs pour la journée !

— Sales voleurs ? répète Cheryl avec une grimace de dédain. C'est très vilain de me dire ça. Qui enfreint son propre règlement à présent ? Je me demande ce qu'en penserait M. Snow si je décidais de lui en parler, Molly ? De toute façon, je dois y aller. Et n'hésitez surtout pas à crier si l'une de vous voit un meurtrier brandissant une hache derrière la porte d'une chambre. Ou encore mieux, ne criez pas. Ne dites *rien* ! ajoute-t-elle en regardant Lily.

Puis elle s'éloigne d'un pas lourd dans le couloir.

Une fois qu'elle est partie, Lily sort de la chambre qu'elle nettoyait et se tient devant moi, fixant sur le sol ses yeux humides.

— Tu avais vraiment accepté de partager les pourboires avec elle ? demandé-je.

Lily ne parle pas. Elle ne bouge même pas.

— Est-ce que ce silence va s'arrêter un jour, Lily ? Je sais que cet endroit est sens dessus dessous en ce moment et que c'est plutôt effrayant, mais tout finira par s'arranger. Tout ira bien à la fin.

Le visage de Lily demeure impassible – masque anxieux et préoccupé.

— Cet hôtel ? murmure-t-elle. Il est plus sale que je ne l'aurais jamais imaginé. Je ne sais pas quoi faire.

— Il n'y a qu'une chose à faire face à la saleté. Et c'est de la nettoyer !

Elle me regarde fixement un instant, puis se glisse derrière son chariot et disparaît dans le couloir.

Chapitre 15

Avant

Je suis dans la cuisine avec Mamie. Elle me pose une question, mais le sol se déforme sous mes pieds, et, bien qu'elle soit juste devant moi, les mains sur mes épaules, c'est comme si elle me parlait à travers une bouteille fermée bringuebalée par les vagues de l'océan.

— S'il te plaît, Molly, dis-moi que M. Rosso a pris l'enveloppe.

— Il n'est pas venu, Mamie.

J'ai les yeux fixés sur la table de la cuisine. Je veux que l'enveloppe du loyer réapparaisse, mais il n'en est rien. Et je sais qu'elle ne reviendra pas.

— La dame te connaissait. Elle a dit qu'elle s'appelait Maggie.

Les mains de Mamie me glissent des épaules, et couvrent son visage. Elle laisse échapper un son, un son étrange que je n'ai entendu qu'une fois auparavant, dans un documentaire animalier – le son d'une brebis après qu'un lion lui avait arraché son agneau et s'était enfui avec.

— Mamie, qui est-elle ? Peut-être que ce n'est pas trop tard.

Les larmes coulent sur son visage.

— Oh, ma chère fille…

— Mais qui est-elle ? insisté-je.

Mamie reste silencieuse. Une ride profonde lui barre le front.

— Tu ne sais vraiment pas ?

Je fais « non » de la tête.

— Après tout, c'est vrai que c'est une étrangère pour toi.

— C'est une voleuse, lancé-je. On devrait appeler la police. Ils peuvent l'attraper et récupérer l'argent de notre loyer.

— Ça ne sert à rien, Molly. Elle est partie depuis longtemps, et l'argent avec elle.

Mamie s'effondre sur le sol de la cuisine. Je m'assieds en tailleur en face d'elle. Je sens mes côtes se refermer autour de mon cœur, au fur et à mesure que la gravité de notre situation m'apparaît.

— Mamie, s'il te plaît. Ne pleure pas. Je suis tellement désolée.

Juste à ce moment-là, on cogne à la porte. Nous sursautons toutes les deux. *C'est elle*, songé-je. C'est Maggie. Elle a changé d'avis et nous rapporte notre argent. C'est une bonne personne après tout !

Je saute sur mes pieds et aide Mamie à se relever. Je sors un mouchoir de la boîte posée sur la table, le lui passe. Puis j'attrape une chaise et me précipite à la porte. Je monte dessus et regarde à travers l'œilleton.

Mon enthousiasme retombe aussi sec.

— C'est M. Rosso…

— Laisse-moi m'en occuper, répond Mamie en reniflant et en se mouchant.

Puis elle s'approche de la porte tandis que j'enlève la chaise.

Elle ouvre. Notre propriétaire se tient devant nous, nez bulbeux et bras croisés sur la bedaine.

— Bonjour, monsieur Rosso, commence Mamie. J'imagine que c'est un jour agréable pour vous.

Sa voix chantante reste coincée dans sa gorge.

— Le jour du loyer est agréable uniquement quand tout le monde paie, déclare-t-il.

Mamie serre ses deux mains l'une contre l'autre, puis les frotte contre ses cuisses.

— Monsieur Rosso, poursuit-elle, j'ai bien peur que nous ayons rencontré un problème imprévu qui nous oblige à retarder le paiement du loyer.

— Pardon ?

— Nous n'avons pas l'argent du loyer. Mais je vais vous payer très bientôt.

Le visage de M. Rosso passe de son rouge habituel à une nuance quelque part entre betterave flamboyant et rose rouge sang.

— Ce bâtiment grouille de bons à rien paresseux, mais je pensais que vous valiez mieux qu'eux, Flora. Je le pensais vraiment.

— Je suis terriblement désolée de vous décevoir, répond-elle. Vous connaissez le proverbe qui dit qu'à défaut d'avoir ce qu'on veut, on se contente de ce qu'on a, mais en l'occurrence, je n'ai rien, alors il n'y a pas grand-chose que je puisse faire. Parfois, la vie interfère avec les meilleures intentions d'une personne.

— Et ce n'est pas sans conséquence, réplique M. Rosso, les narines frémissantes. C'est la seule façon que des gens comme vous retiennent la leçon.

Il fait demi-tour et s'éloigne dans le couloir en traînant les pieds.

— Pardon ? lance Mamie dans son dos. Pourriez-vous expliquer ce que vous entendez par *les gens comme nous* ?

Mamie et moi passons la tête à l'extérieur dans l'attente d'une réponse, mais M. Rosso ne répond pas. Il ne nous jette même pas un regard.

Nous rentrons dans l'appartement et Mamie referme doucement la porte et la verrouille.

— Que va-t-il se passer, Mamie ?

— Ce sont des menaces en l'air, ma chère fille. Il n'y a pas de quoi s'inquiéter. (Elle inspire profondément, expire, puis frappe dans ses mains.) Et si on faisait ce qu'on fait de mieux ? Et si on faisait le ménage à fond dans l'appartement ?

— Un ménage approfondi donne du sens à la vie, dis-je en faisant chorus.

— Tout nettoyer pour nous requinquer, renchérit Mamie.

— Qu'est-ce que tu attends ? Attaque-toi au tapis, l'aspi ! déclaré-je en me précipitant dans la cuisine pour préparer un seau et des chiffons en vue de notre Grande Aventure Ménagère.

Nous passons l'après-midi entier à récurer et à dépoussiérer, à astiquer et à balayer. Même si Mamie a l'air fatiguée et ne fredonne pas comme à son habitude, je me sens merveilleusement bien, revigorée par l'odeur acidulée de citron qui monte dans l'air, l'odeur réconfortante de la maison.

Quand le crépuscule s'installe et que le jour cède la place à l'obscurité, tout dans notre modeste appartement, de la cuisine à la salle de bains, de l'entrée à nos deux chambres, est impeccable, immaculé, d'une propreté parfaite.

Mamie et moi gardons toujours le meilleur pour la fin. Nous sommes dans le salon, en train de ranger son cabinet de curiosité assises par terre, au milieu de ses animaux en cristal, de ses cuillères-souvenirs, et des photos encadrées. Mamie tient la photo de ma mère dans ses mains. Une profonde ride réapparaît sur son front tandis qu'elle frotte le cadre doré, essayant de le faire briller.

Un bruit étrange se fait alors entendre – comme un grésillement électrique. Et puis soudain les lumières s'éteignent.

Silence.

— Mamie ?

Je ne vois rien. C'est le noir absolu dans le salon. Assise par terre, je découvre que mes oreilles fonctionnent encore mieux dans l'obscurité.

Ce que j'entends ensuite, c'est un gémissement plaintif et caractéristique – celui d'une brebis qui appelle un agneau qu'elle ne reverra jamais plus.

Chapitre 16

Je travaille côte à côte avec Lily le restant de la journée dans l'espoir que ma présence l'aidera à s'ouvrir à moi, mais, hélas, mes efforts n'apportent aucun résultat. Elle prononce un total impressionnant de deux phrases durant le reste de la journée : « Tu peux me passer une serviette propre, s'il te plaît ? et : « Est-ce que je peux prendre une pause pour aller aux toilettes ? » Quelle que soit la raison de son inquiétude, je me garde bien de lui tirer les vers du nez – *Les bonnes choses viennent à point à qui sait attendre.*

La seule bonne nouvelle c'est qu'ensemble, dans un silence quasi complet, on a réussi à nettoyer plus de chambres que ce qui nous avait été attribué sur le tableau de service, les laissant d'une pureté immaculée, comme si la vie ne les avait jamais souillées, comme si aucune forme de crasse et de saleté n'avait jamais existé. Si seulement c'était vrai, cela dit. Nous savons toutes les deux que ce n'est pas le cas. Parce que, en dépit de tous nos efforts pour nettoyer ces chambres, nous ne connaissons pas les clients qui y logent, et l'un d'eux pourrait très bien être le meurtrier de M. Grimthorpe. Et si le coupable n'était pas un client, alors qui était-ce ?

Il est maintenant dix-sept heures précises, et notre service est terminé.

— On a fini pour aujourd'hui, Lily, dis-je. Merci de ton travail zélé, bien que silencieux.

Elle ne répond pas, ne me regarde même pas dans les yeux. Elle se glisse derrière son chariot et le pousse vers l'ascenseur, direction le vestiaire des employés, où elle va quitter son uniforme et redevenir une civile jusqu'à demain.

Il est presque l'heure de retrouver M. Preston à l'Olive Garden, et, pour être franche, j'ai pensé à lui toute la journée – M. Preston, un ami de confiance depuis des années. M. Preston, qui vient régulièrement dîner avec Juan et moi le dimanche. M. Preston, que je considère depuis longtemps comme un membre de la famille. M. Preston, qui a mis un livre volé au clou. M. Preston, qui semble être – au mieux – un voleur, et au pis…

Radins et fripouilles, types qui disparaissent pendant la nuit, loups déguisés en agneaux. Comment M. Preston pourrait-il être associé à ces gens-là ? Et pourtant, je l'ai vu de mes propres yeux mettre au clou cette première édition. Il est entré dans la boutique avec le livre sous le bras.

Dans le vestiaire réservé aux femmes de ménage, je quitte mon uniforme et remets mes vêtements ordinaires. Lily est déjà partie, ainsi que les autres employées. Je suis de nouveau seule. Je m'observe dans le miroir. Mon visage est marqué par les épreuves – deux grosses poches noires campent sous mes yeux. Si Juan Manuel était là, il écrirait quelque chose sur un bloc-notes comme la dernière fois que j'ai travaillé jusqu'à épuisement.

— Qu'est-ce que c'est ? avais-je demandé lorsqu'il m'avait tendu le papier.

— Une ordonnance, avait-il répondu.

— R&R, une fois par jour pour Molly Gray, avais-je lu. Repos et Récupération. Administré par J.M., sous forme de bain de bulles, de massage plantaire, et de spaghettis et boulettes de viande pour le dîner – interdiction à Mlle Molly de débarrasser ensuite.

Il avait dessiné un cœur à la suite de mon nom.

Il me manque tellement. S'il était là, il saurait exactement quoi faire. En son absence, vers qui me tourner ?

Pile à ce moment-là, Angela apparaît à la porte du vestiaire, me faisant sursauter.

— J'ai failli mourir de peur ! m'exclamé-je. Qu'est-ce que tu fabriques ici ? Tu devrais être là-haut au Social.

— Ouais, je sais, répond Angela. Mais je fais une petite enquête dans mon coin. J'ai parlé avec l'équipe de cuisine pour savoir si la police avait testé tous les liquides de l'office à la recherche de poisons.

Voilà qu'elle recommence, songé-je.

— Angela, pourquoi tu te mêles de ça ? Reste en dehors de cette histoire.

— Pour rater mon unique chance de résoudre un crime ? Hors de question ! De toute façon, juste pour que tu saches, la police a tout testé dans la cuisine. Ils n'ont rien trouvé d'anormal. Mais j'ai quand même fait mes propres tests.

— Tu as fait quoi ?

— J'ai goûté une larme de tous les liquides contenus dans la cuisine pour voir si ça me rendrait malade.

— Et tu as découvert quoi ?

— Que le jus d'orange et le vinaigre suivis par la sauce soja et le miel causent une sérieuse indigestion. La bonne nouvelle ? Je ne suis pas encore tombée raide morte.

— Je n'arrive pas à croire que tu aies fait ça, Angela. Tu vas trop loin.

— Pas du tout. (Elle s'écarte du chambranle, regarde des deux côtés du couloir vide, puis revient sur la pointe des pieds dans le vestiaire.) Molly, les choses deviennent vraiment bizarres dans cet hôtel. Les agents sous couverture resserrent leur étau autour d'un suspect. Je les ai entendus en parler. Il y a des choses que tu dois savoir.

— Il y a des choses que *toi*, tu dois savoir, Angela. Et la première, c'est que je ne suis pas une enquêtrice, et que je ne veux pas qu'on pense que j'en suis une. J'ai dit à l'inspectrice Stark que j'avais fait une terrible erreur et m'étais fait passer pour un officier de la loi. Je me suis dénoncée pour supercherie. Mais je ne lui ai pas dévoilé qui avait eu cette abominable idée au départ.

Elle me dévisage d'un air incrédule, une main sur la hanche.

— C'est officiellement la chose la plus stupide que j'aie jamais entendue, lance-t-elle.

— Tu parles comme l'inspectrice, répliqué-je en ouvrant mon casier et en récupérant mon sac. Je ne cesse d'essayer de faire comprendre aux fans que je suis une femme de chambre ordinaire, mais elles ne veulent pas m'écouter. À cause de tes manigances, elles continuent de me donner des pistes.

— Parfait. Ça pourra s'avérer utile.

Je suis de plus en plus énervée et contrariée. J'aime vraiment Angela, mais, parfois, c'est la personne la plus têtue que je connaisse. Je referme mon casier d'un coup sec et me dirige vers la porte.

— Attends ! Molly, il faut qu'on parle. Tu rentres chez toi ?

— Non. J'ai rendez-vous avec M. Preston. (Je me tourne vers elle.) Angela, je te confie ça en toute confidentialité, et je ne veux pas que tu en parles à qui que ce soit avant que je l'aie d'abord vu, mais hier, j'ai surpris M. Preston en train de vendre l'édition rare qui avait disparu du grand hall. Il était en train de la mettre au clou dans un magasin à quelques pâtés de maisons d'ici. Je l'ai vu de mes propres yeux.

— Molly, on s'en fout ! C'était juste un livre.

— Mais si tout ça était lié ? Si Grimthorpe avait été tué pour faire grimper le prix de ses éditions rares ?

Angela marque une pause. Elle tripote le cordon de son tablier pendant qu'elle réfléchit.

— Non, c'est impossible. M. Preston ne ferait pas de mal à une mouche. Tu ne devrais pas tirer de conclusion hâtive.

— On croirait entendre Mamie ! Bon, je dois y aller. Au revoir, Angela.

Je fais demi-tour et monte l'escalier qui mène au grand hall sans un mot de plus. Tremblante et perturbée, je passe les portes tournantes, descends les marches à toute allure, et me dirige vers l'Olive Garden qui se trouve à quelques mètres de là.

Une fois arrivée, un serveur que je connais m'accueille avec le sourire, me guide jusqu'à un box, pose deux menus sur la table, et s'en va.

À ce moment-là, je repère M. Preston à l'entrée et lui fais signe. Je sors mon téléphone de mon sac – 17 h 14. Au moins, je n'aurai pas à lui reprocher son manque de ponctualité.

— Molly, dit-il en se glissant sur la banquette en face de moi. (Il est habillé de façon plutôt soignée, pull-over bleu foncé, chemise impeccable et cravate, chose qu'il porte rarement, même pour nos dîners du dimanche soir.) Comme c'est merveilleux de te voir en dehors du travail. Ça fait un moment que je voulais te parler en privé.

Il me décoche un sourire qui lui dessine des pattes-d'oie au coin des yeux.

Même ça, je n'arrive pas à le croire – son visage familier parcouru de rides que j'ai autrefois prises pour une marque de pure gentillesse.

— Monsieur Preston, dis-je, je vous ai demandé de venir ici aujourd'hui parce que vous êtes un menteur.

Il ouvre immédiatement de grands yeux.

— Je te demande pardon ?

— Un menteur. Un dissimulateur. Un voleur ! Vous m'avez toujours dit de ne pas me fier aux apparences, que tous les crapauds ne se transformaient pas en princes. Monsieur Preston, je vous annonce le cœur lourd que je vous ai vu tel que vous êtes réellement – avec toutes vos imperfections.

— Ma chère fille, je ne sais pas de quoi tu parles. Il doit y avoir une erreur.

— Il n'y en a pas. Hier, en revenant du poste de police, je vous ai vu devant le mont-de-piété, un livre bien particulier dans les mains. Vous avez vendu la première édition de *La Domestique du manoir.*

M. Preston hausse les épaules.

— Je ne le nie pas. Le prix a considérablement augmenté, et, même si je comprends que tu puisses interpréter cela comme une façon de profiter de la mort de l'auteur, la vérité, Molly, c'est que j'ai besoin d'un peu plus d'argent. Je me fais vieux. C'est une des choses dont je voulais te parler, mais j'avais peur que cela te fasse de la peine. Traîner des valises est un travail pour les jeunes, et je ne sais pas combien de temps encore je pourrai le faire. Je songe à prendre ma retraite. Et j'ai besoin d'un matelas financier, un petit pécule pour y arriver.

— Voler n'est pas une façon d'amasser un Fabergé !

Je rugis ces mots, et m'en rends seulement compte quand plusieurs têtes se tournent vers moi.

— Voler ? murmure M. Preston en se penchant au-dessus de la table. Je n'ai jamais rien volé de ma vie, et encore moins un Fabergé.

J'étudie son visage, y cherchant la duplicité qui trahit si souvent le mensonge, mais je n'y trouve rien.

J'essaie une nouvelle tactique.

— Il était une fois une boîte en carton, à l'intérieur de laquelle se trouvait une première édition rare de *La Domestique du manoir*, propriété de Mlle Serena Sharpe. Elle se trouvait sur le guichet de la réception. Quelqu'un a déclenché l'alarme incendie et paf ! le carton a disparu. Quand j'ai revu ce livre, il était entre vos mains.

— Oh, Molly, répond tristement M. Preston en posant ses coudes sur la table et en se cachant le visage dans les mains.

— Les coudes ne sont pas faits pour être sur la table, ni maintenant, ni jamais, lui rappelé-je.

M. Preston soupire. Cependant, il retire ses appendices offensants.

Le serveur vient vers nous d'un pas tranquille. « Êtes-vous prêts à commander ? » demande-t-il.

— Deux verres de chardonnay, s'il vous plaît, répond M. Preston.

— Je ne boirai pas de vin, indiqué-je. De l'eau pour moi. On n'est pas vraiment en train de fêter quoi que ce soit.

Le regard du garçon passe de l'un à l'autre, dans l'attente d'une explication supplémentaire. Voyant que rien ne vient, il s'éclipse.

— Molly, reprend M. Preston, j'ai un aveu à te faire.

Le voilà, le moment où toutes mes peurs se fondent en une réalité affreuse, où toute la confiance que j'avais mise en cet homme qui était comme ma famille est anéantie en un instant. Mais je vais lui couper l'herbe sous le pied.

— Vous admettez donc avoir empoisonné M. Grimthorpe !

— Quoi ? Je n'ai jamais fait une chose pareille ! s'exclame M. Preston. Comment est-ce que ça peut même te traverser l'esprit ?

Je le regarde avec attention, étudie son visage. Il est au bord des larmes.

— Molly, la seule chose dont je me sois rendu coupable, c'est un pieux mensonge. (Il attrape une serviette en papier sur le présentoir et s'en tamponne le front avant de continuer.) Il y a quelques jours, quand tu m'as interrogé à propos de M. Grimthorpe, j'ai laissé croire que je ne le connaissais pas, mais, en fait, je le connais. Ou, plutôt, je le connaissais, il y a fort longtemps.

Il s'arrête et me regarde fixement, comme s'il attendait que je comprenne.

— Continuez, dis-je.

— Ce livre que j'ai mis au clou, c'est Grimthorpe qui me l'avait donné en personne il y a des années, lorsque je travaillais pour lui et que tu… eh bien, que tu n'étais pas plus haute que trois pommes.

Son charabia ressemble à une habile manœuvre pour me détourner de la terrible vérité.

— Les Grimthorpe n'ont jamais eu de portier, précisé-je en croisant les bras. Je le sais pertinemment.

— Exact. Mais ils avaient un gardien.

J'ai la tête qui commence à tourner. La banquette sous mes fesses chavire. Souvenirs et sensations se télescopent comme si une tornade déferlait en moi.

— Je ne suis pas un meurtrier, Molly. Je ne suis même pas un voleur. Que tu puisses me croire capable de tomber si bas, eh bien… ça me brise le cœur. (M. Preston tend le bras par-dessus la table pour me prendre la main.) La seule chose dont je sois coupable, c'est de ne pas t'avoir avoué plus tôt que je connaissais M. Grimthorpe. Le lendemain de sa mort, je suis passé devant le mont-de-piété en rentrant à la maison et j'ai vu un exemplaire d'une première édition dans la vitrine. Le prix affiché était astronomique. Ça m'a donné l'idée de vendre le mien. En plus, j'ai toujours méprisé M. Grimthorpe, alors pourquoi garder son livre ? Ta grand-mère avait l'habitude de prêcher la patience, mais elle en a beaucoup trop supporté en travaillant dans cet endroit sans chaleur humaine, en particulier quand Grimthorpe avait bu. Elle pensait que, s'il parvenait à cesser de boire, tout changerait, mais elle se trompait. Mme Grimthorpe ne laissait pratiquement personne approcher son mari, elle ne faisait confiance qu'à ta grand-mère et à la secrétaire. Selon elle, c'étaient les seules à pouvoir faire face à ses pitreries en dehors d'elle. Pendant longtemps, ta grand-mère a épaulé les Grimthorpe. Mais même elle a fini par voir la vérité. Grimthorpe était un homme vil et odieux, indigne de sa loyauté. Et Mme Grimthorpe a aussi laissé tomber ta grand-mère. Ils l'ont tous les deux trahie de façon différente.

— Mamie ne m'a jamais parlé de ça.

— Non. Elle ne l'aurait jamais fait. Elle avait honte, se sentait humiliée. Elle voulait laisser tout ça derrière elle, prendre un nouveau départ.

— Pourquoi est-ce que vous me racontez ça ?

— Parce que c'est lié à ce que j'essaie de te dire depuis un moment.

— Que vous me connaissiez, avant, quand j'étais enfant, dans le manoir des Grimthorpe. J'ai compris.

— Ce n'est qu'une partie de l'histoire. Je me souviens de toi, la brave petite fille qui tenait la main de sa grand-mère et remontait l'allée bordée de rosiers. Cette même petite fille a fait le chemin inverse un jour pour s'arrêter devant les caméras à la grille et offrir un cadeau au gardien. Tu t'en souviens ?

Bien sûr que je m'en souvenais. Comment aurais-je pu oublier la gentillesse de cet inconnu ? Mais j'ignorais à qui je parlais. Je n'en avais aucune idée à l'époque.

Mon estomac se tord et s'agite. J'ai la gorge en feu tellement j'ai honte, et je lutte un moment pour trouver les mots.

— Monsieur Preston, j'ai fait une terrible erreur. Je ne sais pas qui a volé ce livre à la réception, mais maintenant, je vois bien que ce n'était pas vous. Et je vois tellement plus que ça. Je suis terriblement désolée. Me pardonnerez-vous un jour ?

— Te pardonner ? Molly, c'est une évidence.

Je pousse un soupir de soulagement.

— Vous vouliez me dire autre chose ?

M. Preston me donne une petite tape sur la main.

— Je t'en ai déjà dit beaucoup, répond-il. Mieux vaut peut-être laisser le reste pour une autre fois.

— Vous n'oublierez pas ?

Il me regarde de ses yeux chaleureux, remplis de larmes.

— Je ne pourrais jamais oublier, Molly. Jamais.

Chapitre 17

Avant

Je suis une petite fille assise dans le noir et qui a peur, tandis que sa grand-mère, invisible, sanglote par terre dans le salon. Ce n'étaient pas les larmes de Mamie qui m'effrayaient. Et ce n'était pas non plus l'obscurité. J'avais peur de moi-même, de ma capacité illimitée à comprendre trop tard les choses.

Les sanglots s'arrêtent. Je ne vois pas Mamie, mais je l'entends s'agiter autour de moi. Puis j'entends des bruits de pas, le grincement familier de la coiffeuse dans la salle d'eau, quelqu'un qui farfouille.

— Mamie ?

— J'arrive. Reste où tu es.

Nouveaux bruits de pas traînants. Un bruissement, un raclement.

— Que la lumière soit, dit Mamie en posant une bougie allumée sur une desserte avant d'allumer celles qui sont à ses pieds et qu'elle dispose à intervalles réguliers dans toute la pièce.

L'effet est extraordinaire, le salon tout entier s'illumine d'un éclat enchanteur.

— Quand on veut, on peut. La volonté m'a manqué un instant, Molly, mais c'est reparti. Du thé ? demande-t-elle.

— L'électricité est coupée. La bouilloire ne va pas marcher.

— On a encore de la glace dans le congélateur, du moins pour un moment. Je peux faire du thé glacé.

Elle attrape une bougie et se rend dans la cuisine. Assise par terre, immobile, je l'entends fouiller dans les placards tout en fredonnant comme si tout allait bien. Elle réapparaît quelques minutes plus tard avec la bougie, deux grands verres, et quelques biscuits sur un plateau en argent.

— *Tea for two ?*

Elle pose le plateau sur la table du salon, s'assied sur le canapé et le tapote pour m'inviter à la rejoindre.

Je prends place à ses côtés.

On passe le reste de la soirée à boire du thé glacé en mangeant des biscuits. Comme on ne peut pas regarder David Attenborough ou *Columbo*, Mamie me régale d'histoires de fées et de princesses, de lords et de ladies, de servantes et de serviteurs. À un moment, je sens mes paupières se fermer. Une main enveloppe la mienne et me guide vers mon lit.

Mamie était comme ça. Elle trouvait toujours le moyen de susciter l'espoir. Et qu'est-ce que l'espoir, sinon la décision de faire briller la lumière dans la nuit ?

Le lendemain matin, le soleil est levé et on n'a plus besoin de bougies, même si l'électricité est toujours coupée et qu'on n'a plus d'eau chaude non plus dans l'appartement. Je me lave à l'eau froide, une toilette de chat, comme l'appelle Mamie, bien qu'il n'y ait aucun félin dans l'appartement.

Sur le chemin du manoir, je l'interroge.

— Qu'est-ce qu'on va faire pour le loyer ? Et si M. Rosso ne remet jamais le courant ? Et si on doit vivre dans le noir pour le restant de nos jours ?

— Ne t'inquiète pas, Mamie a un plan.

En arrivant au manoir, nous nous arrêtons à la grille, comme d'habitude.

Elle appuie sur l'Interphone, mais au lieu de dire bonjour et de demander à entrer, elle annonce : « Je viens jusqu'à la tour de garde. »

C'est hautement inhabituel. Elle n'est jamais allée là-bas avant, jusqu'à cette impénétrable forteresse qui veille sur le manoir des Grimthorpe, à quelques pas de la grille seulement.

On entend un bourdonnement, et la grille s'ouvre.

— Attends-moi ici un moment, demande-t-elle.

J'acquiesce, perplexe, mais persuadée que Mamie sait ce qu'elle fait. Elle longe la clôture en fer forgé jusqu'à la tour, puis entre par une porte sur le côté le plus éloigné dont j'ignorais l'existence. Dans quel dessein ? Pourquoi entre-t-elle ? Que fait-elle ?

Je passe le temps en comptant les pointes hérissées qui surmontent la clôture. Juste au moment où le vertige commence à dessiner des ondulations à mes pieds, Mamie ressort de la tour et revient vers moi.

Elle s'arrête à ma hauteur.

— J'ai reçu une reconnaissance de dette, dit-elle de sa voix chantante. J'aurai l'argent du loyer plus tard dans la journée. Ce qui signifie que l'électricité va être remise. Il y aura de la lumière.

Elle pose sa main dans mon dos et me guide doucement vers le manoir.

Tout en marchant, j'essaie de traiter l'information, mais j'ai du mal à raccrocher les wagons.

— Alors, qui t'a donné l'argent du loyer, Mamie ?

— Le gardien.

L'homme invisible, l'homme mystérieux dans la tour ?

— Pourquoi est-ce que le gardien nous prêterait de l'argent ?

— Parce qu'il reste encore de bonnes personnes dans ce monde, Molly. Et l'une d'elles se trouve dans cette tour. Elle n'a pas cessé de veiller sur nous.

Je jette un coup d'œil à la colonne de pierre grise et froide aux vitres teintées à travers lesquelles n'importe qui peut observer l'extérieur, sans que personne puisse voir dedans. Et je décide séance tenante de ce que je dois faire.

Je passe la matinée à astiquer l'argenterie dans l'office. Mme Grimthorpe entre vers onze heures trente pour inspecter mon travail.

— Ça ira, dit-elle. Tu peux monter lire sans bruit.

Je la laisse, me rends dans la bibliothèque, où j'attrape *Les Grandes Espérances*, et m'installe sur la chaise longue. À peine me suis-je assise que j'entends un déclic et vois la lumière inonder le sol à travers la fente. Glissement de pantoufles, le *Dictionnaire Oxford* bouge, et le mur de livres s'ébranle. M. Grimthorpe est debout sur le seuil, souriant de toutes ses dents.

— Pip, déclare-t-il. Où étais-tu passée ? Ça fait des jours que je ne t'ai pas vue ici. J'espérais que tu allais te montrer. Tu es vraiment l'enfant prophète, la jeune devineresse, celle-qui-sait-tout.

— Je ne sais rien du tout. Chaque jour qui passe, j'en sais moins qu'avant.

— Mais tu m'as donné la réponse. Ça faisait des lustres que je me débattais, et toi, tu m'as offert la solution – une solution à base de soude. Je touche au but, Pip. J'ai pratiquement terminé mon dernier roman.

Je dévisage le frêle individu devant moi. Son visage brille de tous ses feux, comme le Fabergé sur le manteau de la cheminée.

— C'est vrai ? Vous avez fini d'écrire votre livre ?

— Presque. La soude et la domestique. Les deux idées viennent de toi. Tu as résolu le problème – comment un corps peut être là un instant et avoir disparu celui d'après. Dissous. Désintégré. Envolé. Invisibilité et absence, l'impact que ça laisse. Il va me falloir encore quelques jours pour coucher les derniers mots sur le papier, mais j'y suis presque. Et je pense que j'ai réussi. Je pense que j'ai acquis une place nouvelle dans les rayons littéraires – *in perpetuum*.

Il se met à faire les cent pas dans la pièce. Attrape son stylo-plume et un carnet Moleskine monogrammé, gribouille dedans à grands traits ornés de boucles qui partent en tous sens. Son corps anguleux est différent aujourd'hui, comme transformé. Son asymétrie noueuse, ses aspérités – tout en lui est plus intense, plus fluide, plus déterminé, telle une panthère en chasse.

Rat-a-tat-tat-tat-tat

Ça recommence. Le bruit des touches, clair et sonore. La femme en bleu doit être dans son bureau, et, où qu'il se trouve, elle est occupée à présent à taper la fin du nouvel opus du grand écrivain. M. Grimthorpe est tellement plein d'entrain que je décide de tenter ma chance.

— Monsieur Grimthorpe, où est le bureau de votre secrétaire ? Je la vois entrer tous les jours par la porte du côté, et je l'entends taper à la machine, mais pas une fois je n'ai vu où elle travaillait.

— Il ne faut pas y regarder de trop près alors.

Il referme le carnet avec un bruit sec et me décoche un sourire de guingois.

— Elle ne fait jamais le tour du manoir, continué-je. Parfois, je me demande si elle existe vraiment.

M. Grimthorpe glousse tout fort.

— Oh, elle existe. Elle existe bel et bien !

Je n'ai aucune idée de ce qui le fait rire, mais je lui suis reconnaissante de conserver son humour. Il s'avance vers moi à grandes enjambées.

— Rien ne peut m'atteindre aujourd'hui, Pip. Je pourrais marcher sur les eaux. Je me sens comme avant d'arrêter de boire, à l'époque où mon premier livre figurait sur la liste des *best-sellers* et que j'avais le sentiment d'être le roi du monde. Aujourd'hui, je suis capable de tout.

Juste à ce moment-là, j'entends Mamie appeler au bas de l'escalier.

— Thé dans dix minutes !

M. Grimthorpe l'entend aussi.

— Elle venait ici avant et restait assise auprès de moi tous les jours. Tu le savais ? Elle m'écoutait si j'avais envie de parler. Durant les pires moments – les tremblements et les suées – elle me régalait avec ses histoires. Elle me divertissait pendant les journées les plus sombres. Aujourd'hui, elle ne monte pratiquement plus jamais.

M. Grimthorpe se lèche les lèvres, sa langue pointe entre ses dents ivoirines avant de disparaître dans sa bouche.

— Si vous avez besoin de Mamie, pourquoi est-ce que vous ne descendez pas, tout simplement ?

Il hoche la tête et me lance un sourire enjôleur.

— Bonne idée, Pip. Je le ferai peut-être.

— Je dois y aller, dis-je.

— Ah oui, astiquer et faire briller. Redonner à toute chose son état de perfection initial, la vaine tentative de ma femme pour préserver l'illusion d'un mariage et d'un mari parfaits, deux choses qu'elle n'a jamais eues. Je vais te confier un secret, Pip : la floraison ne dure qu'un temps. Rien de ce qui est d'or ne demeure.

— Je dois y aller maintenant. J'ai quelque chose à faire. Au revoir, monsieur Grimthorpe.

Je tends le bras et pousse le *Dictionnaire Oxford.* Le mur de livres se referme, et M. Grimthorpe disparaît derrière lui.

Je n'ai pas beaucoup de temps. Mamie va sans aucun doute m'appeler de nouveau. Je me précipite dans le couloir et descends l'escalier principal sur la pointe des pieds. J'attrape mes souliers dans le vestibule, les enfile, puis tourne la poignée de la porte d'entrée et m'éclipse discrètement, refermant sans bruit derrière moi.

Je longe l'allée bordée de roses à présent sur le déclin, avec leurs tiges alourdies et leurs pétales qui tombent sur les dalles. Tout en marchant, je cherche un spécimen pas encore fané. Ça demande un certain temps, mais je finis par repérer une fleur pourpre foncé à l'apogée de sa splendeur au plus profond d'un buisson, pétales déployés. J'enfonce le bras dans les ronces, ignorant la morsure des épines, jusqu'à ce que mes doigts trouvent la tige qui porte la dernière rose resplendissante. Je la casse, puis retire la fleur des broussailles compactes. J'ai des égratignures tout le long du bras, des traces rouges semblables à des piqûres d'épingle, mais ça n'a pas d'importance, parce que ce que je tiens dans la main en vaut la peine – un trésor éphémère, le dernier spécimen de la récolte de cette année.

Je parcours le reste de l'allée en tenant précautionneusement ma rose des deux mains. Quand j'arrive à la grille en fer forgé, j'enfonce le bouton de l'Interphone, exactement comme Mamie le fait toujours. Puis je parle aux petites lamelles.

— Vous m'entendez ? dis-je. Vous me voyez ? Je suis Molly, femme de ménage stagiaire. Terminé.

J'attends une réponse. Rien. Je regarde la tour de garde, puis enfonce de nouveau le bouton.

— Qui que vous soyez, je sais que vous nous avez aidées, Mamie et moi. Vous nous avez prêté de l'argent pour notre loyer. Je pense que c'est très généreux de votre part. Je voulais juste vous apporter un cadeau. Et vous dire merci en personne.

Un déclic, un bruit de parasites.

— Ma chère fille, tu es la bienvenue.

Je regarde de nouveau la tour. Les vitres teintées ne laissent rien filtrer, mais ça ne m'empêche pas de lever ma rose vers l'homme qui se trouve à l'intérieur avant de la déposer sur le rebord près de l'Interphone.

Je m'incline profondément, exécute ma plus belle révérence dans sa direction. Puis je me dépêche de remonter l'allée et de regagner le manoir.

Chapitre 18

Depuis mon enfance, on n'a cessé de me dire – de façon directe ou indirecte – que je suis nulle. Pas assez bonne. Que je n'atteins pas le niveau requis. Que je ne parviens pas à saisir ce que les autres comprennent avec une relative facilité. Molly la Mutante. Roomba le Robot. Moll la Folle.

Avant ce moment précis, je n'avais jamais entièrement cru à ces affirmations. Je m'insurgeais contre l'idée que ma différence me rendait inférieure aux autres. Je refusais de l'accepter. Mais à présent, tandis que mes pieds martèlent le trottoir et que je me précipite au travail, où je vais devoir affronter M. Preston pour la première fois depuis que l'ai pris par erreur pour un meurtrier, je commence à croire que tout ce qu'on a toujours raconté à mon sujet pourrait être vrai. Peut-être suis-je réellement inférieure aux autres. En tout cas, je suis certainement une imbécile, une idiote, s'il en est. Comment ai-je pu confondre M. Preston avec une mauvaise personne ? Comment ai-je pu commettre une erreur pareille ? Et si je suis assez stupide pour faire ça, de quelles autres erreurs monumentales suis-je capable ?

Juan Manuel m'a appelée ce matin pendant que je finissais de mâcher pour la quatorzième fois un morceau de muffin. J'ai avalé, puis lui ai demandé :

— Suis-je une bonne personne ? Suis-je quelqu'un de bien ?

Il est resté silencieux un moment à l'autre bout du fil.

— *Mi amor*, de quoi est-ce que tu parles ? Tu es plus qu'une bonne personne. Molly, tu es mon Fabergé.

J'ai avalé mon thé d'un coup, puis j'ai changé complètement de sujet, lui posant des questions sur son voyage et sa mère et ses frères et sœurs, jusqu'à ce qu'il gazouille gaiement et en oublie mes étranges questions.

J'arrive devant l'élégante façade du Regency Grand. Les voituriers s'affairent, aidant les clients avec leurs bagages. M. Preston, dans son grand manteau et son couvre-chef de portier, est debout à son pupitre sur le perron, le portrait même de la dignité et de la grâce. Il me voit m'arrêter au bas des marches. Mes jambes refusent d'avancer. Je ne mérite pas le tapis rouge. Je ne l'ai jamais mérité.

Il se précipite vers moi et m'attrape par le bras.

— Molly, tu vas bien ?

— Je ne vais pas bien. Je n'ai jamais été bien.

— Là, là, murmure-t-il en m'aidant à monter l'escalier. Un pied devant l'autre. C'est la seule façon d'arriver quelque part dans cette vie.

— C'est ce que disait Mamie.

Je m'appuie sur son bras pour reprendre mon équilibre.

— Je sais, répond-il.

Nous nous arrêtons en haut des marches, devant les portes tournantes.

— Je vous ai accusé de quelque chose de terrible. Vous ne devriez pas me pardonner, monsieur Preston. Je ne mérite pas votre gentillesse.

— On commet tous des erreurs. C'est ce qu'on fait ensuite qui compte.

— Mamie disait ça aussi.

Il sourit et me serre le bras. Je n'avais jamais vraiment mesuré jusqu'à présent combien il a vieilli en peu de temps, combien ses cheveux, dont les mèches noires ont disparu, sont devenus grisonnants, entièrement argentés. Même ça, je n'ai pas été capable de le voir clairement jusqu'à aujourd'hui. M. Preston ne va pas tarder à prendre sa retraite, ce qui signifie que je ne le verrai plus tous les jours. J'ai le cœur lourd en y pensant.

— Molly, fait-il, j'ai discuté avec Angela hier soir. Elle veut nous parler. Tout de suite.

— Vous avez discuté avec Angela ? répété-je bêtement, me demandant pourquoi diable M. Preston serait en contact avec elle en dehors des heures de travail.

— Quand on a parlé hier, toi et moi, ça m'a fait réfléchir. Je l'ai appelée parce que je voulais son avis sur le carton qui a disparu du hall et l'édition rare du premier roman de Grimthorpe que j'ai vue dans la vitrine du mont-de-piété. Tu avais raison à propos d'une chose, Molly – tout ça est louche. Angela n'avait pas grand-chose à m'apprendre de plus pour m'éclairer hier, mais, ce matin, elle n'a qu'une idée en tête. Elle veut nous voir au restaurant.

— Très bien. J'ai quelques minutes avant de commencer mon service.

M. Preston prévient les voituriers qu'il prend une pause, puis m'indique les portes tournantes et m'emboîte le pas.

Nous retrouvons Angela derrière le bar du Social, cheveux cuivrés en bataille, air concentré sur le visage, en train d'observer avec attention l'écran de son ordinateur posé devant elle. Elle est tellement absorbée par ce qu'elle regarde qu'elle ne nous jette même pas un coup d'œil. Elle finit par remarquer notre présence et nous fait signe d'approcher. M. Preston et moi nous installons côte à côte sur des tabourets en face d'elle.

— Est-ce que ça va prendre longtemps ? demandé-je. Je dois vraiment aller travailler.

— Molly, tu as toujours une demi-heure d'avance pour ton service, réplique Angela. Et crois-moi, quand tu verras ce que je m'apprête à te montrer, tu vas halluciner. Vous aussi, monsieur Preston. Vous feriez mieux de vous mettre à l'aise.

M. Preston enlève son couvre-chef et le pose sur le bar.

D'un grand geste, Angela tourne son ordinateur vers nous. Un site appelé FondusdeCulture.com est affiché à l'écran. Son logo figure un oiseau de proie menaçant tenant un livre ancien entre ses serres.

— De quoi s'agit-il ? demande M. Preston.

— Un site de vente en ligne pour souvenirs et objets de collection, répond Angela. Les gens mettent aux enchères des livres d'occasion, des autographes de personnes célèbres, des objets de collectionneurs, et tout ce qu'ils pensent pouvoir vendre. Il y a même une liste de sous-vêtements sales ayant appartenu à une rock star. Et le pire ? Ils ont été vendus ! Regardez cette page, continue Angela en cliquant sur un autre onglet. Ce vendeur a pour pseudo « la Grande Faucheuse ».

M. Preston lit tout haut le descriptif du vendeur.

— Articles originaux à vendre ayant appartenu aux riches, aux morts, et aux tristement célèbres. Cent pour cent authentiques ! Source proche et anonyme !

— Maintenant, regardez ça, dit-elle en faisant défiler l'écran pour nous montrer différents articles annoncés comme vendus.

Je n'en crois pas mes yeux. Je pousse un cri étouffé.

— Est-ce que tous ces objets ont un lien avec M. Grimthorpe ? demande M. Preston avant même que j'arrive à prononcer un mot.

— La plupart, confirme Angela. Sauf un qui n'a pas de rapport.

Elle fait défiler la page jusqu'à une photo sur laquelle on voit des mignonnettes de scotch vides. En dessous, on peut lire : « Le dernier repas liquide de M. Charles Black – *le* M. Black – le jour où on l'a retrouvé mort à l'hôtel Regency Grand ! »

J'ai la tête qui tourne. Mon cœur se met à battre la chamade.

— Et ça encore, continue Angela.

Elle survole une autre liste, un stylo-plume et une carte ayant été vendus. « Cette paire pourrait être à vous ! » proclame la légende. « Le stylo-plume de J.D. Grimthorpe et une scandaleuse lettre d'amour destinée à sa secrétaire ! »

— Bonté divine ! s'exclame M. Preston. Cliquez dessus.

Angela clique pour agrandir la photo.

J'étudie avec attention le stylo-plume noir et or et son élégante plume effilée.

— C'est bien le stylo de M. Grimthorpe, dis-je. Il était dans le carton qui a disparu.

— Ce sont mes yeux qui fatiguent ou ce mot d'amour est illisible ? demande M. Preston.

— Le vendeur floute les images exprès, explique Angela. Seul l'acheteur peut lire ce qu'il y a à savoir.

— C'est le papier à lettres du Regency Grand, reprend M. Preston en reconnaissant néanmoins le logo flouté.

— Alors ça, ça m'en bouche un coin, lance Angela. Vous avez raison.

— Mais ils ont tort pour le mot, protesté-je. Ce n'est pas M. Grimthorpe qui l'a écrit, c'est M. Snow. Il l'a reconnu lui-même.

— Rien d'étonnant à ça, déclare Angela. Comme le nom l'indique, ces vendeurs en ligne sont vraiment des malades. Ils sont prêts à mentir sur n'importe quoi juste pour se faire du fric.

— Et ce stylo et ce mot ont été vendus à quel prix ? demande M. Preston.

— Cinq cents dollars, précise Angela. Plus les frais d'envoi en express et la manutention.

— Qui dépenserait de l'argent pour de telles bêtises ?

— Beaucoup de gens, répond Angela. Et pas seulement des collectionneurs. Des podcasteurs et des journalistes, aussi. Regardez ça. (Elle clique sur la photo d'un carnet Moleskine noir monogrammé J.D.G., suivie d'une autre où l'on voit le même carnet grand ouvert sur des pages remplies de gribouillis incompréhensibles.) Il aurait appartenu à J.D. Grimthorpe, mais je doute que ce soit vrai, ajoute-t-elle.

— Oh, si, ça l'est, dis-je. C'est tout ce qu'il y a de plus vrai. (Une autre liste attire mon regard.) Remonte, s'il te plaît.

Angela clique sur le texte accompagnant l'article vendu : « Derniers mots de J.D. Grimthorpe ! Soyez le premier à lire le discours qu'il n'a jamais fait ! »

Mon cœur s'accélère tandis que la prise de conscience se fait.

— Ce sont les fiches qui ont disparu du pupitre, confirmé-je. Elles sont floutées, mais ce sont bien les fiches que j'ai vues !

— Ça confirme ce qu'on pensait, renchérit M. Preston. Il s'agit de quelqu'un de l'intérieur, à n'en pas douter. Soit ce vendeur travaille ici, soit il est de mèche avec une personne de chez nous.

Angela acquiesce en faisant la moue, le visage fermé.

— Tu vois le tableau, Molly ? demande-t-elle.

Nos pires angoisses viennent de se confirmer.

— Il y a un voleur qui travaille ici, déclaré-je. Et il pourrait aussi s'agir…

— D'un tueur de sang-froid, termine Angela. Il y a encore autre chose. Et je dois te prévenir, Molly. Ça va te faire un choc.

Je serre les poings sur le bar. Je ne sais pas si je peux en supporter davantage. Le tabouret sur lequel je suis assise oscille de gauche à droite.

Angela fait défiler la page jusqu'à la dernière annonce, le seul objet en lien avec Grimthorpe toujours disponible à la vente. Il y est proposé son livre le plus récent : « un des derniers qu'il ait signés ! » pour le « prix mini de 100 dollars ! ».

Angela clique sur la photo du livre ouvert à la page de titre, sur laquelle se trouve une dédicace de J.D. Grimthorpe.

Très chère Lily,

En réponse à votre gentillesse, mes remerciements pour la lecture.

Le message est suivi de sa signature, exactement la même que celle qui se trouve dans mon livre dédicacé et dans tous ceux que j'ai vus, avec ses lettres boiteuses et bancales, aussi follement imprévisibles que l'homme lui-même – un authentique autographe de Grimthorpe sur lequel il est impossible de se méprendre.

Angela me fixe d'un air que je reconnais pour l'avoir stocké dans mon catalogue des émotions humaines. L'expression de M. Preston est la copie exacte de la sienne. Avant, je prenais ce regard pour de l'angoisse, mais, maintenant, je connais le nom de cet embarras extrêmement pénible, celui qu'on ne ressent pas pour soi-même, mais pour quelqu'un d'autre : ça s'appelle la pitié.

— S'il vous plaît, dites-moi que Lily n'est pas la Grande Faucheuse. Je ne peux pas le croire. Ça n'est pas possible !

— Molly, pas de conclusion hâtive, insiste M. Preston. Il doit y avoir une explication rationnelle.

— Il a raison, ajoute Angela. Innocente jusqu'à preuve du contraire. On n'est sûrs de rien. Pas encore.

— En plus, Lily ne travaillait pas ici quand cette drôle d'histoire avec M. Black s'est produite, ajoute M. Preston. Elle ne pouvait pas savoir que le scotch était la dernière chose que cet homme avait bue avant de mourir.

— Elle le savait, contesté-je. Parce que je le lui ai dit. Quand je la formais, on a passé des heures ensemble à nettoyer les chambres. Je lui ai parlé du jour où M. Black avait bu tout le scotch du minibar et laissé un bazar de bouteilles vides derrière lui. Je lui ai raconté comment je l'avais cru évanoui dans son lit alors qu'en fait il était mort. Je lui ai aussi dit comment après ça tout le monde m'a montrée du doigt. On n'est jamais trop prudente quand on est femme de chambre, ai-je ajouté. C'était pour l'avertir.

Angela et M. Preston échangent un regard inquiet qui ne fait que m'alarmer davantage.

Je ne leur avoue pas ce que j'entends en boucle dans ma tête, la voix de Lily qui chuchote, répétant ce que je sais déjà : « C'est toujours la femme de chambre qui est à blâmer. »

Chapitre 19

Avant

Et voilà. C'est fait. J'ai déposé un petit cadeau à l'intention de l'homme mystérieux dans la tour, pour le remercier de nous avoir aidées, Mamie et moi. Je me sens bien d'avoir fait ça, même si quelque chose en moi a très envie d'en savoir plus sur les raisons qui poussent cet homme à se montrer si généreux. Peut-être que je demanderai à Mamie demain au petit déjeuner, pour découvrir ce qu'elle sait d'autre sur lui.

J'ai regagné l'entrée du manoir. J'ouvre la lourde porte et me glisse à l'intérieur, refermant sans bruit derrière moi. J'ai réussi à entrer et sortir si discrètement que ni Mamie ni Mme Grimthorpe n'ont remarqué mon absence.

J'essuie les semelles de mes chaussures et les dépose de nouveau dans le vestibule. J'entends des voix dans le salon. Un instant, je crois rêver, parce qu'une des voix est celle d'un homme.

En chaussettes, je me dirige sur la pointe des pieds jusqu'aux portes ouvertes qui donnent dans la pièce. Mamie est debout derrière le chariot à thé qu'elle a préparé pour moi. De l'autre côté du chariot, j'aperçois

M. Grimthorpe. C'est la première fois que je le vois hors de son bureau, et c'est un choc en soi, sans parler du fait qu'il se trouve dans le salon et parle à Mamie à voix basse. On dirait qu'il a suivi mon conseil après tout, et qu'il est venu lui-même à sa recherche. Mais il y a quelque chose d'étrange dans ce que je vois devant moi. Je décide d'observer un moment, sans bruit et hors de vue.

Je me colle contre le mur dans le couloir obscur. J'observe Mamie plus attentivement. Elle se tient d'une façon particulière derrière le chariot, les membres raides, et serre la poignée de toutes ses forces, le visage et les articulations livides.

— Vous m'avez abandonné quand j'avais besoin de vous. Quel genre de méchante femme ferait une chose pareille ? lance M. Grimthorpe.

Il parle d'une voix calme et mesurée, mais quelque chose dans le ton qu'il emploie me retourne l'estomac.

— Monsieur Grimthorpe, répond Mamie, je n'ai rien fait de tel. Mon travail consistait à veiller sur vous durant les pires moments de votre sevrage. Mais quand vous… quand vous…

— Quand je *quoi* ? demande M. Grimthorpe en levant la voix sur le dernier mot.

— Je suis très occupée aujourd'hui, Monsieur. J'ai beaucoup de travail à faire pour Mme Grimthorpe. Je dois vraiment y aller.

— Parce que vous êtes au service de ma femme, et pas au mien ? C'est ça ? Est-ce que ma femme vous a demandé de vous tenir loin de moi ? Vous êtes-vous plainte de moi auprès d'elle ?

— Monsieur, votre femme et moi sommes convenues que, depuis votre guérison, mon travail consiste à faire le ménage dans le manoir. Et de cuisiner. Rien d'autre.

— Votre boulot, c'est de faire ce qu'on vous dit. C'est pour ça que je vous paie, réplique M. Grimthorpe en faisant un pas vers le chariot.

— Vous alliez mieux, reprend Mamie. Vous aviez passé le pire. C'est pour ça que j'ai cessé de monter à l'étage. Et juste pour que ce soit bien clair, je ne vous en veux pas de ce que… de ce que vous avez fait avant. Vous étiez malade. Les démons avaient pris possession de vous. Restons-en là.

— Je suis un autre homme, Flora, dit M. Grimthorpe en lui décochant un sourire en coin.

Mamie cesse d'agripper la poignée du chariot.

— Je suis vraiment ravie que vous soyez sevré.

— Sevré. Signification : sobre, immaculé, impeccable, répond M. Grimthorpe. Ça vous rappelle quelqu'un ?

Mamie hausse les épaules.

Soudain, M. Grimthorpe contourne le chariot en douce et se jette sur Mamie. Ça va si vite que je ne comprends pas vraiment ce que je vois. En un instant, il semblerait qu'il s'est transformé en loup. À tâtons, ses mains cherchent à attraper la taille de Mamie. J'aperçois un éclair de dents blanches, et sa bouche se pose sur son cou. Que fait-il ? Essaie-t-il de la manger ? Mamie bat des mains en tentant de le repousser.

Je sors de ma cachette et me précipite dans le salon en hurlant.

— Mamie !

M. Grimthorpe se fige. Il la lâche instantanément. Il a les cheveux ébouriffés. Une de ses pantoufles monogrammées lui a glissé du pied. Elle pointe vers moi telle une flèche mortelle.

— Pip, lance M. Grimthorpe. J'étais juste en train… d'inviter ta Mamie pour le thé.

L'air de rien, il renfile son pied dans sa pantoufle baladeuse.

Mamie pince les lèvres. Elle a les larmes aux yeux en me regardant. Elle veut parler, je le vois, mais les mots restent coincés dans sa gorge.

— Le thé est une boisson excellente, tu n'es pas d'accord ? fait remarquer M. Grimthorpe. Il m'a permis de surmonter les pires moments. Du thé sucré avec du miel. Je n'ai pas raison, Flora ? Un homme amer a toujours besoin de douceur. Tu veux te joindre à nous, Pip ?

Ses yeux sont bleu acier, comme ils l'ont toujours été, et non injectés de sang. Il est grand, maigre, bien habillé, pas bossu ni poilu. Il est propre et a l'air respectable, ce n'est pas un loup déguisé en agneau. Il n'y a pas d'os entassés dans les recoins de son bureau, et il ne vit pas non plus sous un pont, terrorisant tous ceux qui veulent passer.

Mais je le vois à présent. Je le vois clairement, comme jamais auparavant – un homme peut être un homme et un monstre en même temps.

Chapitre 20

— Molly ? Molly ?

M. Preston, assis à côté de moi sur un tabouret de bar, me soutient le dos des deux mains pour que je reste droite.

Angela m'observe, le visage inquiet. Elle referme son ordinateur avec un bruit sec.

— Je vais bien, dis-je.

— Non, tu ne vas pas bien, répond Angela. Tu es tombée dans les pommes, Molly. Si M. Preston ne t'avait pas rattrapée à l'instant, tu aurais dégringolé de ton tabouret et tu te serais retrouvée par terre.

Je me sens étourdie et dans les vapes. De minuscules points lumineux scintillent dans ma vision périphérique.

— Tout doux, tout doux, répète M. Preston. Respire profondément, Molly.

Je fais ce qu'on m'ordonne.

— La revoilà parmi les vivants, déclare M. Preston à Angela en relâchant son étreinte. Pas la peine de paniquer.

— Regardez le bazar que j'ai causé, soupiré-je. J'ai fait entrer l'ordure dans cet hôtel. J'ai embauché une crapule, une crapule nommée Lily.

M. Preston pivote sur son tabouret.

— Écoute-moi bien, jeune dame. Ne commets pas deux fois la même erreur.

— Quelle erreur ?

— Présumer de la situation, répond-il. Tu sais exactement où cela mène. Il n'y a qu'une seule façon d'éviter ce piège.

— Et c'est… ?

— De laisser Lily s'exprimer en son nom.

— Mais elle arrive à peine à articuler une phrase entière, intervient Angela.

— Elle me parle, spécifié-je. Quand elle se sent à l'aise. Même si ça prend parfois du temps.

Il est alors décidé qu'on doit au moins essayer d'amener Lily à nous expliquer sa version des faits. Nous mettons immédiatement un plan au point.

— Tu te sens assez bien pour la faire venir ici ? demande M. Preston.

— Oui. Je reste debout un instant à côté de mon tabouret pour voir si je suis stable. Je me sens mieux à présent, annoncé-je, et c'est presque vrai.

Le monde a cessé de tourner, en tout cas.

— Vas-y, Molly, lance Angela. Et continue de respirer !

Je leur fais un signe de tête, puis me dépêche de quitter le Social et de descendre au sous-sol, où je trouve Lily dans le vestiaire en train d'enfiler son uniforme et de se préparer pour sa journée de travail. Elle prend un air consterné quand je lance : « Je dois discuter d'un sujet de première importance avec toi » en guise de bonjour, avant de lui ordonner de me suivre jusqu'au Social.

Quand nous arrivons, M. Preston et Angela sont exactement à l'endroit où je les ai laissés. Lily se fige à l'instant où elle pose les yeux sur eux.

— Qu'est-ce qu'il se passe ? demande-t-elle d'une voix à peine plus audible qu'un murmure.

— C'est précisément ce qu'on a besoin de découvrir, dis-je.

M. Preston se lève quand Lily et moi nous approchons.

— S'il vous plaît, Lily, asseyez-vous, indique-t-il en lui proposant son tabouret.

Elle s'assied, raide comme un piquet, en évitant tout contact visuel.

— Lily, fais-je. Tu as peut-être des ennuis, mais on n'en est pas encore sûrs. On veut te donner une chance de t'expliquer. En aucun cas nous ne préjugeons que tu sois une voleuse, une crapule ou une meurtrière. Ce serait inconsidéré et préconçu.

— Ce que Molly essaie de dire, ajoute M. Preston, c'est que nous vous offrons le bénéfice du doute.

Angela pose son ordinateur sur le bar et l'ouvre devant Lily.

— On voulait te montrer ça, déclare-t-elle en présentant la page d'accueil de FondusdeCulture.

Ensuite, elle fait défiler chaque annonce de la Grande Faucheuse, et termine par l'exemplaire dédicacé du livre de M. Grimthorpe qui lui est adressé.

Lily bouge à peine durant toute la démonstration, comme si elle avait été changée en pierre. Même quand on l'incite à parler, elle ne souffle mot.

— Vous comprenez certainement combien tout ça est inquiétant, comment tout *vous* désigne comme la personne ayant dérobé des objets dans l'hôtel, comme étant la Grande Faucheuse, explique M. Preston.

Lily acquiesce.

— Tu n'as rien à dire pour ta défense ? Une explication, peut-être ? insisté-je.

Lily me regarde droit dans les yeux.

— C'est toujours la femme de chambre qui est à blâmer, soupire-t-elle.

— Donc, tu admets que tu as volé ces objets et que tu les as mis en vente sur ce site merdique, lance Angela.

— Non, conteste Lily. (Sa voix est si faible qu'on doit se rapprocher pour l'entendre.) Je n'ai pas dit ça. Je ne parlais pas de moi.

— Si vous n'êtes pas à blâmer, alors de qui s'agit-il ? demande M. Preston.

— La discrétion est une vertu silencieuse, répond-elle, le regard inexpressif.

— Lily, dis-je, ça fait des jours que tu répètes ça, mais je ne sais pas ce que tu entends par là.

— Un jour, tu es la patronne, Molly, le lendemain, tu ne l'es plus, argumente-t-elle. Je fais son travail et le mien. Elle me force à exécuter ses ordres et dit que je suis foutue si je ne le fais pas, mais je ne veux plus la protéger. Elle m'a obligée à tirer l'alarme pour pouvoir prendre ce carton dans le grand hall. Elle vole les pourboires dans toutes les chambres. Et si je ne me tais pas, je vais encore perdre mon boulot et je n'en retrouverai plus jamais d'autre. *Boucle-la. La discrétion est une vertu silencieuse.* Ce sont ses mots.

M. Preston en reste bouche bée. Angela, dans le même état, porte une main à sa bouche.

— De qui parles-tu, Lily ? demande M. Preston. Tu dois la nommer.

Il a peut-être besoin de l'entendre, mais pas moi. Son nom flotte dans l'air comme une odeur pestilentielle.

C'est drôle, c'est exactement ce que Mamie disait toujours : parfois, tout se met en place, comme si l'élément qui manquait avait toujours été là.

— Cheryl, avoue Lily. C'est elle votre crapule.

Je ressens une impression de déjà-vu. On a fini de discuter avec Lily et, maintenant, je traverse le hall à toute vitesse, direction les locaux des employés, pour y voir une femme de chambre, mais une autre cette fois. Je suis en retard pour mon service, ce qui m'inquiète profondément, mais pas autant cependant que les récentes révélations de Lily.

Je la trouve près de son casier, en uniforme, s'apprêtant à agrafer un badge de Responsable des femmes de chambre juste au-dessus de son cœur. Comment ose-t-elle ? Je me retiens de le lui arracher des mains pour la frapper avec.

La colère ne règle rien. Les bonnes choses viennent à point à qui sait attendre.

— Cheryl, lancé-je en affichant un *ersatz* de sourire. Comme c'est plaisant de te voir ce matin, et seulement quinze minutes en retard avec ça. Je voulais te prévenir qu'il y avait du jus d'orange et des muffins gratuits au bar.

Elle traîne ses grands pieds jusqu'à se trouver pile devant moi.

— D'après Angela, tu aimes bien ce qui est gratuit.

— Elle dit ça ? répond-elle, une main sur la hanche.

— Oui, tout à fait.

En réalité, quand j'ai demandé à M. Preston et à Angela de quelle façon j'étais censée convaincre cette souillon hargneuse, cette minable voleuse, cette bonne à rien de Cheryl de se joindre à nous au Social, Angela a imaginé un plan.

— Dis-lui simplement qu'il y a de la bouffe. Elle va mordre à l'hameçon.

Et maintenant, Cheryl m'observe, puis hausse les épaules.

— Des muffins, ça me tente bien.

N'importe quoi pour échapper au boulot.

Et c'est comme ça que je me retrouve à monter l'escalier et à traverser le hall en parlant de la pluie et du beau temps avec mon ennemie jurée et ma principale rivale. Je souris et souris et souris encore, tout en la devançant dans le majestueux hall d'entrée jusqu'au bar du Social, où M. Preston en est à la moitié d'un muffin aux pépites de chocolat qu'il a pris sur le monceau de gâteaux qu'Angela a posé sur le bar. Lily est assise sur son tabouret, absolument immobile.

— Oh, hello, Cheryl, lance M. Preston en lui offrant son siège. Nous sommes enchantés que vous vous joigniez à nous. Me ferez-vous l'honneur ?

Cheryl se laisse tomber sur le siège.

— Merci, déclare-t-elle en attrapant un muffin et en claquant les doigts à l'intention de Lily pour avoir un verre de jus d'orange.

Cette dernière le lui verse et le lui tend sans un mot.

— Pff, c'est chouette de faire une pause, lâche Cheryl.

— Dur travail déjà ce matin, alors que tu viens d'arriver pour prendre ton service ? dis-je.

C'est le moment que choisit Angela pour pousser le plateau de muffins vers moi en me suggérant gentiment d'en engouffrer un.

— Eh, si Snow se ramène par ici et qu'il nous voie en train de tirer au flanc, c'était votre idée, pas la mienne, réplique Cheryl.

— Évidemment ! répond Angela. On ne voudrait pas que *tu* te fasses engueuler pour quelque chose que *nous* avons fait. Tu nous prends pour qui ?

Cheryl mord à pleines dents dans son muffin et commence à mâcher. Ses yeux en boutons de bottines sondent nos visages, sans y trouver ce qu'elle y cherche.

— Votre comportement est bizarre, commente-t-elle. Il se passe quoi ?

M. Preston se racle la gorge.

— Puisque vous en parlez, fait-il, nous voudrions aborder un sujet avec vous.

Angela ne perd pas un instant. Elle dégaine son ordinateur, ouvre à la page de FondusdeCulture.com.

— Une si belle journée, déclare-t-elle. Et pourtant macabre, aussi, n'est-ce pas, Cheryl ?

Cheryl survole l'écran des yeux.

— Je n'ai rien à voir avec ça. Rien, proteste-t-elle.

— Ils savent la vérité, Cheryl, murmure Lily. Je leur ai tout avoué.

Cheryl pivote sur son tabouret pour lui faire face.

— Espèce de petite garce de balance. Le mont-de-piété vient de me donner trente mille dollars pour cette première édition rare. Je t'aurais filé ta part. Comment as-tu pu être si stupide ?

— Je te l'ai déjà dit, répond Lily d'un ton calme et cassant. Je ne veux pas de ton argent sale. Je veux simplement protéger mon boulot.

Les yeux de fouine de Cheryl passent de Lily à Angela puis se posent sur M. Preston, avant d'arriver à moi.

— Attendez, insiste-t-elle. On peut conclure un marché, non ? On divise les gains de la vente par quatre, et en échange, on la boucle tous ? On sera vachement plus riches si vous savez tenir votre langue.

Si je devais tenir une langue en ce moment même, ce serait celle de Cheryl – avec le but explicite de la lui arracher.

— Je crois que j'en ai assez entendu, déclare M. Preston. On est tous d'accord ?

Angela hoche la tête, et je fais de même.

— Moi aussi, j'en ai entendu assez, aucun doute là-dessus, renchérit Lily d'une voix forte.

L'entendre ainsi claironner me remplit d'une fierté démesurée.

— Molly, ça ne te dérange pas d'aller chercher M. Snow ? demande M. Preston.

— Si ça me dérange ? Au contraire, j'en suis ravie !

Je m'incline devant Cheryl, plus profondément que je ne l'ai jamais fait devant qui que ce soit, parce que c'est la dernière marque de politesse à laquelle elle aura droit de notre part avant très longtemps.

Chapitre 21

Avant

Il y a des moments dans la vie qui représentent un tel bouleversement sismique qu'ils fragmentent tout, traçant une ligne de faille temporelle claire entre l'Avant et l'Après. Je l'ai expérimenté puissamment le jour où ma grand-mère est morte. Mais ce n'était pas la première fois de ma vie que j'éprouvais une telle sensation.

La première fois, c'est le jour où j'ai vu ce que M. Grimthorpe faisait à Mamie dans le salon du manoir. Bien que n'ayant tout compris que beaucoup plus tard, être témoin de cette scène m'a fait passer en un clin d'œil du statut d'enfant à celui d'adulte.

J'imagine que j'aurais dû savoir dès le début que M. Grimthorpe était un monstre. Mon instinct me l'avait soufflé avant même de le rencontrer. Mais, comme pour beaucoup de choses, je n'arrivais pas à croire tout à fait à ce qui se trouvait juste sous mon nez. J'étais incapable de rassembler les indices comme je peux le faire rétrospectivement.

Maintenant, je sais pourquoi certains jours étaient si difficiles pour Mamie, pourquoi elle tirait les rideaux en oubliant de me dire de « briller de tous mes feux ».

Je la revois préparer le petit déjeuner en silence au lieu de fredonner son petit air joyeux, parce qu'elle appréhendait d'aller travailler tellement elle avait peur que M. Grimthorpe ne lui impose sa volonté. Je me souviens de certains soirs où, assise en face de moi au dîner, le regard éteint, elle chipotait avec sa nourriture et ne mangeait pratiquement rien, l'esprit clairement ailleurs.

Elle ne se laissait pas aller – Mamie ne se laissait jamais aller –, essayant toujours de voir le bon côté des choses, se concentrant sur le positif, se persuadant que Grimthorpe avait changé, qu'une fois sobre il ne l'agresserait jamais plus. Voilà comment était Mamie. Elle possédait la faculté illimitée de faire naître une lueur d'espoir dans les ténèbres. Et dans l'ensemble, elle y parvenait. Elle a sans aucun doute réussi à me convaincre que tout allait bien dans notre petit monde protégé, que notre avenir était incroyablement radieux. Tout ce qu'elle faisait n'avait qu'un but, que je ne survive pas simplement dans la vie, mais que je réussisse. Je comprends seulement maintenant à quel point elle a souffert dans l'ombre, combien elle a porté son fardeau seule.

Je me revois enfant. Mamie et moi sommes en train de prendre le petit déjeuner sur notre vieille table de cuisine, le lendemain du jour où M. Grimthorpe s'est transformé en loup vorace sous mes yeux. Je balance les jambes sous ma chaise rustique comme je le fais toujours, mais rien ne sera plus jamais pareil. Je comprends au moins ça. D'habitude, le matin, Mamie croule sous une avalanche de questions enfantines, de dilemmes existentiels et de quiz sur le thème « Est-ce que tu préfères ». Mais pas aujourd'hui.

Je me force à avaler mon porridge, mais quand Mamie m'annonce qu'il est l'heure de partir pour le manoir des Grimthorpe, je ne bouge pas. Je ne peux pas.

— Ce n'est pas juste, tu ne peux pas retourner là-bas.

Je ne sais pas comment exprimer ce que je veux dire, parce que je n'ai pas de mots pour ce que j'ai vu.

— Molly, aujourd'hui est un jour nouveau.

Mamie se lève tellement vite de sa chaise qu'elle racle le sol avec un bruit strident.

— Le soleil brille. Les oiseaux gazouillent. (Elle emporte nos bols intacts dans l'évier en me tournant le dos. Ses mains agrippent le rebord du plan de travail.) Allons-y, c'est l'heure.

Lorsqu'elle se retourne, elle est souriante, et je vous jure que son sourire est sincère. Elle a été le chercher à force de volonté au plus profond d'elle-même, et maintenant, elle me l'offre comme un bouquet de roses fraîches. Elle fait bonne figure, parce que quel autre choix a-t-elle ?

Cette question rhétorique m'a empêchée de dormir pendant la nuit. Je suis restée éveillée dans mon lit, la courtepointe de Mamie et son étoile solitaire remontée jusqu'au menton. Fixant les ténèbres, j'ai envisagé les choix qui s'offraient à nous. Un plan a surgi dans mon esprit. Je l'ai soudain vu clairement. Je savais ce que j'avais à faire.

Un jour, Mamie m'a dit que parfois, dans la vie, on doit faire quelque chose de mal pour faire le bien. Je n'ai jamais oublié cette phrase. C'est devenu une devise.

Tandis que je balance les jambes sous la table, j'ai déjà décidé.

C'est un jour nouveau. Le soleil brille. Les oiseaux gazouillent. J'ai un plan, et rien ne m'empêchera de le mener à bien. Rien.

Nous arrivons au manoir pile à l'heure. Le gardien invisible nous a fait entrer. Mamie et moi sommes dans l'allée à présent. Soudain, le doute s'empare de moi. Et si je n'y arrive pas ? Et si ce n'était pas la chose à faire ? Et si je commettais une terrible erreur ? Non. Je ne laisserai pas le doute me gagner. Nous devons échapper au monstre. Nous devons fuir le loup.

Je n'en ai pas parlé à Mamie, et je protégerai mon secret, mais mes pieds sont comme cloués au sol avant même que nous ayons atteint la porte d'entrée. Mamie pose une main chaude sur mon bras. Mes pieds retrouvent leur liberté. Ensemble, nous finissons de parcourir l'allée jusqu'au manoir.

Les roses ont rendu l'âme à présent, jusqu'à la dernière, leurs fleurs sont fanées, elles piquent du nez, flétries. Jenkins est en haut de l'allée, il balaye les pétales desséchés et craquelés en un tas qu'il ratisse et met dans sa brouette. Il y a une nouvelle odeur dans l'atmosphère, une odeur douceâtre de trépas.

— Bonjour, Flora, dit Jenkins quand nous passons devant lui. Comment allez-vous, le moustique et vous, par cette belle journée ?

— Assez bien, Jenkins, je suppose, répond Mamie.

— La saison des roses est terminée, déclare-t-il. Mais il y en aura d'autres l'année prochaine.

— Ça nous donne de l'espoir, commente Mamie.

— On en a tous besoin, n'est-ce pas ?

Mamie acquiesce.

— C'est bien vrai.

Nous continuons notre chemin jusqu'à la porte d'entrée. J'attrape la mandibule du lion en cuivre et frappe trois fois. La lourde porte s'ouvre, et Mme Grimthorpe nous fait entrer. Mamie et moi quittons nos chaussures, en essuyons les semelles comme à l'habitude, et les rangeons dans l'espace au fond du vestibule, le coin sombre réservé aux employés.

Mme Grimthorpe commence aussi sec.

— Aujourd'hui, c'est jour de lessive. Flora, montez à l'étage et rassemblez tout le linge. Ne traînez pas. Il y a beaucoup à faire.

Mamie tressaille très légèrement. C'est quelque chose que je n'aurais pas remarqué avant, mais aujourd'hui, si.

— Une fois que vous aurez ramassé tout le linge sale, apportez-le au sous-sol. Restez-y pour surveiller. La machine à laver a encore fait des siennes. Et faites attention avec la Javel. La dernière fois, vous en avez tellement mis pour le blanc que ça a brûlé le tissu d'une des chemises de M. Grimthorpe !

— Il y avait une tache, Madame, proteste Mamie. J'essayais de la faire partir.

— Et la brûler jusqu'à ce qu'elle disparaisse, c'est le seul moyen ? rétorque Mme Grimthorpe. N'importe quelle domestique digne de ce nom aurait plus de jugeote.

— Oui, Madame, répond Mamie.

— Ma fille, tu peux aller lire dans la bibliothèque, ajoute Mme Grimthorpe. Tu pourras t'occuper de l'argenterie cet après-midi.

— Est-ce que ça dérange si je lis dans le salon ? dis-je. Juste pour aujourd'hui ?

Mme Grimthorpe fronce les sourcils, puis répond :

— Je suppose que non, à condition de rester assise sur la même chaise et de ne toucher absolument à rien. Tu ne nettoies et tu n'astiques rien, c'est compris ? Ne t'avise pas de mettre tes pattes sur les trésors de M. Grimthorpe.

— Oui, Madame.

— Vas-y alors.

Mamie me serre le bras, puis suit Mme Grimthorpe dans le couloir principal, vers l'arrière de la maison. Je me tiens à la rambarde un instant pour me calmer avant de monter l'escalier pour aller récupérer mon livre.

Les craquements et les grincements des marches sonnent différemment aujourd'hui, comme un avertissement. *Ne fais pas ça. Ne monte pas à l'étage.* J'arrive au premier palier et jette un coup d'œil par la fenêtre. Elle est là, la secrétaire personnelle de M. Grimthorpe, avec son foulard et ses gants bleus, entrant dans le manoir par la porte latérale, comme d'habitude. Je me demande : a-t-elle dû repousser le monstre, elle aussi ?

J'attaque la volée de marches suivante, puis tourne dans le couloir damassé, forçant mes pieds à avancer vers la bibliothèque. Je m'arrête sur le seuil et regarde à l'intérieur. De la lumière filtre sous la porte secrète et inonde le sol de la bibliothèque. J'entends le frottement des pantoufles de M. Grimthorpe sur le plancher de l'autre côté.

J'entre sur la pointe des pieds dans la bibliothèque, attrape *Les Grandes Espérances,* et ressors aussi silencieusement que je suis venue.

Je redescends l'escalier principal, franchis les portes-fenêtres du salon, m'installe sur une chaise à haut dossier bleu roi et commence à lire tranquillement.

Rat-a-tat- tat- tat- tat

Le bruit démarre juste au moment où je termine un chapitre, rythme familier, cliquettement en arrière-plan de la secrétaire de M. Grimthorpe en train de taper à la machine dans son repaire secret, quelque part au plus profond du manoir.

J'attends en faisant semblant de lire jusqu'à ce que je voie Mamie passer devant les portes. Elle me sourit, puis continue son chemin. Je l'écoute monter les marches grinçantes de l'escalier principal. Quelques minutes plus tard, elle redescend, deux gros sacs de linge sale sur le dos. Elle s'arrête un moment sur le seuil.

— Tout va bien ?

— Tout va bien ! Et toi ?

— Parfaitement bien, répond-elle. Aujourd'hui est un jour nouveau.

Elle traîne péniblement son lourd fardeau vers la cuisine. J'écoute Mme Grimthorpe lui aboyer ses ordres, la remettre à sa place de sa langue acérée de vipère.

J'entends ensuite la porte du sous-sol qui s'ouvre, et le bruit des sacs pesants que Mamie pousse dans l'escalier.

— Pour l'amour du ciel, ne pouvez-vous pas faire une seule chose correctement ? la houspille Mme Grimthorpe. Pourquoi vous ne portez pas les sacs jusqu'en bas ?

Ses reproches résonnent dans toute la maison. La réponse de Mamie est toujours la même :

— Oui, Madame. Oui, Madame.

Un instant plus tard, j'entends les talons de Mme Grimthorpe claquer dans le couloir. Elle apparaît sur le seuil et me regarde avec son air de dédain habituel.

— Je sors donner des instructions à Jenkins pour l'évacuation des roses fanées. Quand elles ont la rouille et qu'on les mélange au compost, la maladie infecte le jardin tout entier, et ça m'étonnerait qu'il le sache. De nos jours, il semblerait que les employés ne connaissent absolument rien.

— Oui, Madame.

— Je ne serai pas longue. Et n'oublie pas, ajoute-t-elle en pointant un doigt osseux vers moi, Tu ne touches à rien.

J'acquiesce. Elle fait demi-tour sur ses talons aiguilles et se dirige vers la porte d'entrée.

Je reste où je suis jusqu'à ce que j'entende la porte claquer derrière elle. Je referme alors mon livre d'un coup sec et le pose sur la table d'appoint.

C'est le moment.

Je m'approche du manteau de cheminée et m'arrête devant pour admirer le Fabergé qui brille de tous ses feux. Il est aussi beau que le premier jour où j'ai posé les yeux dessus, délicat et enchanteur, incrusté de rangées de pierres précieuses scintillantes et posé sur un socle ciselé de l'or le plus fin et le plus pur.

Je sais qu'après avoir fait ça il y aura une nouvelle faille temporelle, un nouvel Avant et Après. Mais ça ne m'arrête pas. Rien ne m'arrêtera.

J'attrape le Fabergé. Il pèse un poids substantiel et gratifiant entre mes mains. Je regagne mon siège à toute vitesse et ouvre *Les Grandes Espérances*, dissimulant le trésor sur mes genoux derrière mon livre juste au moment où j'entends Mme Grimthorpe rentrer dans la maison.

— Flora ! hurle-t-elle, de cette voix à vous vriller les oreilles.

Ça fait maintenant des heures que j'ai accompli la première partie de mon plan. Je suis au sous-sol du manoir. J'y suis descendue pour aller aux toilettes parce que pour une fois, Mamie est là, et que je n'ai pas à affronter les araignées toute seule.

— Flora ! hurle de nouveau Mme Grimthorpe, d'une voix encore plus suraiguë.

Ça ne peut vouloir dire qu'une chose : elle a trouvé.

Je me sèche rapidement les mains, puis sors des effrayantes toilettes.

Mamie est en train de plier une des chemises blanches impeccables de M. Grimthorpe. Elle se fige en entendant de nouveau hurler la fée Carabosse à l'étage.

— Flora Gray ! Vous m'entendez ? Venez immédiatement dans la cuisine ! Et amenez votre misérable petite-fille !

Mamie me regarde et hausse les épaules.

Je fais de même, sans un mot.

Mamie remonte les marches humides du sous-sol. Je la suis, débouche dans la cuisine où Mme Grimthorpe souffle comme un bœuf, le visage rouge de colère, les pupilles telles deux têtes d'épingle furibardes.

— Ce n'est pas une invitation, mais un ordre, siffle-t-elle.

Elle se dirige d'un pas martial vers l'office. Nous la suivons.

J'ai soigneusement agencé sur la table tous les ustensiles astiqués la veille. Elle est couverte d'argenterie, prête pour un banquet élégant qui n'aura jamais lieu. Ça fait des jours et des jours à présent que je travaille, de sorte que toutes les étagères derrière Mme Grimthorpe miroitent et étincellent, chaque plat, chaque série de couverts et chaque plateau ayant été frotté jusqu'à briller de tous ses feux. Il ne me reste qu'une étagère à nettoyer. C'est dommage que je ne puisse pas finir le travail. Mais qu'il en soit ainsi. Ça n'a pas d'importance. Plus maintenant.

— Flora, je me trouvais dans le salon à l'instant, pour m'assurer que votre petite vermine n'avait touché à rien. Tout semblait parfaitement en ordre, jusqu'à ce que je remarque un vide sur le manteau de cheminée. C'est là que j'ai compris que l'œuf de Fabergé avait disparu. Je l'ai cherché partout. Et puis j'ai eu l'idée de vérifier dans l'office. Et devinez ce que j'ai trouvé.

Mme Grimthorpe bondit en avant et ouvre le placard où je range mes gants en caoutchouc, ma cuvette, mon tablier en lambeaux, et le bidon de solution à base de soude.

— Regardez ! lance-t-elle. Regardez un peu ce qui est enveloppé dans son tablier.

Mamie attrape mon tablier et sort l'œuf de Fabergé de la poche de devant usée jusqu'à la trame. Elle se tourne vers moi, les yeux écarquillés, la bouche ouverte, choc et perplexité se lisant sur tout son visage.

— Elle allait le voler, Flora ! Elle s'apprêtait à l'emporter discrètement hors d'ici, ce petit démon cupide, continue Mme Grimthorpe. On ne peut plus faire confiance à personne dans sa propre maison de nos jours. Aucune loyauté ! Aucune limite ! Aucune moralité !

— Mais, Madame, ce n'est qu'une enfant, proteste Mamie. Je suis certaine qu'il y a une explication.

— C'est juste une voleuse, voilà ce qu'elle est. Vous êtes censée faire son éducation, lui montrer la différence entre le bien et le mal. Si j'ai appris quelque chose durant toutes ces années, c'est que les chiens ne font pas des chats. Si c'est une voleuse, imaginez ce que ça me dit de vous.

— Non. Vous vous trompez là-dessus, lancé-je en regardant Mme Grimthorpe sans détour. Mais vous avez raison pour le reste. J'avais l'intention de voler le Fabergé. Je l'ai pris et j'allais le rapporter à la maison. Mais tout ça, c'était mon idée. Mamie n'a rien à voir là-dedans. Elle ne ferait jamais une chose pareille.

— Molly ? Comment as-tu pu ? Tu as plus de jugeote que ça.

— Oui, mais je l'ai fait quand même.

— Vous voyez ? reprend Mme Grimthorpe en nous crachant les mots à la figure. Aucune conscience morale. Aucune idée du bien et du mal. C'est dans les gènes chez les gens comme vous. Si vous n'êtes pas des voleuses, alors vous êtes des menteuses, comme toutes les autres avant vous. Sortez d'ici, toutes les deux. Maintenant !

— S'il vous plaît, ne faites pas ça, dit Mamie. Vous savez combien il est difficile de trouver des employés fiables par les temps qui courent.

— Dehors ! hurle Mme Grimthorpe d'un ton qui fait tressaillir Mamie.

Elle m'attrape par la main et nous quittons la pièce à toute allure.

Mme Grimthorpe nous suit dans le couloir. Nous passons devant le barbouillage prétentieux et les toilettes de luxe. Elle ouvre la porte du vestibule et nous regarde en fulminant, Mamie cherche ses chaussures à tâtons et je fais de même.

Une fois nos chaussures enfilées, Mme Grimthorpe ouvre la porte en grand, puis m'attrape par le col et me pousse dehors, Mamie sur les talons.

— Vous me faites honte. Plus jamais vous ne remettrez les pieds ici – jamais – vous m'entendez ?

Elle fait volte-face et rentre dans la maison en claquant la lourde porte derrière elle.

Mamie et moi restons dehors un moment, trop assommées pour bouger. Jenkins est cloué sur place près de sa brouette en haut de l'allée et nous regarde, impuissant.

Mamie me prend par le bras et nous nous éloignons ensemble, parcourant pour ce que je pense être la dernière fois l'allée de roses qui mène à la grille.

— Je n'arrive pas à y croire, dit Mamie à mi-chemin. Molly, pourquoi diable aurais-tu fait une chose pareille ? Pourquoi aurais-tu voulu dérober le Fabergé ?

Je ne réponds pas parce que ça n'a plus d'importance à présent.

Tout ce qui compte, c'est que M. Grimthorpe ne posera plus jamais la main sur Mamie.

Chapitre 22

M. Snow est dans son bureau, en train de faire de la paperasse. J'entre d'un pas décidé et dis :

— Monsieur Snow, votre présence est requise au plus vite au Social. Même si ce n'est pas une question de vie ou de mort, c'est néanmoins un problème qui réclame votre attention immédiate.

— Quel genre de problème ? demande-t-il.

Il me faut un moment pour trouver les mots, mais je finis par dire :

— Lutte contre les nuisibles. Il y en a dans notre hôtel. Et pas des plus courants.

Ma réponse attire son attention. Il referme le classeur sur lequel il travaillait, se lève, réajuste ses lunettes qui, comme d'habitude, sont de travers sur son nez. Je le précède hors de son bureau, et il me suit d'un pas vif tandis que nous parcourons le labyrinthe des couloirs qui mènent au Social.

À peine entré dans la pièce, il saisit le côté inhabituel de la situation. Cheryl est assise sur un tabouret, flanquée de M. Preston d'un côté et de Lily de l'autre. Angela se trouve derrière le bar.

— Est-ce que quelqu'un travaille encore dans cet hôtel ? proteste M. Snow. Vous avez intérêt à ce que ça vaille le coup.

— On dirait le début d'une mauvaise blague, je m'en rends bien compte, répond Angela. Un portier et deux femmes de chambre entrent dans un bar.

M. Snow soupire.

— Molly a parlé de vermine. De quoi s'agit-il exactement cette fois ?

— D'elle, dis-je en montrant Cheryl du doigt.

Au diable l'étiquette.

M. Snow fronce les sourcils, perplexe.

Angela ouvre son ordinateur et entreprend de lui montrer tous les objets de Cheryl sur FondusdeCulture.com. Tandis que M. Snow écarquille de plus en plus les yeux derrière sa monture en écaille de tortue, Cheryl reste de marbre, bras croisés sur la poitrine, moue de défi sur le visage.

Quand Angela a terminé sa présentation, M. Snow se tourne vers Cheryl.

— Vous avez poussé Lily à tirer l'alarme incendie ? Et vous avez pris les objets qui se trouvaient dans le carton destiné à Serena ? Êtes-vous vraiment cette – il fait un geste vers l'écran de l'ordinateur – cette « Grande Faucheuse » ?

Elle hausse les épaules.

— Je me vois plutôt comme une entreprise de recyclage. Vous savez combien gagne une femme de chambre ? Eh bien, ça craint. Quand vous m'avez virée de mon poste de Responsable, c'est devenu encore pire. Vous vous attendiez à quoi ?

— Pas à quelqu'un qui triche, qui dépouille ou qui vole, répond M. Snow, en particulier ses propres collègues.

— Tu as forcé Lily à devenir ta complice, lancé-je. Comment tu as pu faire une chose pareille ?

— Oh, c'est la meilleure, rétorque Cheryl. Combien de fois je t'ai vue chaparder des petits pots de confiture sur les plateaux déposés par les clients dans les couloirs ? Ou empocher les chocolats offerts par l'hôtel qu'ils laissaient dans leurs chambres ?

— Ce n'est pas du vol, dis-je. Ça devait finir à la poubelle, et je les ai simplement sauvés du gaspillage. Il y a une disposition à ce sujet dans le *Guide du ménage à l'intention des femmes de chambre.*

— Toi et ton foutu manuel ! Admets-le. On est comme les ratons laveurs toi et moi, on adore faire les poubelles.

Je me raidis. Le sang afflue à mes tempes. On m'a traitée de beaucoup de choses au cours de ma vie, mais jamais auparavant je ne me suis sentie aussi offensée qu'en ce moment.

— Pourquoi tu as choisi le nom de « Grande Faucheuse » ? demande Angela.

— Parce que ça sonne bien. Ça s'appelle du marketing !

— C'est peut-être plus évocateur que vous n'en aviez l'intention, intervient M. Preston.

— Évocateur de quoi ?

— De meurtre ! s'écrie Lily.

Cheryl s'esclaffe en se tapant sur les cuisses.

— Ces produits chimiques que vous aimez tant toutes les deux ont dû vous bouffer les neurones. J'embarque peut-être des trucs ici ou là, mais je ne suis pas une tueuse.

— Ravi de l'entendre, dit M. Snow. Je vous en prie, Cheryl, acceptez un autre muffin, cadeau du Regency Grand. (Il se lève brusquement, sort son téléphone de sa poche et compose un numéro.) Vous pourrez tout expliquer vous-même, ajoute-t-il.

— Expliquer ? Qu'est-ce que vous voulez dire ? Je viens de le faire, lance Cheryl.

— J'appelle la personne chargée de l'enquête. L'inspectrice Stark.

Vingt minutes plus tard, une inspectrice entre dans un bar. Elle se dirige droit sur l'origine du tumulte, où trois femmes de chambre, une barmaid, un portier et un directeur d'hôtel sont en train de se disputer à propos d'une première édition mise au clou dans un mont-de-piété du quartier.

— J'ai vendu ce qui m'appartenait, mais *vous*, vous avez vendu des biens mal acquis ! Vous ne voyez donc pas la différence ? insiste M. Preston auprès de Cheryl.

— Si le livre qui était dans ce carton avait autant de valeur que ça, il aurait dû être mis au coffre, rétorque Cheryl. On n'est jamais trop prudent de nos jours.

— Sans déconner, Cheryl. T'es sérieuse là ? demande Angela.

Des agents spéciaux à l'allure familière entrent au Social derrière l'inspectrice Stark. Ils en gardent l'entrée pendant que cette dernière s'arrête devant notre groupe. Lily, M. Snow et M. Preston se lèvent immédiatement de leurs tabourets.

— Merci d'être venue si vite, inspectrice, déclare M. Snow.

— C'est vraiment nécessaire ? demande Cheryl. Je ne devrais pas me remettre au travail ?

— Vous n'allez nulle part, siffle M. Preston.

— Est-ce que quelqu'un pourrait prendre la peine de m'expliquer ce qui se passe ici ? lance Stark.

Angela ne perd pas de temps. Elle pose son ordinateur devant l'inspectrice et lui montre les preuves, pendant que Cheryl ricane sur le tabouret à côté d'elle, bras croisés sur la poitrine.

— Tous les objets sur le site ont un lien avec Grimthorpe, sauf un, souligne Angela. Les mignonnettes de scotch du minibar. Cheryl a reconnu être la Grande Faucheuse. Elle a vendu presque tous les trucs volés à Grimthorpe à une seule et même personne.

Stark se tourne vers Cheryl et l'observe un moment.

— Ça fait combien de temps exactement que vous vendez des objets sur ce site ?

— Depuis qu'elle a commencé à travailler ici, explique Angela. Ou du moins, c'est ce qu'il semble.

— Vous dites que les mignonnettes de sotch sont celles que M. Black a bues avant de mourir.

— C'est le cas, répond Cheryl. Je les ai prélevées sur le chariot de Molly. Mais c'était il y a des années.

— Avec qui d'autre êtes-vous de mèche dans l'hôtel ? Le personnel de cuisine ? Ou d'autres femmes de chambre, peut-être ?

Stark nous regarde, Lily et moi, et même si j'ai envie de hurler, pour une fois, j'ai le bon sens de me taire.

— Vous rigolez ? réplique Cheryl en nous montrant du doigt, Lily et moi. Ces deux-là ne reconnaîtraient pas une pépite d'or même si elles se la prenaient dans la figure !

— Elle a forcé Lily à devenir complice de ses crimes, dis-je.

— Je ne voulais pas l'aider, inspectrice, intervient Lily. Mais… Mais…

Les mots lui restent en travers de la gorge.

— Continue, Lily, insisté-je.

— C'est juste que j'ai terriblement besoin de ce boulot, poursuit-elle. Et j'étais sûre que c'était elle qu'on croirait et pas moi.

Cheryl s'apprête à ajouter quelque chose, mais elle se ravise. Elle a les lèvres tellement pincées qu'elles m'évoquent le derrière d'un chat et son orifice plissé.

— Ces fiches cartonnées floutées, reprend Stark, qu'y avait-il dessus, Cheryl ?

— Comment je le saurais ? Je ne les ai jamais regardées de près. Ça avait l'air chiant, répond celle-ci.

— Qui les a achetées ?

— Aucune idée, réplique Cheryl. J'ai expédié tout ça dans une boîte postale qui se trouve ici, dans cette ville même. Mes clients souhaitent rester anonymes. Je ne connais même pas leurs vrais noms.

— Vous ne gardez pas les adresses des acheteurs ?

— Si, mais elles sont inutiles. On ne peut rien en tirer.

— Aussi ras du sol qu'un derrière d'écureuil, marmonne M. Preston dans sa barbe.

— Cheryl, vous allez me trouver les coordonnées de cette boîte postale, ordonne Stark. Je vérifierai moi-même les informations au poste.

— Pas de problème, répond Cheryl en haussant les épaules.

— Et ce mot d'amour ? continue Stark. Il est flouté lui aussi. J'imagine que vous ne l'avez pas lu non plus ?

— En fait, celui-là était plus savoureux, alors je l'ai lu, admet Cheryl. Mais c'étaient juste des niaiseries sentimentales. On aurait dit une vieille carte Hallmark. C'était signé *Votre plus grand admirateur.* À l'évidence, ce bon vieux Grimthorpe couchait avec sa secrétaire. Toujours la même vieille histoire. Un vieux croûton et une jeune maîtresse. Un peu comme avec les Black.

— Elle se trompe, commenté-je. Ce mot n'a pas été écrit par M. Grimthorpe.

Je regarde M. Snow qui devient cramoisi.

— C'est moi qui l'ai écrit, confirme-t-il. J'éprouvais une certaine… affection pour Mlle Sharpe – pour Serena – depuis qu'elle nous a approchés il y a quelques semaines dans le dessein d'organiser la conférence de presse dans notre salon de thé. Ce mot, celui que j'ai glissé dans le carton… Eh bien… j'admets que c'était une déclaration d'amour.

— Vous lui avez aussi laissé une note dans sa chambre, n'est-ce pas, monsieur Snow ? dis-je.

— Accompagnée de douze roses, ajoute l'inspectrice Stark.

— Effectivement, répond-il. (Il sort son mouchoir de sa poche de poitrine et essuie les gouttes de sueur qui perlent sur son front.) Serena est une jeune femme charmante – intelligente, entreprenante, et élégante. Comment avez-vous pu penser qu'elle pourrait être la maîtresse de M. Grimthorpe, Cheryl, ça me dépasse. Serena incarne la beauté même.

— Mon Dieu, s'écrie M. Preston, l'amour rend aveugle !

— Avez-vous eu une relation amoureuse avec Mlle Sharpe ? demande l'inspectrice Stark.

— Bonté divine, non ! rétorque M. Snow.

— Pas faute d'avoir tenté sa chance…, ajoute Angela dans sa barbe.

Stark se tourne vers Lily.

— Avez-vous donné à Cheryl votre exemplaire dédicacé du dernier livre de M. Grimthorpe ?

— Donné ? répond Lily, le menton haut levé. Elle l'a pris. Elle a dit que je pourrais le récupérer quand je lui aurais prouvé que j'étais une bonne femme de chambre en nettoyant toutes ses chambres et les miennes en un seul service.

— C'est impossible, lancé-je. Aucune femme de chambre ne pourrait faire ça !

— Exactement, renchérit M. Preston.

— Pourquoi la première édition qui se trouvait dans le carton n'apparaît pas sur le site ? Où est-elle à présent, Cheryl ? reprend l'inspectrice.

— Vendue, répond cette dernière. Je l'ai mise au clou chez le type en bas de la rue. Il obtient un max pour les vieux bouquins, bien plus que sur Internet.

Une idée me vient alors. Cheryl a pris tout ce sur quoi elle pouvait faire main basse avec ses sales pattes. Elle a pris les fiches sur l'estrade. Et si elle avait aussi pris d'autres objets ?

— Le pot de miel et la cuillère, dis-je. Ceux qui étaient sur le chariot à thé de M. Grimthorpe le jour de sa mort. Est-ce que tu les as pris, Cheryl ? Cette cuillère est la dernière chose à avoir touché les lèvres de M. Grimthorpe.

— Un pot de miel et une cuillère ? demande Cheryl. Je n'en ai aucune idée.

— Mentir ne vous mènera nulle part, si ce n'est vous apporter encore plus de problèmes que ceux que vous avez déjà, la prévient Stark. Admettez-le. Vous les avez pris.

— Je n'ai rien pris du tout, insiste Cheryl. Mais cette cuillère, c'est vraiment une bonne idée – « la dernière chose à avoir touché les lèvres du célèbre écrivain ! » Les Fondus adorent ce genre de conneries. Ils appellent ça des « objets éphémères uniques ».

— Le carnet Moleskine, continue Stark. Vous avez flouté les photos de nombreux autres objets écrits. Pourquoi ne pas avoir fait de même avec celui-ci ?

— Parce qu'il n'y avait rien à voir, répond Cheryl. Il était plein de gribouillis et de charabia incompréhensibles. Pour un écrivain connu, c'était franchement bizarre qu'il n'y ait même pas un seul mot lisible sur ces pages.

Durant tout cet échange, je suis restée calme et maîtresse de moi, mais, à présent, ma contenance menace de se fissurer. Comment est-il possible que je n'aie pas compris avant ? Au plus profond de moi, une faille s'ouvre et le vertige me saisit. Cette révélation est tellement sismique que je dois faire un effort pour rester debout.

Je sens une main sur mon bras – pas celle de M. Preston ni de M. Snow. Lily me retient et me serre contre elle.

— Molly ! crie M. Preston.

— Bon sang, qu'est-ce qui ne va pas chez elle ? demande Stark.

L'*x* de l'équation, la clé manquante – c'était là depuis le début, sous mes yeux !

— Inspectrice, déclaré-je, il y a quelque chose que vous devez savoir. J'ai connu M. Grimthorpe quand j'étais enfant.

— Et alors ? répond-elle en secouant la tête. Qu'est-ce que ça a à voir avec le reste ?

Tous les yeux sont braqués sur moi. Le visage de Cheryl rayonne d'une joie carnassière.

— M. Grimthorpe souffrait du syndrome de la page blanche, expliqué-je. On en a la preuve sous les yeux, dans ce carnet Moleskine noir. Il était parfaitement instruit, mais incapable d'écrire le moindre mot. Je m'en souviens si clairement – sur son bureau au manoir, il y avait des piles de Moleskine qu'il prétendait être ses premiers jets. Ils étaient exactement comme celui que Cheryl a volé dans le carton – monogrammés et remplis de gribouillis et de pattes de mouche illisibles. Quand j'étais enfant, je croyais qu'il s'agissait d'un code ou d'un langage secret. Mais ça n'était pas ça. Je le comprends à présent.

— Comme d'habitude, Molly, je ne comprends rien à ce que vous racontez, rétorque Stark.

— Vous ne comprenez pas ? Le carnet Moleskine est une preuve de mobile, insisté-je. Quelqu'un avait une bonne raison de vouloir la mort de M. Grimthorpe.

— Même moi, je ne comprends pas où tu veux en venir, Molly, lâche Angela.

— Moi non plus, ajoute M. Preston.

— Pour l'amour de Dieu, Molly, reprend à son tour Stark. Vous voulez bien nous expliquer à quoi vous voulez en venir ?

— Mobile, répété-je. M-O-B-I-L-E. Signification : raison de tuer. M. Grimthorpe n'a pas écrit ses livres, pas un seul d'entre eux. C'est quelqu'un d'autre qui le faisait.

Chapitre 23

Je croyais que ça n'arrivait que dans les films, les classiques en noir et blanc que Mamie et moi avions l'habitude de regarder ensemble dans notre appartement pendant nos soirées cinéma, blotties l'une contre l'autre sur notre canapé usé jusqu'à la corde. Mais à présent, je sais que ça peut aussi arriver dans la vraie vie – qu'un épisode de votre passé peut se dérouler sous vos yeux comme dans un film, que la vie peut défiler devant vous en un éclair, faisant ressurgir dans votre mémoire tout ce que vous avez traversé et qui vous a amené au moment présent, tout ce qui a fait de vous ce que vous êtes.

C'est ce que j'ai vécu en révélant la vérité à l'inspectrice Stark au sujet de ces deux semaines fatidiques que j'avais passées à travailler aux côtés de Mamie dans le manoir des Grimthorpe, astiquant l'argenterie, lisant dans la bibliothèque, sympathisant avec un homme tourmenté, un auteur à qui j'avais fourni sans le savoir la matière qui le conduirait à écrire un livre au succès mondial. J'ai revécu toute cette période en Technicolor. Je l'ai revue avec un regard neuf.

M. Snow a suggéré que l'inspectrice Stark et moi nous retirions dans son bureau afin de parler en privé, et c'est là que nous avons passé la dernière heure. Je suis assise sur une chaise en face d'une imposante inspectrice qui m'a toujours intimidée. Et je lui raconte l'histoire de ma vie.

Je lui reconnais une chose : pour la toute première fois, Stark écoute avec attention, patiemment. Pour une fois, elle se rend compte que j'ai un temps d'avance sur elle, que je sais des choses qu'elle ignore. Je la vois qui peine à rassembler les pièces du puzzle, à relier le passé à ce qui vient d'arriver – le mystère non résolu de l'empoisonnement d'un écrivain à l'hôtel Regency Grand.

Mamie disait toujours : *Les histoires sont une façon d'avancer un moment dans les chaussures de quelqu'un d'autre.*

Elle avait raison. Chaque conte de fées nous enseigne quelque chose.

Le monstre est toujours réel, mais pas de la façon dont tu le croyais, simplement.

Aucun secret ne reste enfoui pour toujours.

À la fin, la femme de chambre sera sauvée de la disgrâce.

— Rat-a-tat-tat-tat, dis-je à l'inspectrice. J'entendais toujours ce bruit en arrière-fond, le bruit de la machine à écrire de sa secrétaire en train de taper. M. Grimthorpe écrivait à la main, et, pourtant, pas une fois je ne l'ai vu faire autre chose que griffonner dans ces carnets Moleskine monogrammés. Quand j'étais enfant, on m'a expliqué que sa secrétaire transcrivait ses écrits, et je l'ai cru. Mais à présent, je pense que c'était faux.

— Vous venez de dire que vous lui avez donné l'idée de fin pour son grand roman, reprend l'inspectrice. La solution avec la soude.

— Oui. L'idée venait de moi, mais si c'était quelqu'un d'autre qui lui avait fourni le reste de l'histoire, le reste de *toutes* ses histoires ? Peut-être que cette secrétaire faisait plus que simplement taper à la machine. Peut-être qu'elle lui servait...

— De prête-plume ? propose Stark.

— Oui.

— Quelqu'un qui travaillait en secret pendant que l'imposteur s'attribuait tout le mérite et la gloire sur le devant de la scène, continue Stark.

— Et engrangeait les incroyables retombées financières, ajouté-je. Est-ce que ça n'engendrerait pas le mécontentement ? Est-ce que ça ne serait pas un mobile de vengeance ?

L'inspectrice Stark se lève brusquement. Elle arpente la pièce. L'écho de ses pas se répercute le long de ma colonne.

— J'ai rencontré des auteurs à une époque, dit-elle. Ceux qui écrivent des enquêtes policières me consultent parfois. Ils veulent vérifier que les détails sont justes. Disons simplement que ces écrivains en savent un paquet sur la manière de tuer quelqu'un sans laisser de traces. La question est : un auteur – ou celui qui écrit pour lui – pourrait-il mettre en pratique ses connaissances afin de commettre un vrai meurtre ? Et si oui, pourraient-ils s'en tirer sans se faire pincer ? (L'inspectrice s'immobilise.) Molly, je crois bien que je vous ai sous-estimée.

— Comment ça ?

— Je ne comprends pas toujours de quoi vous parlez. Mais vous venez de relier une série d'indices que je n'avais même pas repérés comme indices. J'ai besoin de votre aide.

— Mon aide ? Pour quoi faire ?

— On part en balade.

L'idée de me rendre quelque part avec l'inspectrice Stark est la chose la plus terrifiante que je puisse imaginer en ce moment même.

— Où est-ce qu'on va ? dis-je.

— Au manoir des Grimthorpe, évidemment.

Je me retrouve à la périphérie de la ville, dans une voiture de police conduite par l'inspectrice Stark. Être assise sur le siège passager plutôt que derrière la vitre pare-balles ne m'apporte qu'un minimum de réconfort. Je me sens de nouveau comme une petite fille en me rendant dans un endroit que je pensais ne jamais revoir, et pas avec ma grand-mère bien-aimée cette fois, mais avec l'imposante inspectrice au volant à mes côtés. Mes mains tremblent. J'agrippe la poignée de la portière, exactement comme je l'avais fait des années auparavant dans le taxi qui m'emmenait au manoir pour la toute première fois.

Avant de s'embarquer dans ce voyage, Stark a passé un coup de fil et parlé à un juge. Elle lui a tout expliqué en plaidant sa cause pour obtenir un mandat de perquisition, dont le coin dépasse de la poche intérieure de son manteau noir.

— C'est loin d'ici ? demande-t-elle en observant la route devant elle.

— Non, juste à cinq minutes, précisé-je.

Stark hoche la tête, puis passe en revue les différentes demeures qui ponctuent cette banlieue dense et boisée.

— Sacrément rupin dans le coin, constate-t-elle.

— Encore plus que dans mes rêves les plus fous, dis-je.

Après le dernier virage, le manoir des Grimthorpe apparaît.

— C'est celui-là. Là-haut.

Le manoir monolithique de deux étages est aussi impressionnant que quand j'étais enfant, avec ses trois rangées de fenêtres encadrées de noir, tel le faciès terrifiant d'une araignée à huit yeux.

L'inspectrice roule jusqu'à la grille en fer forgé. La peinture noire s'écaille, la rouille s'installe. La tour de garde est toujours à un jet de pierre, ses vitres teintées dissimulant la personne qui se trouve à l'intérieur.

L'inspectrice coupe le moteur. Nous sortons et nous approchons de la grille.

Les boutons de l'Interphone sont fissurés et décolorés par le temps.

— Il faut sonner pour avertir le gardien, qui se trouve dans cette tour, indiqué-je.

Stark pose une main sur la grille et la pousse. Elle s'ouvre facilement en grinçant.

— Eh bien, les choses ont changé par ici, remarqué-je.

Je franchis la grille et suis l'inspectrice.

Nous remontons l'allée familière bordée de roses rouge sang. Les boutons commencent à s'ouvrir. Ils diffusent un parfum qui embaume, envoûtant et douceâtre.

— Cet endroit a connu des jours meilleurs, lance Stark. On se croirait dans *Fawlty Towers*.

Le manoir est dans un état de délabrement total – la façade décolorée et fissurée. Les roses sont les seules choses dont on a l'air de s'occuper.

Nous arrivons devant l'impressionnante porte d'entrée au heurtoir à tête de lion dont le cuivre patiné a noirci sous les assauts des intempéries. La dernière fois que je suis venue là, Mamie tenait ma petite main au creux de la sienne, et nous avancions vers le perron. Ce souvenir me heurte de plein fouet.

— Vous frappez, je parle, ordonne l'inspectrice.

J'attrape la mandibule et cogne trois fois.

On entend des pas lourds, une démarche traînante, puis la poignée tourne et la lourde porte s'ouvre. Un homme aux cheveux gris et aux yeux globuleux se tient sur le seuil, une ceinture en cuir contenant un assortiment de déplantoirs, de sécateurs, de ciseaux et de cisailles autour de la taille. Il s'est arrondi au fil des ans, son corps ne ressemble plus à un point d'exclamation, mais plutôt à un point d'interrogation. Malgré tout, quand je le regarde dans les yeux, je reconnais l'homme debout devant moi.

— Jenkins, c'est vous ?

— Molly ? Molly Gray ?

— Vous vous souvenez de moi ?

— Évidemment ! Mon petit moustique. La fillette à l'argenterie, qui astiquait tout à la perfection. Oh, c'était il y a tellement longtemps ! Le manoir était un endroit sinistre à l'époque. Mais tout étincelait grâce à toi.

— Vous étiez si gentil avec moi, même si j'avais un peu peur de vous. J'étais trop jeune pour faire la différence entre les bonnes et les mauvaises personnes.

— Tu étais une jolie petite chose, qui débordait de l'énergie de la jeunesse. J'avais l'habitude de prêter l'oreille aux histoires fantaisistes que tu racontais. Et tu travaillais dur, aussi. Ta grand-mère était tellement fière de toi. Comment va-t-elle ? Flora ?

— Elle est morte, malheureusement…

— Oh, je suis désolé. C'était une femme bien.

— La meilleure.

— Heureusement que vous m'écoutez, Molly, lance l'inspectrice Stark en soupirant.

Jenkins tourne son attention vers l'imposante silhouette.

— Et vous êtes ?

— Inspectrice Stark, répond-elle. C'est moi qui suis chargée de l'enquête sur la mort du propriétaire de ce manoir. Je me demandais qui se trouvait dans la maison ces temps-ci. Je me suis dit que j'allais venir faire une petite visite.

— Je crains qu'il n'y ait personne d'autre que moi pour l'instant. On attend la lecture du testament. J'imagine que la propriété ne va pas tarder à être vendue. Je suis sûr que Mme Grimthorpe doit se retourner dans sa tombe.

— Jenkins, puis-je vous demander de quoi elle est morte ? demandé-je.

— Une crise cardiaque, il y a cinq ans, répond ce dernier, juste après avoir cueilli une rose de son jardin. Comme tu le sais, Molly, M. Grimthorpe a toujours été étrange, mais il l'est devenu encore plus après ça. Plus parano. Il affirmait que, sans sa femme, ses secrets ne seraient jamais à l'abri. Il ne s'est pas remis à boire, cela dit. Il avait fait une promesse à Mme Grimthorpe, et il l'a tenue. D'après moi, c'est la seule loyauté dont il ait jamais fait preuve envers elle. (Jenkins s'interrompt et regarde un carton posé à ses pieds. Il déborde d'argent terni, de bibelots, et de tableaux.) Je débarrasse la maison, selon les ordres que j'ai reçus.

Il observe Stark des pieds à la tête.

— Vous avez un mandat ?

— Ouais, j'en ai un.

Elle le sort de sa poche et Jenkins le parcourt un moment avant de le lui rendre.

— Jenkins, est-ce que ça vous ennuierait que je jette un coup d'œil, moi aussi ? ajouté-je. Ça signifierait tellement pour moi. J'ai de si bons souvenirs de cette maison.

— Tu dois bien être la seule, me rétorque-t-il. (Il se tourne vers Stark.) Avez-vous découvert qui a empoisonné M. Grimthorpe ?

— Non, mais ce n'est qu'une question de temps.

Jenkins hoche la tête, son visage profondément ridé dessine une carte de secrets bien gardés.

— Vous pouvez entrer, déclare-t-il. Je serai dans le salon, en train de le vider. Les gens n'aiment plus les vieilleries de nos jours. Le changement ne va pas tarder.

— Merci, Jenkins, dis-je.

Il pousse le carton d'objets au rebut pour nous laisser passer. Au-dessus de nos têtes, les éclats de verre du lustre moderniste sont tellement envahis de toiles d'araignées que le luminaire tout entier ressemble plus à du bois flotté qu'à du verre.

— Par ici, lancé-je à l'inspectrice en la guidant vers l'escalier principal.

Les marches grincent encore plus qu'avant, gémissant et soupirant à chaque pas.

Nous atteignons le haut de l'escalier, puis nous nous engageons dans le couloir, les lumières s'allument automatiquement à notre passage, du moins celles dont les ampoules fonctionnent encore. Le papier peint damassé est terne et délavé. À une époque, ses motifs m'avaient évoqué des yeux, mais je ne les vois plus. Ont-ils jamais vraiment été là, ou existaient-ils seulement dans mon imagination ?

Nous dépassons une chambre, puis une autre, les portes sont toutes ouvertes, mais les rideaux sont tirés dans chacune.

— C'est sale, constate l'inspectrice.

Le moindre recoin, la moindre applique murale est recouverte d'une épaisse couche de saleté et de poussière.

— Il n'y a pas eu de femme de ménage dans ce manoir depuis très longtemps, décrété-je.

Je me demande alors si Mamie a été la dernière. Peut-être Mme Grimthorpe n'a-t-elle plus jamais fait confiance à personne après l'avoir renvoyée.

Nous atteignons la pièce tout au bout du couloir. Je m'approche de la fenêtre, tire les rideaux, et laisse la lumière entrer à flots.

La pièce n'est plus ce qu'elle était. Les livres sont négligés, tous les dos reliés de cuir sont couverts de poussière. L'inspectrice Stark enregistre tout – l'échelle à roulettes, la nymphe poussiéreuse qui soutient un abat-jour crasseux, les étagères qui courent au long des quatre murs. Elle repère très vite l'anomalie, le seul livre qui dépasse grossièrement et n'est pas couvert de poussière – le *Dictionnaire Oxford* rutilant du quatrième mur.

— C'est lui ? demande-t-elle en me le montrant.

— Oui, confirmé-je. La porte secrète, le portail sur une autre dimension.

Je m'approche et le pousse. Le quatrième mur s'ouvre sur ses gonds et laisse apparaître le bureau de M. Grimthorpe.

— Voyez-vous ça ! s'exclame Stark, la surprise se lisant sur son visage.

Le bureau est toujours au même endroit. Avec empilés dessus des tas de carnets Moleskine noirs monogrammés en équilibre instable. Leur nombre s'est considérablement accru depuis la dernière fois où je suis entrée dans cette pièce. Il y a des piles sur le bureau, comme avant, mais, maintenant, il y en a davantage encore sur le sol, certaines nous arrivant jusqu'à la taille. Le bureau croule à un point tel sous les Moleskine que le seul espace vide est un étroit passage menant au bureau de M. Grimthorpe et un autre, à son étagère sur le mur opposé.

— Waouh, lance Stark. C'est dingue ! Grimthorpe était syllogomane ?

— D'une certaine façon, réponds-je. Le maître de tout. Et de rien.

Elle attrape un carnet, l'ouvre délicatement au hasard à une page remplie de gribouillis et de barbouillages illisibles.

— Indéchiffrable. Comme celui que Cheryl a vendu, commente-t-elle.

Stark vérifie quelques autres carnets et je fais de même, bien que répugnant à me salir les mains. Ils contiennent exactement la même chose que dans mon souvenir – gribouillis et ratures, ni écriture manuscrite ni même code, et certainement pas un roman écrit.

— Il n'y a rien là-dedans que quelqu'un aurait pu taper à la machine, déclare Stark.

— En effet, M. Grimthorpe n'a jamais rien rédigé à la machine. C'était toujours sa secrétaire qui le faisait en cachette, tandis que ces carnets se multipliaient, sans être jamais touchés.

L'inspectrice repère quelque chose dans la bibliothèque de M. Grimthorpe sur le mur le plus éloigné, un autre livre qui se démarque, le seul qui soit propre

– un second *Dictionnaire Oxford.* Elle s'en approche et appuie dessus. Le mur tourne sur ses gonds.

— Quoi ? m'écrié-je. Je n'avais jamais remarqué que c'était là !

— Heureuse de pouvoir servir à quelque chose, ironise Stark.

Elle se faufile par l'étroite ouverture et débouche dans un bureau moderne, d'une propreté immaculée et d'une blancheur étincelante, le contraste est absolu. Je la suis. Dans le coin, un escalier en colimaçon mène à la porte latérale du manoir. Des étagères modulables Ikea garnissent tout un pan de mur et des tapuscrits sont empilés dans chaque casier, parfaitement organisés et attachés par des élastiques. Il y a un casier pour chaque livre de M. Grimthorpe, avec le titre soigneusement imprimé sur le dessus du tapuscrit. Ils sont tous rangés par année de publication, du plus récent, sur du papier blanc neuf et craquant, à son plus gros succès, *La Domestique du manoir*, dont le papier a jauni au fil des ans.

— Ça ressemble aux manuscrits de ses romans, indique Stark en s'accroupissant pour y regarder de plus près.

Elle se relève et se dirige vers un bureau tout simple d'un côté de la pièce. Un ordinateur Mac rose satiné est posé dessus, fermé, avec une imprimante à côté, rien d'autre.

Et je la vois. Dans une niche derrière le bureau, une vieille machine à écrire. Et juste au-dessus, une photo dans un cadre doré sans fioritures. Je m'approche pour regarder de plus près.

Ce que je vois est une surprise totale, mais, d'une certaine façon, tout prend son sens. La voilà, la femme au foulard et aux gants bleus, le bras autour d'une petite fille qui lui ressemble comme une goutte d'eau ressemble à une autre.

— C'est elle, dis-je. La femme en bleu, son ancienne secrétaire. Quand j'étais enfant, elle venait ici tous les jours et entrait par la porte du côté. Je n'ai jamais pu déterminer où se trouvait son bureau, mais je l'entendais taper à la machine.

Stark s'approche et se penche sur la photo.

— Mais qui est cette enfant à côté d'elle ? demande-t-elle.

Une fois de plus, je la devance. Je fais le rapprochement, et la conclusion est au-delà de tout ce que j'aurais jamais pu imaginer.

— Vous ne la reconnaissez pas ? Regardez bien.

Stark plisse les yeux.

— Bon sang ! C'est elle ?

— Oui. La ressemblance est troublante, n'est-ce pas ? Cette petite fille est Mlle Serena Sharpe.

Chapitre 24

— Comme c'est sympathique d'entrer sans permission. Je vous en prie, faites comme chez vous pendant que vous fouillez mon bureau.

L'inspectrice Stark et moi sursautons et nous retournons. Mlle Serena Sharpe se tient à l'entrée du bureau, des clés de voiture cliquetant dans sa main.

— L'homme qui se trouve en bas nous a laissées entrer, explique Stark.

— C'est ce qu'on m'a dit. Puis-je vous demander ce que vous fabriquez dans mon bureau ?

— Je connaissais votre mère, lâché-je tout à trac. Ou plutôt, je ne la connaissais pas. Mais je la voyais ici quand j'étais enfant et que je venais travailler avec Mamie. C'était la secrétaire de M. Grimthorpe. Cette photo – vous êtes sa fille, déclaré-je en montrant le cliché sur le mur.

Mlle Sharpe sourit.

— Oui. C'est ma mère. Et alors ?

— Vous n'en avez jamais parlé avant, intervient l'inspectrice.

— Et vous avez aussi omis de préciser que votre mère était le véritable auteur des livres de M. Grimthorpe, ajouté-je.

Mlle Sharpe fixe sur moi son regard impénétrable. Puis elle traverse la pièce à grandes enjambées et vient se planter devant la niche qui contient la machine à écrire de sa mère. Elle pose un doigt sur la lettre *i*.

— Comment l'avez-vous découvert ? demande-t-elle.

— Les carnets Moleskine, expliqué-je. Ils sont uniquement remplis de gribouillis, et pourtant, *rat-a-tat-tat-tat*. Votre mère était toujours en train de taper quelque chose. Tous les jours.

Elle acquiesce lentement.

— M. Grimthorpe l'avait choisie pour sa discrétion, entre autres choses. Ma mère était douée pour faire profil bas, brillante pour garder les secrets, aussi. (Mlle Sharpe médite sur la photo accrochée au mur.) Grimthorpe n'a jamais été un écrivain, pas vraiment. À une époque, avant qu'il ne souffre du syndrome de la page blanche, il pondait des intrigues extravagantes, qu'il soumettait à ma mère dans de longues diatribes verbeuses. Elle réussissait à faire de sa folie quelque chose de sensé et de romanesque, quelque chose d'accrocheur sur la page. Elle était tellement douée pour ça qu'elle en a fait un auteur à succès. Mais c'est elle qui a toujours été la véritable magicienne derrière ses livres.

— Il n'a jamais parlé d'elle, remarqué-je.

— C'est vrai, confirme Mlle Sharpe. Seule Mme Grimthorpe connaissait la vérité.

— Pourquoi vous ne m'avez pas parlé de ça avant ? demande Stark. Quand nous nous sommes vues au poste, vous n'avez rien dit sur votre mère et vous avez refusé de parler de ce que M. Grimthorpe allait annoncer.

Mlle Sharpe passe derrière le bureau et s'assied dans son fauteuil immaculé.

— Je me devais de garder le secret parce que j'ai signé un contrat, répond-elle en désignant les deux fauteuils blancs devant elle. Je vous en prie, asseyez-vous.

L'inspectrice s'exécute. Je m'assieds à côté d'elle.

Mlle Sharpe croise les mains et les pose sur son bureau.

— Ça fait des années que je sais que ma mère lui servait de plume. Je l'ai suppliée de demander une compensation financière correcte et un pourcentage sur les droits d'auteur de J.D., mais elle était mère célibataire, terrifiée par son patron et la perspective de perdre un boulot stable. Elle savait qu'elle méritait mieux, mais elle n'a jamais pu se résoudre à les affronter, lui ou sa femme. Elle ne voulait pas encourir leur colère. (Mlle Sharpe se tait et observe le bureau chaotique de M. Grimthorpe par la porte ouverte.) Un homme si cultivé, et pourtant incapable d'écrire un seul livre décent. Et tellement perturbé.

— Perturbé et puissant, dis-je. Devant lui, on se sentait à la fois singulier et minuscule en même temps.

Mlle Sharpe écarquille les yeux.

— C'est exactement ça. Lorsque ma mère est morte l'année dernière sans jamais avoir reçu de compensation correcte pour son travail d'écriture, je suis devenue folle de colère. Elle s'était serré la ceinture toute sa vie. Elle avait été payée comme une secrétaire pendant des décennies. La peur l'avait fait taire, mais ça ne marchait pas avec moi. Alors j'ai imaginé un plan. J'ai laissé tomber mon master et me suis fait embaucher comme secrétaire de M. Grimthorpe. Il était enchanté. Il pouvait continuer dans le secret, et tout ça, avec un modèle plus jeune et plus joli. Il était assez fou pour croire que moi aussi, je savais écrire, mais je n'ai jamais eu le talent de ma mère pour raconter des histoires. Quand il s'en est rendu compte et a menacé de me virer, je lui ai aussi sec renvoyé ses menaces à la figure.

— Comment ? demande l'inspectrice Stark.

— Je lui ai dit que j'allais révéler au grand jour son imposture, que j'allais dévoiler au monde entier que c'était ma mère le véritable auteur de ses livres, répond-elle en montrant les casiers remplis de manuscrits. Je l'ai menacé de l'assigner en justice pour le moindre dollar qu'il avait gagné… à moins qu'il accepte mes conditions.

— Qui étaient… ? demandé-je.

— Une somme forfaitaire de cinq millions de dollars, et un pour cent de ses droits d'auteur à l'avenir sur chaque livre que ma mère avait écrit.

— C'est-à-dire tous, ajoute Stark.

— Oui.

— Comment a-t-il réagi ? dis-je.

— Avec un calme glacial. Il savait que c'était mérité, je pense. (Mlle Sharpe pose les mains sur l'ordinateur fermé devant elle.) Il a accepté mes conditions. Il n'a même pas essayé de me convaincre de mentir sur le rôle qu'avait tenu ma mère. Mais en échange, il avait quelques requêtes lui aussi.

— Qui étaient… ?

— Il a insisté pour annoncer la chose lui-même. Il voulait pouvoir contrôler le message.

— D'où la conférence de presse à l'hôtel, note Stark.

— Oui. Et il m'a fait signer un contrat stipulant que, si je laissais filtrer quoi que ce soit avant le grand événement, notre accord tout entier serait nul et non avenu.

— Autrement dit, pas d'argent pour vous, fait remarquer Stark.

— Et surtout, pas de reconnaissance pour ma mère, réplique Mlle Sharpe d'un ton cassant. C'est pour ça que je ne pouvais rien dire quand vous m'avez demandé ce que M. Grimthorpe avait prévu d'annoncer à la conférence de presse. Je ne voulais pas qu'il annule le contrat.

Elle se tait, sort ledit contrat d'un tiroir et le tend à Stark, qui le parcourt d'un air sombre, puis hoche la tête.

— Que va-t-il se passer maintenant ? dis-je. Vu que les morts ne parlent pas.

— J'ai consulté un avocat. Il semblerait que je sois dans une impasse. Si je révèle la vérité, l'accord est caduc.

— Alors obtenir la reconnaissance pour votre mère signifie renoncer à tout gain financier ?

— Exact, répond-elle avec un sourire qui n'atteint pas complètement ses yeux de félin.

L'inspectrice Stark se lève et arpente la pièce.

— Vous avez dû le haïr, lance-t-elle soudain.

— Je le hais toujours, insiste Mlle Sharpe.

— Dans ce cas, laissez-moi vous demander ceci : le haïssiez-vous assez pour l'empoisonner ?

Mlle Sharpe rit, mais d'un rire à peine audible.

— N'avez-vous rien compris ? Mort, il ne m'est d'aucune utilité.

— Vivant, il ne l'était pas non plus, fais-je remarquer.

Stark me regarde, lèvres retroussées en un sourire presque imperceptible.

— Ne vous y trompez pas, reprend Mlle Sharpe. Je haïssais cet homme de toutes les fibres de mon être. Il a profité de ma mère de plus de façons que je ne peux les énumérer. Il s'est servi de ses talents et les a fait passer pour les siens. Et il n'a pas fait que ça.

— C'est-à-dire ? demande Stark.

— Il a fait des avances malvenues à votre mère et s'en est ensuite servi contre elle, dis-je.

— Comment saviez-vous ça ? demande Stark en me regardant avec curiosité.

— Il a fait la même chose avec Mamie. Je le soupçonne d'avoir fait de même avec tous les employés féminins, raison pour laquelle Mme Grimthorpe insistait pour n'avoir que les deux seules femmes en qui elle avait confiance dans le manoir. Et quand je dis *avoir confiance*, je veux dire qu'elles étaient forcées de se taire.

— Votre grand-mère et ma mère.

— Oui.

— Il s'en est sorti toute sa vie, il a même essayé avec moi, reprend Mlle Sharpe. Je vous jure, je l'ai repoussé tellement fort que j'ai failli le tuer. Un homme si puissant et pourtant si faible. Je me suis toujours dit qu'il tomberait raide mort un jour, tellement il était vulnérable. J'attendais ça avec impatience. Simplement, je ne m'attendais pas qu'il meure le mauvais jour.

Un mot qu'elle a prononcé se détache des autres.

— Pourquoi le décririez-vous comme vulnérable ?

— Ses années d'alcoolisme avaient fait des ravages. Son foie et ses reins étaient foutus, répond-elle.

— Ce qui explique pourquoi l'antigel a eu raison de lui si vite, ajoute l'inspectrice Stark. Ses organes n'ont pas pu assimiler le poison.

Juste à ce moment-là, Jenkins apparaît à la porte du bureau. Il porte un plateau avec une théière fumante et des tasses en porcelaine que je reconnais pour les avoir vues il y a longtemps.

— Votre thé, madame. Je ne savais pas si vous vouliez aussi des tasses pour vos invitées.

— Mes invitées ? C'est vous qui les avez laissées entrer, Jenkins, réplique Mlle Sharpe.

— Je n'avais pas tellement le choix, répond-il, tout en évitant son regard. Quoi qu'il en soit, j'ai fait du thé pour trois.

Il pose le plateau sur le bureau, me sourit, puis s'éclipse discrètement.

Mlle Sharpe attrape la théière et remplit les trois tasses.

— Je vous laisse vous servir, indique-t-elle en s'adressant à nous.

— Je prends le mien sans rien, déclare Stark en saisissant une tasse délicate qui semble trop petite pour ses grandes mains. Je ne suis pas une grosse buveuse de thé. Mon truc, c'est plutôt le café.

Je prends une jolie tasse en porcelaine sur le plateau. J'y ajoute une goutte de lait et mélange le tout avec une petite cuillère en argent terni. Elle tinte délicieusement en effleurant la porcelaine fine, comme les petites cuillères contre les tasses du Regency Grand.

Je laisse échapper un cri étouffé et manque me renverser le thé chaud sur les genoux. Je repose la tasse et la cuillère sur le bureau de Mlle Sharpe.

J'ai le cœur qui se met à cogner. Tout s'emboîte en un instant, chaque pièce manquante, chaque variable qui tombe parfaitement où il faut. J'en ai le souffle coupé. La pièce tangue.

— Inspectrice Stark, on doit retourner à l'hôtel. Tout de suite !

— On vient d'arriver, répond-elle. Et j'ai d'autres questions à poser à Mlle Sharpe.

— Non ! On n'a pas le temps. On doit aller au Regency Grand, de toute urgence !

— Qu'est-ce qui vous arrive, nom d'un chien, Molly ? Pourquoi êtes-vous si pressée d'un seul coup ? demande Stark.

— Parce que ce n'est pas Mlle Sharpe qui a tué M. Grimthorpe. Et que je sais exactement qui c'est.

Chapitre 25

Il y a longtemps, Mamie m'a raconté l'histoire vraie d'une domestique, d'un rat, et d'une cuillère. Je ne l'ai jamais oubliée.

Une domestique qui travaille dans un château est accusée de la disparition d'une petite cuillère en argent, mais, des années plus tard, on retrouve ladite cuillère dans le nid du rat qui l'avait volée, à côté de son squelette pétrifié.

C'est à ça que je pense, assise à côté de l'inspectrice Stark dans la voiture garée devant les grilles du manoir des Grimthorpe. Sur mes genoux, il y a un œuf incrusté de pierres précieuses, cadeau d'adieu de Jenkins.

Je viens de finir d'expliquer à l'inspectrice, dans les moindres détails, pourquoi nous devons regagner en toute hâte le Regency Grand. Je lui ai raconté tout ce que je sais, tout ce dont je me souviens.

— Je n'arrive pas à y croire, fait-elle quand je cesse de parler. Molly, comment avez-vous réussi à reconstituer tout ça ?

— Les détails, expliqué-je. On vous a dit que j'étais très douée pour les détails, mais vous ne l'avez pas cru. Je passe peut-être à côté de ce qui vous paraît évident, mais j'ai toujours été attentive à ce que les autres ignorent. Nous sommes tous semblables de différentes façons, inspectrice Stark. Mamie m'a appris ça il y a longtemps.

— Je… regrette de vous avoir… sous-estimée, déclare Stark.

Il lui faut un sacré long moment pour cracher ces quelques mots, comme si elle avait un chat dans la gorge.

— La plupart des gens me sous-estiment, ajouté-je. Mais ça n'a pas d'importance pour l'instant. On doit se dépêcher.

L'inspectrice hoche la tête et met le moteur en route. J'ai le dos qui se colle au siège quand elle accélère et fonce sur la route.

— Au fait, reprend-elle une fois que nous roulons, pourquoi cet homme étrange a-t-il insisté pour que vous emportiez ce vieux bibelot ridicule ?

Elle quitte un instant la route des yeux pour regarder l'œuf terni sur mes genoux.

— Le Fabergé ?

— Vous ne croyez pas vraiment que c'est un Fabergé, n'est-ce pas, Molly ? C'est une babiole qui vient d'un magasin bon marché.

— La beauté est dans l'œil de celui qui regarde, inspectrice. Cet œuf signifiait beaucoup pour moi, enfant, et je vais le chérir. Il faut savoir regarder au-delà des apparences pour découvrir la vraie valeur des choses.

— Vous parlez toujours de l'œuf ? demande Stark.

— De quoi voulez-vous que je parle ?

L'inspectrice Stark ne répond pas, mais je sens que la voiture accélère. Elle met le gyrophare et la sirène, et nous fonçons vers le Regency Grand.

Nous arrivons en un temps record et nous arrêtons dans un crissement de pneus au pied du tapis rouge.

— Molly, que se passe-t-il ? Tu vas bien ? demande M. Preston en me voyant bondir de la voiture et me précipiter vers l'hôtel.

— Pas le temps !

— Vous ne pouvez pas laisser une voiture avec le gyrophare allumé dans la zone de réception, crie un voiturier à l'inspectrice.

— Oh si, je peux ! rétorque-t-elle tandis que nous passons les portes tournantes à toute allure.

Nous nous précipitons vers la réception, où M. Snow est en train d'aider des clients.

— Est-ce que le fan-club est déjà parti ? lancé-je.

— Molly, vous nous interrompez, peste M. Snow.

— Mes plus sincères excuses pour contrevenir au protocole, dis-je, mais il s'avère qu'il s'agit d'une urgence.

— Vous l'avez entendue ? insiste Stark. Quand est-ce que les fichues cinglées doivent quitter l'hôtel ?

— Demain, répond M. Snow.

— On doit se rendre dans une de leurs chambres. Immédiatement, annonce Stark.

— Vous ne pouvez pas entrer dans la chambre d'un client sans raison valable, réplique M. Snow. C'est une atteinte à la vie privée.

— Votre femme de chambre vient de découvrir des informations cruciales dans cette enquête. Elle a mis le doigt sur quelque chose d'important, lance Stark.

Les sourcils de M. Snow se dressent sur son front.

— Dans ce cas suivez-moi !

Nous nous dirigeons tous les trois vers l'ascenseur et montons au quatrième étage sans un mot. Les portes s'ouvrent sur le couloir. Sunshine et Lily sont là avec leurs chariots. Le visage de Sunshine s'assombrit à l'instant où elle nous voit. Lily se fige.

— Molly, que se passe-t-il ? demande Sunshine.

— Pas le temps !

J'emboîte le pas à M. Snow et à l'inspectrice Stark, direction la chambre 404.

Nous nous arrêtons devant la porte.

— À vous l'honneur, dit M. Snow.

— Molly, agissez normalement, me conseille l'inspectrice.

— C'est tout sauf mon point fort, réponds-je. (Néanmoins, je frappe trois fois à la porte.) Ménage ! annoncé-je d'une voix ferme mais autoritaire.

Nous tendons l'oreille et attendons.

Rien. Pas un bruit.

— Il n'y a personne, remarque M. Snow en sortant sa carte d'accès universelle pour ouvrir.

Nous entrons, et regardons autour de nous.

— C'est la bonne chambre, pas de doute, insisté-je.

Elle a été récemment nettoyée – le lit est parfaitement fait, avec des coins bien au carré comme à l'hôpital – et pourtant, le moindre centimètre carré derrière le lit disparaît sous des détritus de toutes sortes. Le sol est jonché de cartons remplis de classeurs, chacun étiqueté GRIMTHORPE et suivi d'un numéro. Il y a une valise ouverte près de la fenêtre, avec des vêtements en désordre empilés dedans et couverts de poils de chat.

M. Snow se couvre le nez.

— C'est dégoûtant, s'écrie Stark. On dirait qu'un rat s'est installé ici. Les femmes de chambre ne nettoient pas tous les jours ?

— Si, protesté-je. Mais on ne peut pas faire le ménage à fond avant que le client ait quitté la chambre. Les femmes de chambre peuvent seulement nettoyer les surfaces vides dans une chambre occupée.

Je m'approche du minibar près de la fenêtre. Il est exactement comme dans mon souvenir : le dessus du frigo est encombré d'un stock incongru de flacons de shampoing miniatures offerts par le Regency Grand et de divers emballages de snacks, tous ouverts, dont le contenu se déverse sur le sol – céréales à demi entamées, paquets de crackers, gros pot de beurre de cacahuètes.

L'inspectrice Stark s'approche du bureau qui se trouve en face du lit. Il est couvert d'un fatras de papiers, de chemises, de carnets, de livres, et de reçus froissés.

— Molly, regardez ça, dit Stark.

Je la rejoins. Elle me montre un carnet Moleskine noir monogrammé J.D.G. Et à côté, un autre carnet noir, mais avec un monogramme différent : B.B.

J'ai l'habitude de toucher les objets personnels des clients dans leur chambre d'hôtel, mais ça me fait un effet bizarre quand j'attrape le Moleskine de Beulah non pour le ranger, mais pour regarder dedans. La première page s'intitule « Rencontres », et, ensuite, ce ne sont que des notes en abrégé, page après page après page.

— C'est un carnet de bord, expliqué-je à l'inspectrice, tandis que M. Snow regarde.

— En effet, s'exclame Stark. Chaque tentative de rencontre avec M. Grimthorpe.

Je feuillette les pages datées, qui remontent à des années. Je lis au hasard :

- □ prospectus envoyé pour lui faire connaître notre fan-club : PAS DE RÉPONSE.
- □ email envoyé sur son site en me déclarant fan numéro un : PAS DE RÉPONSE.
- □ numéro de téléphone et adresse personnelle trouvés. Message vocal avec infos pour prise de contact : PAS DE RÉPONSE.
- □ 5e demande envoyée pour être sa Biographe Officielle par lettre recommandée : PAS DE RÉPONSE.

Je feuillette les entrées les plus récentes du registre :

- □ mot glissé sous la porte de sa chambre proposant dîner au Social : PAS DE RÉPONSE.
- □ attente de J.D. devant sa chambre au Regency Grand : LOCALISÉ !
- □ demande de démenti sur de nouveaux faits troublants : DÉCLINÉE.
- □ demande de permission pour être Biographe Officielle : REFUSÉE.
- □ demande de permission pour entrer dans sa chambre : PORTE CLAQUÉE AU NEZ.

— Quelle est la date de la dernière entrée ? demande Stark.

— La veille de la conférence de presse, dis-je.

L'inspectrice et moi nous regardons dans les yeux.

— Je ne vois pas en quoi tout ça est significatif, déclare M. Snow en secouant la tête.

— Moi si, insisté-je. J'ai besoin de Lily.

Je repose le carnet et me précipite dans le couloir. Son chariot maintient une porte ouverte à l'autre bout. Je la trouve dans la chambre, en train de passer l'aspirateur sur la moquette, dessinant des motifs rectilignes comme dans un jardin zen.

— Lily ! hurlé-je, mais elle ne m'entend pas.

J'éteins son aspirateur.

— Lily ! répété-je.

Elle pousse un cri et recule d'un bond dans un coin sombre près du lit.

— Tout va bien, tu n'as aucun souci à te faire. Mais j'ai besoin que tu viennes avec moi tout de suite.

Je ne perds pas un instant, l'attrape par la main et l'entraîne à toute vitesse jusqu'à la chambre 404, où M. Snow et l'inspectrice Stark attendent.

À bout de souffle, je m'arrête devant la policière, Lily à mes côtés.

— Lily, est-ce que tu te souviens, il y a quelques jours, quand nous avons nettoyé cette même chambre ?

Elle acquiesce.

— Et tu te souviens dans quel état elle était ?

Elle acquiesce de nouveau.

— C'est tout le temps le bazar. C'est dur de faire le ménage avec toutes ces cochonneries au milieu. Ça a été comme ça tous les jours.

— Exactement ! Et tu te souviens comme on a ri en voyant tous les petits flacons de shampoing et la nourriture un peu partout, comme maintenant – les boîtes de céréales et de crackers entamées, et ce gros pot de beurre de cacahuètes juste là ?

Lily hoche la tête.

— Oui. C'est pareil.

— Pas tout à fait. Il y avait quelque chose de différent avec le pot de beurre de cacahuètes l'autre jour.

— Il était ouvert, et il y avait une petite cuillère dedans, indique-t-elle.

— Exactement ! J'ai enlevé la cuillère et remis le couvercle, en faisant une remarque sur les gens qui laissent les pots ouverts comme ça avec une cuillère dedans. Et puis j'ai lavé la cuillère, et c'est là que j'ai vu qu'il ne s'agissait pas d'une cuillère en argent du Regency Grand, mais d'une cuillère ordinaire en acier inoxydable venant du Social. Tu t'en souviens ?

Lily acquiesce.

— Oui, je m'en souviens. J'ai demandé si je devais la rapporter au restaurant, et tu m'as dit que non, que, si la cliente s'en servait, ça ne posait pas de problème de la laisser dans la chambre.

— Précisément ! Et j'ai reposé cette cuillère en acier inoxydable sur le minibar, juste à côté du pot de beurre de cacahuètes. Mais elle n'est plus là. Elle a disparu. Lily, est-ce que tu as nettoyé cette chambre aujourd'hui ?

— Dans la mesure du possible, mais ça n'est jamais facile.

— Et tu as vu cette cuillère ?

Le regard de Lily passe de M. Snow à l'inspectrice Stark puis revient à moi. Et elle fait « oui » de la tête.

— Où ça ?

Elle désigne la table de chevet, puis s'en approche.

— Elle est là, près de la lampe.

Je m'avance. Elle est bien là – la même petite cuillère ordinaire, en acier inoxydable.

— C'est celle-là, dis-je.

L'inspectrice et M. Snow se rapprochent. Stark observe la cuillère, puis se penche et ouvre le tiroir de la table de nuit. À l'intérieur, bien rangé dans une boîte ouverte garnie de satin rouge, se trouve un pot de miel en argent provenant du Regency Grand.

— Oh non ! s'exclame Lily en le voyant. J'ai nettoyé la table de chevet. Tout était glissant et collant. Je l'ai soigneusement essuyée, comme tu me l'as appris, Molly – un ménage approfondi donne du sens à la vie. Je ne savais pas. Je ne savais pas ce qu'il y avait dans le tiroir !

— Ne t'inquiète pas, tu as fait tout ce que tu étais censée faire.

L'inspectrice Stark a le visage fermé, les yeux écarquillés.

— Donc, la meurtrière a conservé l'arme du crime et l'a rangée dans une boîte garnie de satin. C'est officiellement le trophée le plus étrange que j'aie jamais vu. (Elle se tourne vers moi.) Molly, on savait pour le crime. Et l'endroit où il avait eu lieu. Maintenant, on a un mobile.

— La vengeance pour avoir été rejetée !

— J'ai peur de ne pas vous suivre, intervient M. Snow. Comment diable avez-vous déduit que l'occupante de cette chambre est coupable de meurtre ? Tout ce que vous avez trouvé, c'est un objet en argent qu'une cliente essayait de voler.

— C'est là que vous vous trompez, monsieur Snow, répond l'inspectrice. Nous venons de trouver l'arme du crime. Juste là.

— Mais ce n'est qu'un pot de miel et une cuillère tout à fait ordinaire.

L'inspectrice se penche et attrape la pochette de costume de M. Snow.

— Permettez ?

Il hausse les épaules et repousse ses lunettes sur son nez.

L'inspectrice déplie la pochette puis retire précautionneusement le couvercle en argent du pot de miel, tout ça sans jamais le toucher avec ses doigts. Une odeur douceâtre de brûlé envahit instantanément la pièce.

— Ça sent bizarre, remarque M. Snow. On dirait que le miel a tourné. Et il n'est pas tout à fait de la bonne couleur.

— Parce que ce n'est pas simplement du miel, expliqué-je.

— Dans ce cas, de quoi s'agit-il ? demande M. Snow en nous regardant tour à tour.

— Du miel mélangé à un autre ingrédient clé.

— Lequel ? insiste-t-il.

— De l'antigel domestique, répond l'inspectrice Stark.

Chapitre 26

Quand j'étais enfant, on regardait *Columbo*, Mamie et moi, pelotonnées sur le canapé. Mamie adorait quand le meurtrier commençait à mentir.

— Tu ne sens pas, Molly ? m'avait-elle dit une fois.

— Je ne sens rien de spécial, avais-je répondu.

— Moi, je trouve que ça sent le roussi, avait-elle répété de sa voix chantante.

— Alors on doit vite faire quelque chose !

J'étais terriblement inquiète qu'une nouvelle odeur nauséabonde ait envahi notre appartement.

— Je ne dis pas cela littéralement, Molly. Je parle de la meurtrière dans *Columbo*. Regarde de quelle façon elle se comporte. Tu ne vois pas qu'elle ment ? qu'elle essaie de tout cacher ?

Le regard fuyant. Les détails qui changent. L'envie de dissimuler qui rivalise avec le besoin ardent que son génie criminel soit reconnu.

— Oui, je le vois à présent.

— Observe comment agit Columbo ensuite, avait continué Mamie. Observe bien la façon dont il fait sortir le loup du bois.

— Comment ? avais-je demandé.

— Avec des mots. Il lui tend un piège.

C'est ce souvenir qui me donne l'idée de ce qu'il faut faire à présent.

Nous sommes tous les quatre près du guichet de la réception dans le grand hall – M. Snow, Lily, l'inspectrice Stark et moi. Nous avons quitté la chambre 404. L'inspectrice a ordonné à trois de ses agents spéciaux de sécuriser les preuves à l'intérieur.

— Beulah n'est pas dans sa chambre, mais elle est probablement en train de rôder dans le coin, dis-je.

— L'important, c'est de la prendre par surprise, conseille l'inspectrice.

— Comment ? demande Lily.

— En lui tendant un piège, suggéré-je. On annonce un séminaire gratuit sur M. Grimthorpe.

— Malin, lance l'inspectrice Stark.

Je n'arrive pas à croire qu'elle ait utilisé ce mot pour parler de moi.

— On peut planifier ça pour demain, propose M. Snow.

— Non. On le fait maintenant, ordonne Stark. Allez l'annoncer au micro, monsieur Snow, tout de suite.

Des gouttes de sueur perlent à la racine des cheveux de M. Snow.

— On ne peut pas improviser un séminaire à partir de rien. Planifier un tel événement prend du temps…

— Pas besoin de napperons et de foutus sandwichs, réplique Stark. Faites l'annonce. Et vite.

M. Snow passe derrière le guichet, allume le micro, et parle.

— À l'intention de tous les clients de l'Hôtel Regency Grand. Ceci est une annonce particulière destinée aux fans de M. Grimthorpe. Un séminaire gratuit spécialement dédié à la vie et à l'œuvre du célèbre écrivain va avoir lieu dans le salon de thé de l'hôtel… (Il s'interrompt, couvre le micro d'une main.) Quand ? murmure-t-il à Stark.

— Maintenant ! articule-t-elle en silence.

— … dans cinq minutes, termine-t-il. Un thé vous y sera servi. Ainsi qu'une collation. J'ajoute qu'une invitée VIP participera à l'événement.

Il coupe le micro et quitte le guichet sous les yeux interrogateurs des employés de la réception qui suivent le moindre de ses mouvements.

— Une invitée VIP ? demandé-je quand il est de nouveau à côté de moi.

— Je ne pouvais pas vraiment dire *inspectrice*, non ? explique-t-il.

— Vous avez promis du thé, dit Lily.

— Et une collation, ajouté-je.

— Oh mon Dieu. C'est ce que j'ai fait. Lily, s'il vous plaît, prévenez la cuisine. Et demandez à Angela qu'elle vienne nous aider, aussi.

Lily se précipite vers le Social. Je m'apprête à la suivre mais l'inspectrice me retient.

— Molly, vous restez avec moi. Vous regardez et vous écoutez. Si vous voyez que je rate quelque chose, vous me le dites, d'accord ?

— Très bien.

Elle fait demi-tour et quitte le hall à grandes enjambées, enfile le couloir jusqu'à l'entrée du salon de thé. M. Snow et moi suivons.

Nous arrivons juste à temps. Le troupeau habituel de fans arrive de l'autre côté – à peu près dix au total –, mené par une grande femme aux cheveux bouclés, son petit drapeau rouge à la main.

— Nous sommes ici pour assister au séminaire gratuit, annonce Gladys, la meneuse du fan-club. Qui est l'invitée VIP ? demande-t-elle à M. Snow. S'agit-il de Serena Sharpe ?

— Il y a eu une erreur dans l'annonce, intervient l'inspectrice. L'invitée VIP que nous cherchons est la fan numéro un de M. Grimthorpe. Savez-vous où elle pourrait être ?

Une décharge électrique semble traverser le groupe. Des mains se lèvent et plusieurs membres s'avancent.

— Moi ! Je suis la fan numéro un !

— Non, pas elle. Moi !

— Moi ! Ici !

— Je suis là !

Les fans se rapprochent en se poussant. M. Snow étend les bras pour les empêcher de foncer en masse dans le salon de thé.

— S'il vous plaît ! lancé-je de ma voix la plus ferme de femme de chambre qui fait autorité. Il ne peut y avoir qu'une fan numéro un.

— Vous, lance l'inspectrice en désignant la femme à l'allure maintenant familière avec son pull marron couvert de poils de chat et qui bouloche.

— Nous nous sommes rencontrées ici même il y a deux jours. Vous êtes la biographe officielle de M. Grimthorpe, c'est bien ça ?

— *Non officielle*, corrige Gladys en agitant son drapeau.

— Non seulement vous êtes sa fan numéro un, ajouté-je, mais vous êtes aussi la spécialiste mondiale la plus en vue sur M. Grimthorpe, n'est-ce pas ?

— Il y a beaucoup d'autres membres du groupe tout aussi bien informés que Beulah, lance Gladys en soufflant.

— C'est vrai ! confirme une petite voix au milieu du groupe. (C'est Birdy, que ses cheveux fuchsia distinguent des autres. Elle se tient sur la pointe des pieds pour être vue.) Je suis sa fan numéro un. C'est à moi que vous voulez parler, insiste-t-elle.

— Je suis sûre que non, répond l'inspectrice Stark. Maintenant, si vous voulez bien nous excuser, nous devons avoir un entretien privé avec la biographe de M. Grimthorpe.

— Avez-vous une piste ? lance un membre du groupe. Avez-vous découvert qui a tué J.D ?

— J'ai bien peur que non, répond Stark. On sèche. N'est-ce pas, inspectrice ? ajoute-t-elle en me regardant. Inspectrice ? répète-t-elle.

— Je ne suis pas inspectrice, dis-je.

— Vous êtes meilleure que beaucoup avec qui j'ai travaillé, insiste Stark. (Elle se tourne vers Beulah.) Nous avons vraiment besoin de votre aide, madame, en tant que véritable *aficionado* de Grimthorpe.

Beulah se redresse et tire sur son pull.

— Merci à toutes, dis-je. Nous avons la spécialiste qu'il nous faut. Maintenant, si vous voulez bien bouger.

M. Snow leur indique poliment la direction du grand hall, tandis que l'inspectrice Stark fait entrer Beulah dans le salon de thé. Je les suis et me dirige vers la table recouverte d'une nappe en lin blanc au centre de la scène où elles ont pris place. Je tire une chaise et m'assieds en face d'elles.

Je m'attends que Stark se lance dans une version de *Vous êtes en état d'arrestation pour le meurtre de J.D. Grimthorpe*, mais elle n'en fait rien. Elle fait quelque chose de complètement différent.

— Quel honneur de parler en privé à une experte telle que vous, commence-t-elle. Quand l'inspectrice Gray et moi vous avons rencontrée l'autre jour, nous avons immédiatement compris que nous étions en présence d'une très grande biographe littéraire.

Beulah se met à rougir.

— On m'accorde rarement le mérite qui me revient, même au sein du fan-club. Comme c'est agréable de se voir reconnue.

— Bien entendu, répond Stark. Et je suis désolée de vous avoir traînée ici sous un faux prétexte, mais nous avons besoin de votre aide. Il semblerait qu'un réseau de corruption organisé existe au sein du Regency Grand, et, même si nous savons que vous n'êtes absolument pas impliquée là-dedans, nous avons des raisons de croire que vous, en tant que biographe et fan principale de M. Grimthorpe, pouvez nous aider. Molly, dites-lui, continue l'inspectrice.

— Lui dire quoi ?

— À propos du site web, me souffle Stark.

— Effectivement, quelqu'un vend des objets de collection volés à M. Grimthorpe sur un site web connu. L'inspectrice Stark a – enfin, *nous avons* été appelées afin d'enquêter sur ce crime-là aussi.

— Aux dernières nouvelles, acheter des choses sur Internet n'est pas un crime, déclare Beulah.

— Nous enquêtons sur le vendeur, pas l'acheteur, précise Stark. Qui que puisse être l'acheteur, il est très malin. Très entreprenant.

Beulah lève les mains.

— Vous m'avez percée à jour ! C'est moi l'acheteur malin. J'ai acheté toute la collection Grimthorpe dès que la liste a été publiée. J'étais persuadée que le vendeur était de bonne foi, cela dit, et que les objets avaient été acquis légalement. Je voulais protéger son héritage, naturellement.

— Naturellement, dis-je.

L'inspectrice me donne un coup de coude sous la table.

— Étant donné vos qualités exceptionnelles de chercheuse, reprend-elle, pourquoi n'êtes-vous pas la biographe *autorisée* de M. Grimthorpe ?

Beulah enlève les poils sur son pull.

— Ça me dépasse, répond-elle. Mais ça n'a plus d'importance. Il est mort. Je peux écrire ce que je veux sur lui. Et je vais le faire.

— Pour ma part, j'attends avec impatience de lire votre biographie de M. Grimthorpe, commenté-je. Ça promet d'être des plus éclairant.

— Oh, ça le sera. Saviez-vous que je mène des recherches sur lui depuis à peu près vingt ans ? J'ai consacré une grande partie de ma vie à cet homme, et mes efforts n'ont pas été appréciés à leur juste valeur. J'ai toujours pensé que ma biographie serait flatteuse. (Elle se penche plus près et baisse la voix.) Mais disons que des preuves récentes tendent à suggérer qu'il n'était pas ce qu'il semblait être.

— Fascinant, fait Stark.

— Dites-nous-en plus, ajouté-je.

Beulah pose ses mains croisées sur la table.

— Si je vous le dis, vous devez m'assurer que rien dans mes recherches ne sera utilisé dans une biographie non autorisée ou révélé au grand public sous quelque forme que ce soit. Mon livre doit être le premier sur le marché. Il consolidera ma position en tant que biographe littéraire la plus en vue de notre époque. Mon nom survivra sur les étagères *in perpetuum*.

— Remarquable, lancé-je tout haut.

Ce que je ne dis pas, c'est combien son utilisation du latin reflète en tout point celle de M. Grimthorpe.

— Nous ne volerons pas vos recherches, répond l'inspectrice Stark. Et vous savez, j'ai le sentiment étrange que vous avez raison. Beulah Barnes est effectivement un nom qui restera gravé dans l'histoire. Maintenant, si on parlait des objets de Grimthorpe ?

— Achetés en toute légalité, répond Beulah. Et désolée, je ne sais rien du vendeur, si c'est là où vous voulez en venir. Mais je suis la fière propriétaire d'un carnet Moleskine original monogrammé Grimthorpe, entre autres objets de valeur. Pendant des années, ces dames du fan-club ont été persuadées que ces carnets prouvaient qu'il écrivait ses premiers jets à la main. Comme pour presque tout le reste, elles avaient tort.

— Tort ? répète Stark.

— Il ne faisait que griffonner dedans, explique Beulah.

— Ça ne me paraît pas si condamnable, dis-je à mon tour. Pourquoi votre opinion sur cet homme a-t-elle changé si radicalement ?

— À cause des autres preuves. Le mot d'amour, par exemple.

— Le mot d'amour ?

— J.D. entretenait une relation avec sa jeune et jolie secrétaire, Serena Sharpe, explique Beulah.

— Ce n'était pas le cas, défends-je, mais je sens un autre coup de coude sous la table.

— Molly a raison, ajoute l'inspectrice. Il s'avère que ce mot venait de quelqu'un d'autre dans l'hôtel.

— Écoutez, l'origine de ce qui se trouve sur FondusdeCulture n'est pas toujours très claire, mais sachez que J.D était un imposteur, continue Beulah. Les fiches qu'il avait avec lui le jour du grand événement le prouvent.

— Alors, c'est vous qui les avez ?

— Effectivement, répond Beulah. Je les ai achetées en même temps que tout le reste.

— Vous saviez qu'on menait une enquête pour meurtre, mais vous n'avez jamais songé à nous donner ces fiches ? demande Stark.

Beulah laisse entendre un grognement de dédain.

— Tu parles d'une enquête ! Vous ne savez rien de l'homme. J.D. Grimthorpe avait un tas de secrets bien gardés.

— Auriez-vous des exemples à nous citer ?

— Saviez-vous qu'à un moment de sa vie ça a été un alcoolique invétéré ? déclare Beulah. J'ai retrouvé la trace d'employés qui avaient travaillé à son service – agents de sécurité, jardiniers, et une femme de ménage. Ils se sont tous fait virer. D'après la femme de ménage, l'épouse de J.D. était un tyran, et lui-même n'était *pas* celui qu'il semblait être. La domestique l'a accusé d'avoir les mains baladeuses, puis elle a été virée pour avoir parlé. Il n'a pas osé porter la main sur moi, cela dit.

Beulah arrache plus de fourrure sur sa poitrine et l'expédie dans les airs.

— Alors vous avez rencontré J.D. en personne ? insisté-je.

— Oui, juste devant la porte de sa chambre. Morale de l'histoire : gardez-vous de rencontrer vos idoles. Elles ne se montrent pas toujours à la hauteur de vos attentes.

— Ses livres étaient puissants et pourtant, lui, il était du genre faible n'est-ce pas ? lance Stark.

— Exactement, répond Beulah. Il avait des problèmes de foie et de reins à cause de ses années d'alcoolisme.

— Donc, vous étiez aussi au courant de ça.

— Bien entendu. Vous savez, J.D. représentait l'œuvre de ma vie.

Pile à ce moment, Lily et Angela apparaissent à l'entrée du salon de thé et poussent un chariot vers notre table. Angela se tord les mains sur son tablier en survolant la pièce des yeux. Lily, épaules en arrière, menton levé, se tient droite comme je ne l'ai jamais vue avant. Pour une fois, elle ne semble absolument pas nerveuse.

— Toutes mes excuses pour cette interruption, lance-t-elle d'une voix qui sonne comme un clairon.

Nous nous tournons tous vers elle.

— Angela et moi avons reçu pour consigne d'apporter ce chariot à thé, explique-t-elle. À titre gracieux pour la fan numéro un de M. Grimthorpe.

Elle s'arrête et exécute la révérence la plus parfaite que j'aie jamais vue.

— C'est très attentionné, dit Beulah.

— Vous ne portez pas votre badge, fait remarquer Angela en montrant l'endroit où ce dernier était habituellement agrafé sur le pull de Beulah.

— Je l'ai perdu, explique cette dernière.

— C'est curieux, continue Angela. J'ai cru vous voir l'enlever l'autre jour au Social. Vous l'avez jeté sur la table et laissé là.

— Ça devait être quelqu'un d'autre, insiste Beulah. Personne ne peut nous séparer, nous, les membres du fan-club. C'est plutôt insultant.

Lily prend la théière sur le chariot et verse du thé fumant dans une tasse du Regency Grand qu'elle pose devant Beulah.

— Comment prenez-vous votre thé, mademoiselle Barnes ? demande-t-elle.

— Quatre morceaux de sucre, répond celle-ci. J'ai le bec sucré.

— Ah oui, dit Lily. Vous prenez votre thé comme M. Grimthorpe.

— Non, répond Beulah. J.D. prenait le sien avec du miel et non du sucre. Toujours du miel. Des tonnes.

Et voilà – encore un détail révélateur, que Lily l'a amenée à avouer en la piégeant. Un sourire à la Mona Lisa flotte sur les lèvres de celle-ci tandis qu'elle met quatre sucres dans la tasse de Beulah. Elle remue avec une petite cuillère en argent de l'hôtel, qui tinte agréablement contre la tasse en porcelaine.

— Merci, dit Beulah quand Lily lui tend la tasse.

Juste à ce moment-là, trois officiers sous couverture apparaissent à la porte. L'un d'eux tient à la main un carton tout ce qu'il y a de banal.

Beulah, en train de siroter son thé, s'arrête en plein milieu.

— Qu'est-ce qu'ils font ici ? demande-t-elle.

— Sécurité renforcée, répond l'inspectrice Stark. On n'est jamais trop prudent avec des délinquants en liberté dans l'hôtel. Si vous voulez bien m'excuser un moment, ajoute-t-elle en s'approchant des hommes.

Ils échangent quelques mots et lui donnent le carton. Stark le rapporte et le pose sur la table devant Beulah. Elle enlève le couvercle. À l'intérieur se trouvent une petite cuillère ordinaire en acier inoxydable et, à côté, un pot de miel en argent du Regency Grand dans une boîte garnie de satin rouge.

— Vous pouvez m'expliquer, Beulah ? demande Stark en regardant successivement les objets dans le carton, puis cette dernière, bouche bée.

— Vous êtes entrés dans ma chambre ? Pourquoi avez-vous touché à mes affaires ?

— Pourquoi gardiez-vous ces objets dans votre chambre ? lui renvoie Stark.

— Pour l'amour de Dieu ! Parfois, ce n'est pas la peine de chercher midi à quatorze heures.

— Mais cette cuillère n'est pas une cuillère ordinaire, Beulah. Elle a servi à tuer. De même que ce pot de miel en argent, continue Stark. Vous y avez ajouté un ingrédient clé avant la grande annonce de M. Grimthorpe, n'est-ce pas ? Vous l'avez empoisonné avec de l'antigel, et, comme vous saviez que Grimthorpe adorait le sucre, vous avez compris qu'il n'en sentirait jamais le goût dans son thé. Vous saviez aussi que ça allait le tuer rapidement, vu le mauvais état de son foie et de ses reins d'alcoolique.

— C'est ridicule. Pourquoi aurais-je empoisonné mon idole ? demande Beulah.

— Parce qu'elle vous avait rejetée, dis-je. Ce qui signifiait que le travail de toute votre vie n'avait servi à rien.

— Vous accusez la mauvaise personne. C'est à elle que vous devriez parler. C'est elle qui lui a servi son thé ! se défend Beulah en désignant Lily d'un doigt potelé.

— Oh, non, répond celle-ci. La femme de chambre n'est pas à blâmer. Pas cette fois.

— Incroyable, lance Angela. Comment pouvez-vous vous regarder dans un miroir, Beulah ?

— Vous vous êtes inspirée d'une partie de l'intrigue d'un de ses livres – tuer un scélérat aigri avec une tasse gorgée de douceur. Je me trompe, Beulah ? dis-je.

La fureur de celle-ci enfle et elle se tourne vers moi sans prévenir.

— Vous ! Vous faites semblant d'enquêter, mais je n'y crois pas. Vous n'êtes qu'une femme de chambre. Vous l'avez tué. Vous et la muette, là, vous êtes de mèche ! Cet endroit grouille de crapules qui ne reculent devant rien pour leur intérêt personnel, y compris vendre toutes les cochonneries qu'un client mort a laissées derrière lui juste pour se faire du fric !

L'inspectrice se lève.

— Ça suffit, Beulah Barnes. La partie est terminée. Vous êtes en état d'arrestation, déclare-t-elle. (Les officiers sous couverture se précipitent pour passer les menottes à Beulah.) Vous avez le droit de garder le silence. Tout ce que vous direz pourra et sera retenu contre vous devant un tribunal. Et croyez-moi, le silence est vraiment votre meilleure option dans l'immédiat, parce que vous en avez déjà beaucoup trop dit.

— Trop dit ? Je n'en ai pas encore assez dit ! crie Beulah en résistant aux hommes qui l'entraînent vers la sortie. Et c'est toujours votre parole contre la mienne !

— Votre *parole* a été enregistrée, Beulah, intervient Angela.

Lily soulève une serviette sur le chariot à thé et montre le téléphone de celle-ci, mémo vocal allumé.

— Je vous interdis de retourner dans ma chambre ! hurle Beulah. C'est une atteinte à la vie privée ! Je vais faire un procès au Regency Grand !

— Cessez de parler, ordonne Stark. Vous ne faites que vous enfoncer davantage.

Tandis que Beulah disparaît dans le couloir, je me dis que sa véritable nature vient de nous être révélée – parce que s'enfoncer profondément, c'est exactement ce que font les rats.

Chapitre 27

Les protestations de Beulah continuent à se faire entendre tandis que les hommes l'entraînent vers le hall.

Finalement, le silence revient.

Nous nous tournons tous vers Lily, le visage toujours éclairé de son sourire à la Mona Lisa.

— C'était votre idée, d'apporter le chariot à thé ? demande l'inspectrice.

Lily acquiesce.

— Tu as réussi à lui faire avouer qu'elle savait comment Grimthorpe prenait son thé.

Elle acquiesce de nouveau.

— Incroyable, dit Stark. Et Angela, bravo pour cet enregistrement.

— Merci, répond cette dernière. Les podcasts de faits divers m'ont appris tout ce que je sais !

— Ça vous ennuierait toutes les deux de monter la garde à l'entrée une minute pendant que j'ai un mot en privé avec Molly ? J'ai le curieux pressentiment que les fans risquent de réapparaître d'ici peu, et je ne suis pas d'humeur à répondre à leurs questions.

— Bien sûr, dit Angela.

Lily acquiesce. Elles se dirigent vers la porte.

L'inspectrice et moi restons où nous sommes. Nous contemplons toutes les deux les trophées dans le carton posé sur la table.

— Molly, il y a une chose que je ne comprends toujours pas, insiste Stark. Comment avez-vous su que cette cuillère était la clé de tout ?

— Au son, expliqué-je. Quand Jenkins a apporté le thé au manoir, ça m'a rappelé mon enfance et la toute première fois où j'avais entendu le tintement d'une vraie cuillère en argent contre une tasse en porcelaine fine. J'adore ce son. Et puis je me suis souvenue de ce jour sur l'estrade, alors que M. Grimthorpe s'apprêtait à faire son discours. Il avait pris la tasse des mains de Lily, avait rajouté du miel avec la cuillère qui se trouvait dans le pot, et avait mélangé.

— Et… ? poursuit l'inspectrice.

— Je connais le son que fait une cuillère du Regency Grand contre une tasse du Regency Grand. Ce tintement aigu – une véritable musique à mes oreilles. Mais ce jour-là, ça n'allait pas, c'était juste un bruit métallique et sourd.

— Parce que la cuillère que Beulah avait utilisée n'était pas une de celles du Regency Grand en argent ?

— Exactement. C'en était une en acier inoxydable qui venait du Social, la même que celle que j'avais vue dépasser du pot de beurre de cacahuètes quelques jours avant.

— Vous avez vraiment l'œil pour les détails les plus curieux, remarque l'inspectrice en secouant la tête. Et l'oreille, aussi.

— Je remarque surtout ce qu'il ne faut pas quand il ne faut pas. C'est mon problème, d'aussi loin que je me souvienne.

— Et vous pensez que ça vous rend différente des autres ? demande Stark. Molly, je me suis trompée sur vous. Je vous ai mal jugée.

— Ne jamais juger un livre d'après sa couverture, c'est ce que disait toujours Mamie.

— Ce sont les risques du métier, malheureusement. Ça va peut-être vous surprendre, mais si jamais vous voulez changer de carrière, la police aurait bien besoin de quelqu'un avec vos compétences. Mon équipe, j'entends.

— Mais je suis une femme de chambre. Mon travail, c'est de nettoyer les chambres des clients à la perfection. De faire disparaître toute la pagaille que les gens laissent derrière eux.

— Est-ce si différent de ce que je fais ? Moi, j'essaie de rendre le monde plus propre que je ne l'ai trouvé, dit Stark.

Je vois les similarités. Vraiment. Et pourtant, je n'ai jamais imaginé être autre chose que ce que je suis en ce moment.

— C'est impossible, inspectrice. Changer de profession signifierait revenir à la case départ, retourner à l'école.

— Oui. Et alors ?

— Je n'ai jamais été douée à l'école. À vrai dire, ça a même été un échec cuisant, j'étais derrière mes pairs à tous points de vue, incapable d'atteindre les objectifs fixés.

— Peut-être que les objectifs fixés ne convenaient pas. Peut-être que ce n'était pas l'école qu'il vous fallait.

Peut-être que les professeurs ont fait la même erreur que moi – se focaliser sur vos faiblesses plutôt que sur vos forces.

— Vous savez quoi, on croirait entendre Mamie.

Un souvenir me revient avec une telle force que la pièce commence à tanguer. Je presse mes mains contre mon ventre. Il s'agit du moment qui suit la mort de Mamie. Elle est dans notre appartement, morte, sur son lit, et je me tiens à côté d'elle, son coussin de sérénité à la main, je l'agrippe et le serre contre ma poitrine tandis qu'une vague de chagrin m'engloutit, menaçant de me submerger et de m'entraîner au fond pour toujours.

Je repense à ce coussin à présent, sur la chaise près de la porte d'entrée de l'appartement que je partage avec mon bien-aimé Juan Manuel. Je vois ce coussin tous les jours. Mamie en avait brodé chaque point de sagesse. Pourquoi avait-elle choisi ces mots ? Pourquoi cette prière ?

C'est seulement maintenant que je comprends la permanence de son message, destiné à résonner en moi pour toujours – *in perpetuum* :

Mon Dieu, accordez-moi la sérénité d'accepter les choses que je ne peux changer, le courage de changer celles que je peux changer, et la sagesse d'en connaître la différence.

Que dois-je accepter ?

Je suis qui je suis. Molly. Molly, avec toutes mes faiblesses et mes failles. Et toutes mes forces, aussi.

Il est peut-être temps que je m'accepte comme je suis, parce qu'il n'y a rien que je puisse faire pour changer ça.

Suis-je une femme de chambre ou juste employée en tant que telle ? Est-ce quelque chose que je veux changer ?

Est-ce quelque chose que je *peux* changer ? Qui plus est, ai-je la sagesse d'en connaître la différence ?

— On ferait mieux d'y aller, dit l'inspectrice. On devrait prendre les devants pour s'assurer que Beulah parvienne jusqu'à ma voiture. J'ai le sentiment que le grand hall ne va pas tarder à être bondé.

— Vous avez raison, dis-je. Les fouineurs sont déjà probablement arrivés.

L'inspectrice remet le couvercle sur le carton avec un bruit satisfaisant.

— Venez, indique Stark en se dirigeant vers la porte.

Nous quittons le salon de thé ensemble, en faisant un signe de tête au passage à Angela et Lily qui montent toujours la garde à l'entrée. Nous nous frayons un chemin dans les couloirs et débouchons dans le majestueux hall du Regency Grand. Oh, combien j'aime cet endroit. Combien il me manquerait si je ne le voyais pas chaque jour ou presque – le grand escalier qui s'enroule jusqu'à la terrasse richement décorée, les sols de marbre italien, la senteur acidulée et tonifiante du polish au citron qui parfume l'atmosphère, les réceptionnistes, vêtus de noir et blanc tels de petits pingouins impeccables. Ils enregistrent l'arrivée des nouveaux clients pendant que je les regarde de loin. Sur les causeuses aux couleurs chatoyantes, des clients sont assis en petits groupes serrés et cancanent en regardant ce qui se passe, échangeant des confidences et des secrets qui deviendront des éléments de la trame.

J'observe les clients, note leurs expressions. Certains visages sont tellement faciles à déchiffrer pour moi, limpides et ouverts, mais la plupart sont fermés comme les portes de leurs chambres à l'étage. C'est exactement ce que Mamie disait toujours : les gens sont un mystère impossible à résoudre.

— Hé, vous. (Je sens une légère tape sur mon bras.) Vous bossez ici, non ? Vous savez quelque chose à propos de ce qui se passe dehors, sur les marches ?

— Moi ? demandé-je en me tournant vers le journaliste qui se tient devant moi. Pourquoi je saurais quelque chose ? Je suis juste une femme de chambre.

— Oh. D'accord. Désolé, répond-il en s'éloignant au trot à la recherche de quelqu'un de plus important.

— Allons-y, Molly, indique l'inspectrice en m'entraînant vers les portes tournantes qui brillent de tous leurs feux.

Nous nous retrouvons sur le perron recouvert de moquette rouge à l'extérieur.

L'entrée est bondée. Les fans, entassées d'un côté de l'escalier, jacassent en affirmant qu'elles ont toujours soupçonné Beulah d'être cinglée. Celle-ci se trouve au milieu de l'escalier, et bataille avec les officiers qui la maintiennent fermement par les poignets. L'inspectrice Stark descend les marches pour leur donner un coup de main.

— C'est insensé ! Vous ne voyez pas que j'ai débarrassé le monde d'un monstre ! crie Beulah. Vous devriez me remercier, pas m'arrêter !

Et voilà – elle vient d'avouer devant la foule rassemblée.

Je repère Birdy aux cheveux fuchsia qui joue des coudes pour s'approcher d'elle.

— Comment tu as pu ? lui hurle-t-elle. Comment tu as pu empoisonner un génie littéraire ?

— Ce n'était pas un génie. C'était un imposteur ! rétorque Beulah en retour. Et un prédateur !

— C'est toi l'imposteur, Beulah Barnes ! Et tu es aussi une meurtrière ! beugle Gladys aux cheveux bouclés en brandissant son drapeau rouge tel un sabre. Tu es bannie du club pour toujours !

Les journalistes et autres badauds affluent en nombre à présent, bloquant les marches, filmant avec leurs téléphones, et hurlant des questions à Beulah.

— Hé, vous l'avez vraiment tué ? Pourquoi vous avez fait ça ?

— Vous travaillez là ? Vous êtes sa fan numéro un ?

— On vous a aidée ? Ou vous l'avez fait toute seule ?

M. Preston repousse la foule jusqu'à se trouver devant Beulah.

— Tenez-la bien, les gars, ordonne l'inspectrice devant Beulah qui grince des dents et se débat.

— Doucement, mademoiselle Barnes, dit M. Preston. Pas la peine de vous débattre. Est-ce que c'est comme ça qu'une biographe de votre stature se comporte ?

Soudain, Beulah cesse de bouger. Il semblerait que M. Preston vienne de la débrancher. Elle le regarde intensément, comme s'il était la seule personne au monde qui compte.

— M'autorisez-vous à vous donner le bras, madame ? demande-t-il.

— Tout le monde recule ! Laissez le portier approcher ! crie Stark.

Ses agents ne relâchent pas leur étreinte, mais ils permettent à M. Preston de prendre le coude de Beulah. Sur les marches, la foule observe en silence.

— Je ne comprends pas, dit Beulah. J'ai découvert la vérité. Le monde est meilleur sans Grimthorpe.

— Sur ce dernier point, on est d'accord, répond M. Preston.

— Ne les laissez pas jeter mes recherches, implore-t-elle. S'il vous plaît, ma biographie doit voir le jour. Et pourrez-vous vous assurer que quelqu'un prenne soin de mes chats à la maison ? Ils ne méritent pas de souffrir.

— Je vais faire ce que je peux, répond M. Preston.

Tout en s'appuyant sur lui, Beulah descend les marches d'un pas léger, telle une princesse qu'on mène au carrosse royal et non une femme solitaire et perturbée ayant assassiné un homme célèbre. M. Preston l'escorte jusqu'au bas des marches, où M. Snow se tient près du véhicule de police.

Stark ouvre la portière.

— Doucement, madame, indique M. Preston en lui lâchant le coude.

Il protège sa tête tandis que les officiers la font asseoir sur le siège arrière et referment la portière derrière elle.

— Emmenez-la au poste, ordonne Stark. J'arrive dans pas longtemps.

Un des hommes attrape les clés de l'inspectrice, puis monte en voiture.

La foule se rue en avant, et M. Preston et les voituriers la retiennent pendant que le véhicule s'éloigne. La dernière chose que je vois, c'est le visage dérouté de Beulah qui nous regarde à travers la lunette arrière couverte de buée, en se demandant comment diable les choses ont pu en arriver là.

Une fois la voiture partie, l'inspectrice remonte les marches au trot et fend la foule jusqu'au pupitre du portier sur le perron.

— Mesdames et messieurs ! lance-t-elle d'une voix ferme et pleine d'autorité. Si vous avez des questions – qu'elles soient brûlantes, inappropriées, ou simplement idiotes –, voudriez-vous être assez gentils pour me les poser directement ? Les employés de cet hôtel ont été suffisamment harcelés ces derniers jours. Pour information, ils ne sont pas, et n'ont jamais été, à blâmer pour ce qui s'est passé.

La foule se presse autour du pupitre, mais l'inspectrice ne lui prête aucune attention. Elle me regarde.

Je fais une révérence, reculant un pied et inclinant la tête, comme Mamie m'a appris à le faire il y a si longtemps. Quand je la relève, l'inspectrice a disparu derrière une horde implacable de clients, de journalistes et d'employés de l'hôtel.

Je me sens soudain prise de vertige. Je n'arrive plus à respirer. Je m'accroche à la rambarde en cuivre, de peur de m'évanouir juste là, sur les marches du Regency Grand.

Je sens une main sur mon bras.

— Est-ce que tout va bien ?

C'est M. Preston. Il a toujours eu une façon bien à lui d'être là dans les moments où j'en avais besoin. De me soutenir. Que ferais-je sans lui ?

— Ça va aller, dis-je.

Je regarde fixement la rue, observant les traces noires laissées par le véhicule de police en dérapant.

— Je devrais les nettoyer, déclaré-je.

— Nettoyer quoi ? demande-t-il.

— Les traces de pneus. Sur la route.

— Seigneur, Molly ! On a des choses autrement plus graves à nettoyer, lance-t-il. Est-ce que cette Beulah est vraiment coupable ? Je lui ai souvent parlé. Elle a toujours affirmé qu'elle était la biographe et la fan numéro un de M. Grimthorpe.

— J'ai bien peur qu'elle soit aussi sa meurtrière, monsieur Preston.

Je m'attends qu'il réponde quelque chose de respectueux envers les morts, mais il n'en fait rien. Il reste silencieux.

— Vous vous souvenez quand je vous ai parlé d'une chambre qu'on avait nettoyée, Lily et moi, et qui était tellement pleine de cochonneries qu'on aurait dit le nid d'un rat ?

— Bien sûr, répond M. Preston. Tu nous as régalés, Juan et moi, avec cette histoire incroyable pas plus tard que la semaine dernière.

— Cette chambre était celle de Beulah. Elle était pleine de détritus, tout un stock de minuscules flacons de shampoing... et un pot de miel en argent empoisonné.

M. Preston secoue la tête.

— Solitude et néant qui se combinent pour remplir le vide. Une terrible affection avec un remède tout simple.

— Qui est... ? demandé-je.

— La gentillesse. Une oreille attentive. Un bras aimant. Si elle avait eu ne serait-ce qu'une de ces choses, peut-être qu'on n'en serait pas arrivés là.

Je suis frappée de voir combien il a raison.

— Molly ? Tu es sûre que ça va ?

— Oui. En fait, c'est un soulagement d'en avoir terminé avec tout ça. Peut-être que les choses vont revenir à la normale par ici.

— Espérons-le. Tout est bien qui finit bien, déclare M. Preston. Molly, tu crois que tu pourrais trouver un moment pour qu'on ait notre conversation ? Il faut vraiment que je te parle.

Je fais « oui » de la tête. Mais ensuite, une autre pensée me vient. Une pensée terrible. Je n'arrive pas à croire que ça ne me soit jamais venu à l'esprit avant.

Je serre la main de M. Preston dans la mienne.

— Vous n'êtes pas malade, n'est-ce pas ? S'il vous plaît, dites-moi que vous n'êtes pas en train de mourir.

M. Preston glousse.

— Ma chère fille, déjà enfant, tu avais l'imagination la plus débordante qui soit. Et une tendance à tirer des conclusions hâtives. Je ne suis pas malade, Molly. Je suis en parfaite santé, du moins pour un vieux bonhomme qui tient difficilement sur ses jambes.

Je pousse un soupir de soulagement.

— Dans ce cas, dis-je, j'ai besoin de temps pour me reposer et récupérer. Ça a été une sacrée journée, une sacrée semaine, en fait. Est-ce que ça peut attendre jusqu'au retour de Juan Manuel ?

M. Preston me tapote le bras.

— Bien sûr que ça peut. Après tout, ça a attendu jusque-là. Je ne vois pas en quoi attendre un peu plus ferait une différence.

Chapitre 28

Une semaine plus tard

En tant que femme de chambre dans un hôtel, j'expérimente bon nombre de sensations de déjà-vu. Parfois, quand je suis en train de nettoyer la chambre 401, je jurerais sur le *Dictionnaire Oxford* me trouver dans la 201. Dans mes rêves, la nuit, les couloirs se métamorphosent et se transforment, les draps sales se mélangent aux propres, mais je finis toujours par m'en sortir. Je fais les lits en un temps record, avec des coins bien au carré, je fais bouffer les oreillers sous lesquels je glisse des chocolats pour la nuit, et je laisse le tout dans un état de propreté qui touche à la perfection.

Je suis en train de vivre un moment de déjà-vu. Je me trouve dans le salon de thé du Regency Grand, que je passe en revue une dernière fois avant le grand événement de la journée, exactement comme je l'ai fait il y a un peu plus d'une semaine, le jour de la grande annonce de M. Grimthorpe, annonce qu'il n'a jamais pu faire.

J'ai recouvert les tables de nappes en lin blanc impeccables, plié toutes les serviettes en forme de boutons de rose, et disposé chaque service de table en argent du

Regency Grand, parfaitement astiqué. À présent, je suis en train d'admirer le résultat – un ensemble magnifique, vraiment. Espérons simplement qu'aujourd'hui personne ne s'écroulera raide mort, bouleversant par là même l'ordre parfait des choses et altérant la solide réputation de notre hôtel-boutique cinq étoiles.

Aujourd'hui, nous avons une chance d'assister à une résurrection – le Regency Grand, je veux dire, pas M. Grimthorpe. M. Grimthorpe ne respirera jamais plus.

J'ai travaillé d'arrache-pied pour en arriver là, mais je ne suis pas seule. J'ai eu beaucoup d'aide. Ce matin, avant d'entrer dans l'hôtel, je me suis arrêtée pour saluer M. Preston.

— Le grand jour est arrivé, a-t-il dit.

— Oui, ai-je répondu. L'annonce doit avoir lieu à dix heures pile.

— Oh, a dit M. Preston en se raclant la gorge. Ce n'est pas ce que je voulais dire. Je parlais du jour de notre discussion.

Avec tous les préparatifs pour la conférence de presse, j'avais oublié que j'avais invité M. Preston à venir prendre le thé dans mon appartement. J'avais suggéré que nous ayons notre conversation si longtemps repoussée, puis que nous attendions ensemble le retour de Juan à la maison. M. Preston avait accepté avec empressement.

Il croit que c'est une grosse surprise, mais je sais ce qu'il va me dire – qu'il prend sa retraite de portier au Regency Grand. Il pense que cette nouvelle va perturber mon fragile équilibre, mais il se trompe. Je suis plus forte que ce qu'on croit. Les bonnes personnes ne craquent pas si facilement.

Il va terriblement me manquer, bien entendu, mais je vais aller de l'avant. Et on aura toujours nos dîners du dimanche.

— Bonne chance là-dedans aujourd'hui, a-t-il dit plus tôt ce matin. Je suis là si tu as besoin de quoi que ce soit.

— Vous êtes toujours là, ai-je répondu. Et je vous en suis reconnaissante.

Il m'a saluée en soulevant son chapeau. J'ai monté les marches en courant, passé les portes rutilantes, et suis entrée dans le Regency Grand. Dans le hall, une énorme affiche dans un cadre doré annonçait le grand événement du jour.

AUJOURD'HUI

CONFÉRENCE VIP

SUJET : FEU J.D. GRIMTHORPE,

AUTEUR DE ROMANS POLICIERS

10 H

SALON DE THÉ DU REGENCY GRAND

Je suis passée devant l'affiche à toute vitesse et me suis précipitée dans les vestiaires des employés, où Lily était en avance pour son service. Nous avons enfilé nos uniformes. J'ai adroitement agrafé mon badge de Responsable des femmes de chambre au-dessus de mon cœur, mais je l'ai surprise en disant : « Attends un peu. Donne-moi ton badge. »

Lily m'a regardée, déroutée, en me remettant son badge de femme de chambre stagiaire. Je l'ai ensuite échangé avec ce que j'avais caché dans mon autre main – un badge tout neuf, noir avec des lettres dorées étincelantes. Il disait :

LILY
FEMME DE CHAMBRE

Elle a poussé un petit cri étouffé en le prenant.

— Vraiment ? a-t-elle demandé en tenant dans ses propres mains la preuve de sa promotion.

— Tu l'as mérité. Mets-le, ai-je répondu.

Elle s'est tournée vers le miroir et l'a fixé au-dessus de son cœur.

— Lily, ai-je demandé, tu crois que tu pourrais servir le thé à notre invitée VIP, exactement comme tu l'as fait la semaine dernière ?

Elle a secoué la tête, les yeux écarquillés à cause du choc.

— Je ne parle pas littéralement. Je t'assure qu'aujourd'hui le service ne se terminera pas par une mort inopinée. Est-ce que tu peux, Lily ? Dis-moi si tu ne t'en sens pas capable.

— Je peux le faire, a-t-elle répondu d'une voix nouvelle et pleine d'assurance. Une bonne femme de chambre a une attitude positive, a-t-elle ajouté. C'est ce que tu m'as appris.

— Je ferais mieux d'y aller, ai-je dit. S'il te plaît, prépare le chariot à thé pour notre invitée. Tu pourras l'apporter dans le salon à moins cinq.

Lily a fait une révérence, puis a quitté le vestiaire.

J'ai alors entendu le bruit familier de pas lourds et traînants dans le couloir. Ça ne pouvait être qu'une seule personne.

— Bonjour, Cheryl, ai-je lancé quand elle est entrée.

Les miracles arrivent, et j'en avais la preuve avec la pendule murale. Cheryl était en avance pour son service !

— À quoi dois-je le plaisir d'une telle ponctualité ? ai-je demandé.

— J'sais pas, a-t-elle répondu en haussant les épaules. Y a pas un truc sur la sagesse des lève-tôt dans le guide chiant que tu as pondu ?

J'ai serré les dents, mais n'ai rien dit. Après tout, sa ponctualité était un signe d'amélioration, et c'est exactement ce que j'espérais.

Après une discussion plutôt enflammée entre M. Snow et moi, il y a une semaine, il avait été décidé qu'en dépit de la malhonnêteté et de la malveillance flagrantes de Cheryl on ne la renverrait pas. Je voulais lui laisser une dernière chance de se racheter comme femme de chambre.

Je lui ai expressément fait comprendre qu'aucun comportement animal d'aucune sorte ne serait toléré. « En d'autres termes, il est hors de question que tu te comportes comme un rat voleur ou un raton laveur qui fait les poubelles », ai-je expliqué. Je lui avais concocté un PIP, et lui ai dit que j'avais de « Grandes Espérances » pour elle à l'avenir. Naturellement, elle n'a pas saisi mes allusions spirituelles au roman de Charles Dickens, alors je lui ai dit que PIP était un raccourci pour « Plan d'Intégration Professionnelle », ce qui signifiait que son emploi dépendait en partie d'un strict respect du moindre chapitre, de la moindre règle du *Guide du ménage à l'intention des femmes de chambre*. Ça signifiait aussi qu'elle allait refaire une formation de femme de chambre et travailler à mes côtés, de sorte que je puisse surveiller le moindre de ses mouvements – ce que j'ai fait chaque jour depuis.

Je crois vraiment que Cheryl m'est reconnaissante de ma clémence, non qu'elle l'ait exprimé avec des mots, cela dit. Mais elle a d'autres façons de le montrer. Il y a quelques jours, elle a éternué et s'apprêtait à s'essuyer le nez sur sa manche, alors je l'ai arrêtée. « Ah ah ah, ai-je dit. Un mouchoir pour tes déboires. » Et je lui en ai tendu un de son propre chariot.

Hier, je l'ai surprise qui s'apprêtait à nettoyer le lavabo d'un client avec la lavette qui lui sert pour les toilettes.

— Ah ah ah, ai-je dit. Quelle est la règle ?

— S'il vous plaît, soyez soignée quand vous stérilisez les WC, a-t-elle répondu avec juste un léger soupçon de sarcasme.

Vous voyez, on progresse.

— La Terre pour Molly. Tu es avec nous ?

Je sors de ma rêverie et vois Angela et l'inspectrice Stark debout devant le cordon bordeaux qui délimite l'entrée du salon de thé. Angela le soulève et elles passent dessous pour me rejoindre.

— Inspectrice Stark, dis-je. J'ignorais que vous deviez venir aujourd'hui.

— Moi aussi, répond-elle. Mais les fans ont débarqué au poste hier et ont laissé ça pour moi.

Je regarde le badge VIP qui pend à son cou. « Je n'ai pas pu m'en empêcher, dit-elle. La curiosité est un vilain défaut, etc., etc. »

— Espérons que personne ne sera tué pendant la séance aujourd'hui, dis-je.

— Comment se passent les préparatifs pour le tribunal ? demande Angela.

— Beulah a plaidé coupable, répond l'inspectrice. Alors il n'y aura pas de procès. Juste une condamnation. Et vous ne croirez jamais ce qu'elle a avoué.

— Dites-nous ! s'exclame Angela en se frottant les mains de joie.

— La femme de ménage dont elle a retrouvé la trace, celle qui travaillait chez les Grimthorpe il y a des lustres, commence Stark. Il s'avère que cette domestique était parfaitement au courant pour l'écrivain fantôme dans le manoir, et qu'elle avait compris longtemps avant de se faire virer ce que la secrétaire particulière de Grimthorpe faisait en réalité pour lui.

— Lui avez-vous parlé ? demandé-je.

— Du tout. Elle a tout raconté à Beulah, mais a exigé l'anonymat en retour, en disant qu'elle avait de bonnes raisons de rester dans l'ombre. Et quand Beulah a compris qu'elle avait consacré toute sa vie à un imposteur, elle a imaginé un plan.

— Pour tuer M. Grimthorpe.

— Pas tout à fait, répond Stark. Elle a décidé de lui laisser le bénéfice du doute. Elle a récrit sa biographie et en a fait un récit impitoyable. Elle avait donc deux versions – l'originale, un portait flatteur, et la seconde, totalement accablante.

— Mais pourquoi ? Pourquoi écrire deux versions différentes de la biographie ? dis-je.

— Parce qu'elle voulait lui demander en personne s'il était réellement un imposteur et un prédateur. En fonction de la réponse de Grimthorpe, elle aurait publié l'une ou l'autre.

— Mais quand elle rencontré celui-ci devant sa chambre d'hôtel la veille de la grande annonce, il a refusé de répondre à ses questions embarrassantes, dis-je. Beulah a noté quelque chose là-dessus dans son livre de bord.

— Hmm hmm, fait Stark. Il l'a aussi rejetée en tant que biographe officielle, même sous la menace de voir sa biographie publiée.

— Et il lui a claqué la porte au nez, ajouté-je.

— Alors, après cette entrevue, elle a décidé de le tuer, continue Angela d'un ton lugubre. Le triple coup dur a déclenché chez Beulah une rage sourde et meurtrière.

— Et on s'est rendu compte que le chariot à thé du salon n'était pas le seul empoisonné, continue Stark. Beulah avait aussi empoisonné tous les pots de miel sur tous les chariots laissés à l'extérieur de la chambre de l'écrivain, depuis la veille de l'événement jusqu'au matin même.

— Ce qui explique pourquoi il est mort si rapidement, dis-je. Ça faisait vingt-quatre heures qu'il buvait du thé empoisonné.

— Oh, la vache ! dit Angela. Ça ressemble carrément à l'intrigue de son roman *Poison et châtiment*. Ça ferait un podcast génial !

— Vous devriez peut-être vous y coller, dit Stark.

— Vous croyez vraiment que je pourrais ? demande Angela en ouvrant de grands yeux.

— Ouais, je crois, répond l'inspectrice.

Avant qu'Angela puisse se pencher davantage sur la question, M. Snow entre dans le salon de thé. Il porte un gilet vert émeraude et un nœud papillon à motif cachemire.

— Voyez-moi ça ! lance l'inspectrice. Quelqu'un s'est habillé pour faire son petit effet.

— Ravi de vous voir, inspectrice, dit-il. (Il attrape sa pochette et s'en tamponne le front pour absorber l'excès de sueur qui s'y trouve.) Est-ce que tout est prêt ? Les clients font la queue dehors. Je les laisse entrer ?

— Lâchez les chiens, monsieur Snow, dit Angela.

— Et les fans, ajouté-je.

Il se dirige vers l'entrée du salon, et, quelques instants plus tard, une foule d'invités VIP déferle dans la pièce aménagée avec goût. Nombre d'entre eux sont des fans, reconnaissables à leur visage et à leurs cheveux gris. Mais seuls deux détonnent particulièrement – Birdy, la minuscule trésorière aux mèches roses, et Gladys, leur grand porte-drapeau aux cheveux bouclés.

L'inspectrice Stark prend un siège devant la scène tandis que les fans grouillent autour d'elle, l'assaillant de questions sur Beulah et le procès, tout en se chamaillant pour savoir qui s'assiéra à côté de l'inspectrice principale.

Pendant ce temps, les journalistes se précipitent vers le fond de la pièce, se crient des consignes tout en préparant leurs appareils photo et leurs téléphones, concentrés sur le podium illuminé par des projecteurs au centre de la scène.

Mon téléphone vibre dans ma poche. Je le sors. C'est un texto de mon bien aimé Juan Manuel.

✈ *Cinq minutes avant l'embarquement* ✈
Meurs d'impatience de EALMAT !

EALMAT ?

Être À La Maison Avec Toi.

Je n'en peux plus d'attendre, moi non plus ! réponds-je. Et c'est vrai. Il m'a tellement manqué. La vie sera meilleure dès qu'il aura passé la porte de notre appartement. Une inquiétude me titille cependant : comment vais-je réussir à lui expliquer un jour tout ce qui s'est passé durant son absence ? Me pardonnera-t-il jamais de lui avoir tout caché ? Mais je ne peux pas penser à ça. Pas encore.

Un pied devant l'autre. C'est la seule façon d'arriver quelque part dans cette vie.

Je vérifie l'heure sur mon téléphone. Dix heures moins cinq. Pile à l'heure, Lily arrive en tirant son chariot à thé derrière elle. Elle le fait rouler jusqu'à la scène et me fait un signe de tête en se mettant en position sur le côté.

Les invités sirotent leur thé et dégustent leurs sandwichs, un brouhaha impatient emplit la pièce.

M. Snow entre avec à la main une tasse et une cuillère. Il se dirige directement vers l'escalier qui mène à l'estrade et allume le micro.

— Bonjour à tous, commence-t-il en tapant doucement la cuillère en argent contre la tasse du Regency Grand afin d'obtenir l'attention de la foule – un tintement tellement délicieux.

« C'est un véritable plaisir pour moi de vous présenter notre oratrice qui va faire une importante déclaration concernant le maître du polar de renommée internationale récemment disparu, M. J.D. Grimthorpe. S'il vous plaît, veuillez accueillir une charmante jeune femme d'une distinction et d'une prestance peu communes, l'ancienne secrétaire particulière de M. Grimthorpe, la ravissante Serena Sharpe.

La porte dissimulée dans les lambris s'ouvre et la foule se tait. Mlle Sharpe, élégamment vêtue d'un tailleur bleu sur mesure, entre sur scène.

Elle s'installe derrière le pupitre, tenant des fiches dans ses mains tremblantes. Elle s'éclaircit la gorge, puis commence à parler.

— Il y a une semaine, un homme qui prétendait être l'unique auteur de *La Domestique du manoir*, un des romans policiers les plus vendus de tous les temps, ainsi que d'innombrables autres titres à succès, nous a fait l'honneur de venir sur cette même scène afin d'y faire une déclaration. Comme vous le savez tous, cette déclaration n'a jamais eu lieu.

On entendrait voler une mouche tellement la pièce est silencieuse. Tous les regards sont braqués sur Mlle Sharpe.

— Aujourd'hui, je vais vous révéler le secret qu'il n'a jamais pu révéler. Le voici : J.D. Grimthorpe n'était pas l'auteur de ses livres. En fait, ils ont été écrits par ma défunte mère, sa précédente secrétaire.

Des murmures et des messes basses courent dans le silence à travers toute la pièce.

— Pendant plus de trente ans, continue Mlle Sharpe, ma mère a écrit tous ses romans, l'aidant à mettre en forme ses idées brouillonnes, afin d'en faire des récits limpides et captivants. Elle recevait un modeste salaire de secrétaire, alors qu'en fait elle lui servait de prête-plume.

Mlle Sharpe attend que cessent les murmures avant de poursuivre.

— Sous la menace, j'ai poussé M. Grimthorpe à donner cette conférence de presse la semaine passée, conférence durant laquelle il était censé révéler la vérité aux yeux du monde, à sa façon évidemment – c'est-à-dire elliptique, narcissique, et à moitié mensongère. Je suis certaine qu'il aurait trouvé le moyen de discréditer subtilement le travail de ma mère, mais je m'en fichais, parce que, en échange de mon silence, je devais toucher une somme d'argent forfaitaire et un pour cent de ses droits d'auteur à l'avenir.

— Il semblerait que justice puisse être rendue, continue Serena, du moins parfois. La semaine dernière, l'éditeur de M. Grimthorpe a contacté mes avocats afin qu'ils m'informent qu'une procédure judiciaire avait été lancée dans le dessein de rétablir à la fois le crédit et les droits d'auteur qui reviennent légitimement à celle qui a écrit les livres de Grimthorpe, à savoir ma mère. Tout ce que j'ai toujours voulu, c'est qu'elle soit reconnue comme il se doit. J.D. Grimthorpe était un imposteur, et non un maître du roman policier. La véritable magicienne derrière son œuvre, c'était ma mère, Abigail Sharpe. Maintenant, c'est son nom qui restera dans l'histoire littéraire – *in perpetuum.* Je vous remercie.

Mlle Serena Sharpe repose ses fiches, descend de la scène, et se dirige vers la porte. Quand la foule comprend qu'elle s'apprête à partir, les gens se lèvent d'un bond et l'assaillent d'un feu nourri de questions.

— Mademoiselle Sharpe ! Où allez-vous ? Il y a des choses que nous devons savoir !

— Dites-nous-en plus sur votre mère ! Comment était Abigail ?

— D'où tirait-elle ses idées ?

— Trouvait-elle son inspiration dans la vraie vie ?

— Mademoiselle Sharpe, allez-vous écrire sa biographie autorisée ?

— Y aura-t-il une suite à *La Domestique du manoir* ?

Mlle Sharpe sort de la pièce, non sans être suivie d'une ribambelle de VIP, de fans et de journalistes. Leurs salves de questions résonnent jusqu'au bout du couloir.

Au bout d'une ou deux minutes ne restent plus que quelques traînards dans le salon de thé, dont une imposante inspectrice et moi.

Je m'approche de la table où elle est assise, seule.

Elle attrape un sablé sur un plateau.

— Bon, c'est fini, dit-elle en croquant dedans.

— Effectivement.

— Waouh. Ils sont délicieux.

— Ils sont faits ici même, dans la cuisine au sous-sol.

L'inspectrice braque son regard laser sur moi.

— Molly, j'étais sérieuse l'autre jour, quand je vous ai dit que vous feriez une enquêtrice géniale. (Elle croque une nouvelle fois dans son sablé, mâche avec application, puis avale.) Et juste pour que vous le sachiez, il y a des uniformes dans ma profession. Moi, je bosse en vêtements civils, mais ça ne veut pas dire que vous devriez faire de même.

Elle me tend le plateau de biscuits. J'en prends un entre deux doigts.

— Il y a aussi un badge, ajoute-t-elle. Vous pourriez l'agrafer juste au-dessus de votre cœur, comme en ce moment.

Je mords dans mon sablé et essaie d'imaginer la scène – moi, en uniforme de police, un badge INSPECTRICE GRAY juste au-dessus de mon cœur.

— Est-ce que le poste de police gère le nettoyage à sec ? dis-je. Est-ce que les uniformes sont désinfectés tous les jours et emballés dans une housse en plastique qui colle au tissu ?

Stark plisse les yeux d'une drôle de façon.

— Comment se fait-il que je ne sache jamais vraiment ce qui va sortir de votre bouche ? demande-t-elle. Pour ce qui est du nettoyage à sec, je suppose qu'une housse qui colle au tissu, ça pourrait s'arranger, pour l'employée en question. Je dois vous prévenir, cela dit, qu'un officier de police fait beaucoup d'heures. Les criminels ne prennent jamais de congés. Ils travaillent plus dur que tous les autres.

— Plus dur que les femmes de chambre ? dis-je.

— Un point pour vous. (Et là-dessus, elle se lève brusquement et se dirige vers la porte. Elle s'arrête sur le seuil et se tourne vers moi une dernière fois.) Allez-vous réfléchir sérieusement à ce que je vous ai dit ? demande-t-elle.

Elle attend que je morde une fois de plus dans mon sablé, mâche dix fois, puis avale.

— Je vais y réfléchir, dis-je.

— Bien. À un de ces jours, Molly Gray.

Ce qu'elle fait ensuite me prend complètement par surprise. Elle pose son pied droit derrière le gauche et exécute une profonde révérence au ralenti. Puis elle me salue et quitte la pièce.

Épilogue

Ne jamais craindre de recommencer. Un chapitre doit finir pour qu'un autre puisse débuter.

Je suis debout devant le cabinet de curiosités de Mamie dans l'appartement que je partageais avec elle et que je vais de nouveau partager d'ici peu avec mon bien-aimé Juan Manuel, qui doit rentrer de son voyage dans très peu de temps.

Dans une main, je tiens un chiffon. Dans l'autre, un œuf ornemental. Le Fabergé n'a pas été nettoyé depuis largement dix ans. Je suis certaine que j'ai été la dernière à le faire, ayant eu des ennuis pour avoir fait disparaître la patine, pour avoir rendu aux pierres précieuses et à l'or ternis par les ans une brillance parfaite.

Je m'en fiche de lui enlever de sa valeur en le nettoyant. Je ne sais même pas si cet œuf est réellement une rareté, comme Mme Grimthorpe l'a suggéré il y a des années. Ça n'est pas ce qui compte – pas pour moi. Ce que je vois, c'est un objet enchanteur, qui rayonne tellement que j'en ai le souffle coupé chaque fois que je le regarde. Je le fais briller une dernière fois, puis le pose sur le dessus de la vitrine de Mamie, juste à côté de la photo de ma mère jeune fille. Maggie, l'étrangère à ma porte. Trois ans après sa mystérieuse apparition à notre porte ce jour-là, Mamie m'avait annoncé que ma mère était morte. Et pourtant, même en le sachant, je l'imagine parfois surgissant dans ma vie, sortie de nulle part, et frapper de nouveau à la porte, comme toutes ces années auparavant. Mais elle ne l'a encore jamais fait. Et je dois accepter, je suppose, qu'elle ne le fera jamais. Maggie, qui avait déclaré avoir un jour travaillé comme femme de ménage avec Mamie. Est-ce la vérité ? Avait-elle, elle aussi, travaillé dans ce manoir sans amour, faisant briller l'argenterie et subissant les mauvais traitements de M. Grimthorpe ?

À peine y ai-je pensé que j'entends qu'on frappe à la porte. Je sursaute en poussant un cri étouffé, regarde par l'œilleton, et constate avec soulagement qu'il s'agit de M. Preston, pile à l'heure, en vêtements de tous les jours, et non en uniforme de portier. Il se balance d'un pied sur l'autre.

J'ouvre.

— Monsieur Preston, entrez, je vous prie, dis-je. Notre thé est prêt. On a juste le temps de bavarder avant l'arrivée de Juan Manuel.

— Merveilleux, dit-il en entrant. (Il me tend une boîte.) Muffins au son et aux raisins secs. Tes préférés, ajoute-t-il avec un clin d'œil.

— Comme c'est attentionné de votre part. Je vais les ajouter à notre thé, dis-je en les emportant dans la cuisine.

M. Preston quitte ses chaussures, en essuie la semelle avec le chiffon qui se trouve dans le placard, puis les range soigneusement sur le petit tapis à l'intérieur.

— Comment s'est passé le reste de la journée, monsieur Preston ?

— J'ai survécu, répond-il. Une fois la conférence de presse terminée, les voituriers et moi avons été pris d'assaut sur les marches. J'ai dû disperser la foule pour que cette pauvre Mlle Sharpe puisse s'échapper en taxi.

— Est-ce que vous la connaissiez quand elle était enfant ? demandé-je.

— Non, répond-il. Contrairement à ta grand-mère, Abigail Sharpe n'a jamais amené sa fille au manoir. Tu étais la seule enfant à la ronde – notre seule lueur d'espoir dans ces ténèbres lugubres.

La bouilloire siffle. Je transfère l'eau dans une vraie théière sur le plateau en argent que Mamie avait acheté dans un magasin de seconde main et l'emporte au salon avec deux tasses en porcelaine.

M. Preston s'assied sur le canapé, mais il est clairement troublé. Il ne cesse pas de gigoter sur son siège.

— Juan sera là dans un moment, dis-je. Il a atterri. Mais on a le temps de boire une tasse de thé.

— Parfait, répond M. Preston.

Je verse du thé dans ma tasse favorite, celle avec les jolies marguerites blanc et jaune, et la lui tends. Puis je remplis celle de Mamie avec le décor champêtre, pour moi.

— Je ferais mieux d'en venir au fait, dit-il en buvant une gorgée avant de reposer la tasse sur sa soucoupe. Ce n'est pas facile à dire, Molly, même si tu dois savoir ce que je vais te dire depuis un moment, j'imagine.

— Je dois admettre que oui, monsieur Preston. Et il n'y a pas de problème. C'est parfaitement raisonnable de prendre votre retraite. Vous méritez de profiter de votre temps libre. Personne ne peut travailler éternellement.

M. Preston me dévisage avec une expression que je ne parviens pas à déchiffrer totalement. Au bout d'un instant, il reprend : « Molly, je suis ton grand-père. »

Au début, je suis persuadée d'entendre des voix. Mais ensuite, je comprends ce qui se passe vraiment. Ce pauvre M. Preston est plus âgé que je ne le pense, et il perd pied avec la réalité. Mon Dieu, son cerveau commence à se ramollir comme de la sauce blanche.

Mais lorsqu'il répète sa phrase – « Molly, est-ce que tu m'as entendu ? Je t'assure, je suis ton grand-père » –, je repose ma tasse. L'univers commence à tanguer autour de moi. Fabergé, muffins et plateau d'occasion se mettent à valser devant mes yeux.

— Molly. S'il te plaît, ne t'évanouis pas. Tiens, ajoute-t-il en attrapant ma tasse sur la table et en me la mettant dans les mains. Une bonne tasse de thé guérit de tous les maux.

— Ma Mamie disait la même chose, lui fais-je remarquer entre de longues inspirations hachées.

— Je sais, répond-il.

Je le regarde tandis que le monde finit par cesser de tourner.

— Monsieur Preston, êtes-vous sain d'esprit ?

— Quoi ? Évidemment que je le suis.

J'attends qu'il en dise plus.

— Molly, il y a des années, quand ta grand-mère et moi étions jeunes et amoureux, ses parents ont tout fait pour nous séparer. Ta grand-mère était riche à cette époque. Elle avait des parents très aisés. Elle faisait partie du gratin et, aux yeux de ses parents, je n'étais qu'un pauvre minable inutile. Mais, tu vois, ils n'ont pas réussi à nous séparer totalement.

— Comment ça ?

M. Preston avale une gorgée de thé.

— Je parle au sens propre, pas au figuré.

Il s'éclaircit la gorge et se tortille sur son siège.

Il me faut un moment pour comprendre.

— Oh, je vois.

— Molly, quand j'ai découvert que ta grand-mère était enceinte, ça ne m'a pas contrarié. Pas du tout. J'ai dit à Flora que c'était la plus belle chose qui me soit jamais arrivée. Je voulais qu'on s'enfuie et qu'on vive heureux pour toujours. On a imaginé un plan, mais ça n'a pas pu se faire.

— Pourquoi ?

— Le jour où on avait prévu de s'enfuir, je suis allé chez elle, un manoir huppé de deux étages dans un quartier éloigné du mien. J'ai frappé à la porte, mais on ne m'a pas laissé entrer. Ses parents n'ont même pas eu le courage de me parler en personne. C'est le majordome qui m'a annoncé qu'elle avait quitté la maison depuis longtemps.

— Elle s'était enfuie ?

— Non. Elle avait été éloignée contre sa volonté. Par ses parents. Ils l'avaient envoyée dans une maison pour mères célibataires, de celles où on sépare le bébé de sa mère dès la naissance.

— Mais ils ne lui ont pas pris son bébé, dis-je en tournant le regard vers la photo sur le cabinet de curiosités. Mamie l'a gardé. Elle a élevé ma mère.

— Oui, parce qu'elle s'est enfuie de cet endroit stérile. Elle s'en est échappée. Elle est revenue en ville. Elle s'est présentée à la porte de ses parents en les suppliant de lui pardonner, mais ils l'ont reniée. Elle était enceinte de huit mois, Molly. Elle a accepté un travail de domestique dans une famille très riche. Quand le terme est arrivé, elle a pris quelques jours de congé pour mettre le bébé au monde, et puis elle a continué de travailler avec le nourrisson emmailloté sur sa hanche.

— Mais pourquoi est-ce qu'elle n'est pas revenue vers vous ? Pourquoi est-ce que vous ne l'avez pas aidée ?

— Elle ne voulait plus entendre parler de moi. Ses parents l'avaient couverte de honte, lui avaient dit qu'elle était une incapable et une bonne à rien qui ne comprenait jamais la réalité des choses avant qu'il soit trop tard. Pendant des années, ta grand-mère a refusé de me voir. Elle a loué cet appartement, Molly, et elle y a vécu jusqu'au jour de sa mort. Tu savais tout ça ?

— Non, dis-je.

— J'ai essayé de nombreuses fois de l'aider. Elle ne me laissait pas faire. Elle ne me laissait pas voir mon enfant non plus. J'ai fini par renoncer. J'ai rencontré ma femme, Mary, et nous nous sommes mariés, nous avons eu notre fille, Charlotte. Et nous étions très heureux. Mais je n'ai jamais oublié Flora. Et je n'ai jamais oublié ta mère non plus, ajoute-t-il.

— Maggie.

— Alors ta grand-mère t'a révélé son nom.

— Non. Elle n'a rien dit.

— Après que j'avais énormément insisté, Flora a finalement accepté de me laisser revenir dans sa vie. J'avais tout raconté à Mary, bien entendu. Ma femme bien-aimée connaissait toute l'histoire, elle savait que j'avais eu un enfant avec Flora hors mariage. Ma Mary était une femme bien. Ta grand-mère et elle ont noué une belle amitié au fil des ans. Quand ta grand-mère a dû affronter des difficultés, toute seule, c'est Mary qui l'a convaincue d'accepter notre aide. On faisait ce qu'on pouvait quand on le pouvait.

— L'argent du loyer. C'est vous qui nous l'avez donné.

— Oui. Et plus tard, quand ta mère s'est retrouvée embringuée avec ce... ce...

— Ce type pas très fiable ?

— J'allais dire « ce voleur, ce trafiquant de drogue », mais tu as toujours été plus polie que moi. (Il me regarde, les yeux brillants de larmes.) Je suis désolé de ne pas t'avoir parlé de tout ça avant. J'ai essayé, mais je ne trouvais pas les mots. J'avais peur que le choc te démolisse.

— Ça n'est pas le cas. Et ça ne le sera pas.

— Non. Tu as toujours été plus forte que ce qu'on pense.

Je baisse les yeux sur la tasse de Mamie posée sur mes genoux. Je n'ai jamais eu de mère. Et je n'ai jamais eu de père non plus. J'ai perdu Mamie. Je regarde l'homme devant moi.

— Monsieur Preston, je n'arrive pas à y croire. Je n'ai jamais été plus heureuse qu'en ce moment. C'est magique. J'ai retrouvé une partie de ma famille.

Je sens une main chaude sur mon bras, et j'ai du mal à voir M. Preston à travers mes propres larmes.

— Je ne sais plus comment vous appeler. M. Preston, ça ne me paraît pas tout à fait correct, dis-je.

— Et si tu m'appelais Papi ? propose-t-il.

J'attrape ma tasse et bois une gorgée de thé chaud.

— Oui, dis-je en reposant la tasse sur la soucoupe. Papi. Ça me plaît beaucoup.

À cet instant, on entend un bruit à la porte, une clé qui tourne dans la serrure. La porte s'ouvre et Juan Manuel apparaît, tirant une énorme valise à roulettes derrière lui. Je bondis de ma chaise et me précipite vers lui.

— *Mi amor !* lança-t-il en me prenant dans ses bras. Comme tu m'as manqué…

C'est tellement bon de le retrouver. Je le serre de toutes mes forces et ne le lâche pas, jusqu'à ce que je me rende compte que j'ai laissé M. Preston tout seul sur le canapé.

— Monsieur Preston, dit Juan en s'avançant vers lui et en lui donnant une tape dans le dos. Vous allez bien ?

— Je vais bien, répond mon Papi. Je vais on ne peut mieux.

— Bien, dit Juan en nous décochant son beau sourire éclatant. Pour commencer, je dois vous dire que ma famille vous salue. Si j'oublie de le mentionner, je vais avoir de gros ennuis. Ma mère vous embrasse. Mon neveu envoie son bulletin. Il veut se vanter de ses bons résultats à l'école. Il veut aussi un chien, mais ma sœur est contre. Il va finir par la convaincre, cela dit, j'en suis sûr. Regardez, une photo de toute la famille qui m'a accompagné à l'aéroport.

Sur son téléphone, Juan nous montre une photo de sa gigantesque famille rassemblée dans la section Départs, grands sourires et banderole qui dit HASTA PRONTO – à bientôt. Ils sont tellement nombreux qu'ils tiennent à peine dans le cadre.

Tandis qu'il jacasse toujours en s'installant à côté de M. Preston, je vais à la cuisine d'où je rapporte une tasse en plus et une assiette de friandises que je pose sur la table basse.

— Molly, regarde celle-là, continue Juan en nous montrant une autre photo. Tu vois ? Ma mère, elle t'a écrit une carte en anglais. Elle la montre fièrement à l'appareil photo.

Il zoome dessus : « Pour ma belle-fille, est-il écrit. Tu me manques et je t'aime. Viens vite nous voir. »

— Mais je ne suis pas sa belle-fille, dis-je.

— Pas encore, répond Juan, mais avant que je puisse demander ce qu'il entend par là, il recommence à gazouiller tel un petit oiseau, « je lui ai manqué, c'était agréable de voir sa famille, mais c'est génial d'être de retour à la maison ».

Soudain, il se tait.

— Je suis impoli, déclara-t-il. Je ne vous ai même pas demandé comment vous alliez tous les deux. Je suis désolé. Vous savez que je parle et parle et parle encore quand je suis surexcité.

— Oh oui, on sait, répond mon Papi en gloussant.

— Alors ? Comment allez-vous ? demande Juan. Tout va bien ?

Je lui verse une tasse de thé, espérant ne pas avoir à répondre à cette question.

— Tout est bien qui finit bien, dit mon Papi. Mais ça a été…

Il marque une pause, cherchant le bon mot.

— Une période tumultueuse, dis-je.

— Tumultueuse ? répète Juan.

— Signification : orageuse, instable, intense, expliqué-je. Disons simplement qu'on a dû faire face à une vermine des plus inhabituelles.

— Quoi ? Dans notre appartement ?

— Non, répond mon Papi. À l'hôtel.

— Vous en êtes venus à bout ? Vous l'avez piégée ? demande Juan.

— Sans le moindre doute, dis-je avec un sourire.

— En fait, ajoute mon Papi, c'est Molly qui est venue à bout de la vermine.

Juan se tourne vers moi, un sourire fendu jusqu'aux oreilles.

— Je reconnais bien là ma Molly. La peur ne l'arrête jamais. En fait, rien ne l'arrête.

— Tu as tellement raison, répond mon Papi. Tu sais, elle a toujours été comme ça, depuis l'enfance.

— Vraiment ? répond Juan. Dites-m'en plus.

Tandis qu'ils discutent tous les deux, mon Papi prépare le terrain pour les révélations cataclysmiques, il s'apprête à lui parler du meurtre ayant eu lieu pendant son absence, et à lui révéler qu'il n'est pas simplement M. Preston, le portier, mais quelqu'un de ma famille. Ma chair et mon sang.

Je m'assieds en face d'eux, j'écoute, j'attends, je sirote mon thé dans la tasse préférée de Mamie.

Elle n'est pas là avec nous, Mamie. Elle n'est pas assise sur le canapé entre mon bien-aimé et le sien, et elle ne chantonne pas non plus dans la cuisine. Mais je sais qu'elle est quand même là, parce qu'elle l'a toujours été. C'est elle la clé de toutes choses. Les grandes lignes de ma vie tout entière lui confèrent une présence de chaque jour.

Je sais qu'elle nous regarde. Je l'entends dans ma tête en ce moment même :

Les merveilles de la vie ne cessent jamais, Molly.

Ce qui ne te tue pas te rend plus forte.

Les bonnes choses viennent à point à qui sait attendre.

Remerciements

Il faut un village entier pour publier un livre. Vraiment.

Quand j'ai écrit *La Femme de chambre*, je l'ai fait en secret parce que j'avais peur de l'échec. Et si je n'étais pas à la hauteur ? Et si les lecteurs détestaient ce que j'avais écrit ?

Disons simplement que, pour *L'Invité mystère*, je n'ai pas pu garder le secret autant que pour *La Femme de chambre*. La bonne nouvelle ? En l'écrivant, j'ai eu le soutien de la meilleure équipe dont un auteur puisse rêver. Ils m'ont soutenue et guidée en arrière-plan pendant que je travaillais d'arrache-pied à la plus difficile des entreprises – le deuxième livre tant redouté.

Madeleine Milburn, tu ne réalises pas à quel point tu es extraordinaire. C'est un acte de générosité surhumaine de donner tellement à de si nombreux auteurs. Un immense merci, aussi, à l'incroyable équipe de l'agence Madeleine Milburn Literary TV&Film Agency – Rachel Yeoh, Liane-Louise Smith, Valentina Paulmichl, Giles Milburn, Saskia Arthur, Amanda Carungi, Georgina Simmonds, Georgia Mc Veigh, Hannah Ladds.

Quelle est la parfaite configuration éditoriale ? Un triangle. Mes trois éditrices avisées forment une triade si puissante qu'elle m'indique la bonne direction à tous les coups. Merci, Nicole Winstanley, chez Penguin Random House Canada, Hillary Teeman, chez Ballantine US, et Charlotte Brabbin, chez HarperFiction UK. Et merci, aussi, aux extraordinaires équipes de toutes ces maisons, en particulier Dan French, Bonnie Maitland, Beth Cockeram, Meredith Pal, Kristin Cochrane au Canada ; Michelle Jasmine, Caroline Weishuhn, Taylor Noel, Megan Whalen, Jennifer Garza, Quinne Rogers, Kara Welsh, Kim « l'émotive Howey », Jennifer Hershey, Hope Hathcock, Diane McKiernan, Elena Giavaldi, Pamela Alders, Cindy Berman, et Sandra Sjursen aux États-Unis ; Kimberley Young, Lynne Drew, Sarah Shea, Maddy Marshall, Emilie Chambeyron, Alice Gomer, Bethan Moore au Royaume-Uni.

Mes supporters du grand écran incluent Chris Goldberg, écrivain brillant et producteur chez Winterlight Pictures, et la charmante et avisée Josie Freedman, chez ICM.

Amis, écrivains, et gens de l'édition – vous vous reconnaîtrez. Si je devais citer tous les noms, je risquerais de provoquer une nouvelle pénurie de papier. Adria Iwasutiak, Sarah St. Pierre, Janie Yoon, Felicia Quon, Sarah Gibson, Jessica Scott, Adriana Pitesa, Carolina Testa – tu me rappelles ce qu'est la passion dans l'édition. Aileen Umali, Eric Rist, Ryan Wilson, Sandy Gabriele, Roberto Verdecchia, Sarah Fulton, Jorge Gidi, Martin Ortuzar, Ingrid Nasager, Ellen Keith, Matthew Lawson, Zoe Maslow, Ahsley Audrain – grâce à vous, je demeure saine d'esprit (enfin, du moins, j'essaie). Un grand merci à Arlyn Miller-Lachmann, pour ses commentaires et ses remarques avisés.

Je dois m'excuser d'avoir le meilleur frère au monde, Dan Pronovost (désolée pour vous autres qui avez aussi des frères ; ils ne tiennent pas la comparaison). Sa famille est aussi un véritable cadeau, ma merveilleuse belle-sœur, Patty ; ma nièce, Joane ; et mon neveu, Devin. Vous me faites rire, et je vous suis reconnaissante de rire *de moi*, aussi. Si ça ne mérite pas d'être reconnu, je ne sais pas ce qui le mérite. Freddie et Pat – que nous buvions encore longtemps des margaritas. Ma tante Suzanne et ma cousine Louise, vous êtes dans ces pages et à tout jamais dans mon ADN. Et mon bien-aimé Tony, je ne sais pas comment ni pourquoi tu me supportes, mais je suis heureuse que ce soit le cas.

Lecteurs, vous êtes merveilleux. Grâce à vous, le monde est meilleur. Merci de votre soutien.

Papa, tu as été le premier à lire ce livre. Ça ne fait rien que tu ne sois plus avec nous, parce que j'entends ta voix chaque fois que je t'appelle dans ma tête. Merci de répondre.

Photocomposition Nord Compo à Villeneuve-d'Ascq

Achevé d'imprimer en mars 2024
par CPI BRODARD & TAUPIN (72200 La Flèche)
pour le compte des Éditions Calmann-Lévy
21, rue du Montparnasse, 75006 Paris

PAPIER CERTIFIÉ

CALMANN LÉVY s'engage
pour l'environnement en réduisant
l'empreinte carbone de ses livres.
Celle de cet exemplaire est de :
1,1 kg éq. CO_2
Rendez-vous sur
www.calmann-levy-durable.fr

N° d'éditeur : 3865614/01
N° d'imprimeur : 3056274
Dépôt légal : avril 2024
Imprimé en France.